Sozinho no deserto extremo

Copyright © 2012 Luiz Bras

Texto revisado conforme o Novo Acordo Ortográfico da Língua Portuguesa.

Todos os direitos reservados. Nenhuma parte desta obra pode ser reproduzida ou transmitida por qualquer forma ou meio eletrônico ou mecânico, inclusive fotocópia, gravação ou sistema de armazenagem e recuperação de informação, sem a permissão escrita do editor.

Direção editorial
Jiro Takahashi

Editora
Luciana Paixão

Editora assistente
Anna Buarque

Capa e projeto gráfico
Matéria-Prima Editorial

Revisão
Solange Pinheiro
Waltair Martão

Produção de arte
Marcos Gubiotti

Imagem de capa: Shutterstock images/ blinkblink

CIP-Brasil. Catalogação na fonte
Sindicato Nacional dos Editores de Livros, RJ

B839s   Bras, Luiz, 1966-
        Sozinho no deserto extremo / Luiz Bras. - São Paulo: Prumo, 2012.
        320p.: 21 cm

        ISBN 978-85-7927-216-5

        1. Romance brasileiro. I. Título. II. Série.

12-4664.   CDD: 869.93
                          CDU: 821.134.3(81)-3

Direitos de edição para o Brasil: Editora Prumo Ltda.
Rua Júlio Diniz, 56 – 5º andar – São Paulo/SP – CEP: 04547-090
Tel.: (11) 3729-0244 – Fax: (11) 3045-4100
E-mail: contato@editoraprumo.com.br
Site: www.editoraprumo.com.br

Sozinho no deserto extremo

Luiz Bras

PRUMO

Para Tereza e Érica, sempre.

Sumário

Sexagésimo sexto dia: FADA-DRAGÃO, 11

Oitavo dia: VISITAÇÃO, 16

OS NOMES, 22

Primeiro dia: FOME, 26

ROUPAS, 32

Quinto dia: FORA, 39

AS COISAS QUE ELE MAIS FEZ, 43

Sétimo dia: DEGRADAÇÃO, 46

Décimo quinto dia: FOGO, 51

Vigésimo dia: RETORNO, 57

Segundo dia: DOIS AMORES, 61

Vigésimo quinto dia: ALGUÉM, 66

Primeiro dia: QUASE SOBREVIVENTES, 73

Segundo dia: BUSCA, 77

Terceiro dia: MAIS BUSCA, 78

Quinto dia: MAIS BUSCA, 79

Décimo dia: MAIS BUSCA, 80

Vigésimo quinto dia: LIVROS, 81

Vigésimo sexto dia: SANGUE, 86

Vigésimo sétimo dia: ÓDIO DIVINO, 89

Vigésimo dia: COMPRESSÃO, 90

Terceiro dia: POPULAÇÃO: ZERO, 95

Trigésimo dia: CULPA, 100

LOTERIA, 103

MACHO ALFA, 108

Trigésimo quinto dia: Último telefonema, 112
Trigésimo sexto dia: Recursividade, 119
    Infinito, 122
    Homem-lobo, 124
    Guerra, 126
Décimo primeiro dia: Santidade, 127
Trigésimo sexto dia: Pilhéria, 129
Trigésimo sétimo dia: Eterno retorno, 130
Trigésimo nono dia: Crematório, 136
    Horror, 143
    Injúria, 143
Décimo segundo dia: Conhece a ti mesmo, 146
Quadragésimo primeiro dia: Discussão, 150
     Devaneio, 152
     Babilônia, 155
Quadragésimo terceiro dia: Sex shop, 160
     O iluminado, 164
     Surrealismo, 164
     Três no café, 165
Quadragésimo quarto dia: Santuário, 168
     Desejo, 171
Quadragésimo sexto dia: O sumiço da santa, 180
Quinquagésimo dia: Langor, 183
Quadragésimo terceiro dia: Repetição, 186
Quinquagésimo primeiro dia: Mutação, 189
     Jogo, 196
     Restos mortais, 198
Quinquagésimo segundo dia: Poder, 205
     Mordida, 206
     Aretê, 207
     Descida, 215
     Alomorfia no sofá, 217
Quinquagésimo quarto dia: Tudo é número, 219

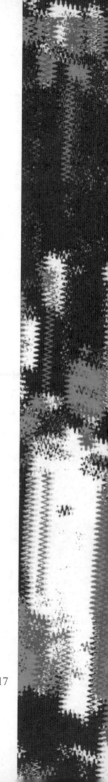

Quinquagésimo quinto dia: STULTIFERA NAVIS, 221
Quinquagésimo nono dia: PAIXÃO, 225
        CONTROLE REMOTO, 231
        REMORSO, 233
Sexagésimo dia: VISCONDE DE SABUGOSA, 235
Sexagésimo terceiro dia: DUZENTOS ANOS, 237
Quinquagésimo segundo dia: SINAIS, 243
Quadragésimo primeiro dia: KIWI, 248
Sexagésimo sexto dia: MONSTROS, 254
Sexagésimo sétimo dia: NINGUÉM, 261
Sexagésimo sexto dia: REALIDADE, 265
Sexagésimo nono dia: ESCONDE-ESCONDE, 266
        POLÍTICA HOMICIDA, 269
Septuagésimo dia: CARAMELO, 273
Quinto dia: EXERCÍCIOS, 279
        PUBLICIDADE NÃO É ARTE, 281
Septuagésimo dia: ELES, 282
Sexagésimo dia: A MENINA-ANJO E OS LIVROS:
        UMA FÁBULA, 287
Octogésimo dia: SACRIFÍCIO, 292
        SINAL, 293
Décimo primeiro dia: UMA LEMBRANÇA, 295
        SOLIDÃO, 298
Centésimo dia: ABDUÇÃO?, 302
Centésimo primeiro dia: SOZINHO, 311
Primeiro dia: FOME, 315

Fada-dragão

Ele é apenas um homem sem qualidades visíveis. Nem jovem nem velho, nem inteligente nem obtuso. Pior, nem rico nem pobre. Ele é apenas um homem comum e desencantado, que já acreditou em muita bobagem ideológica — na civilização, na economia de mercado, na integridade moral — e agora só acredita no fogo.

Ele já teve uma mulher. Também já teve dois filhos amados. Sessenta e tantos dias atrás sua vida era muito diferente. Sua filosofia era outra. Mais mundana, menos solitária.

Agora só o fogo interessa.

O fogo que ilumina. O fogo que purifica.

Ele é só um homem sem graça e sem carisma que se acha — me perdoe a expressão vulgar — um bruxo de desenho animado. Um aprendiz de feiticeiro. O último da face da Terra.

Vamos aos fatos: a gasolina espera meio impaciente ao lado do balcão de encomendas. Ele pega o primeiro galão e começa a desenhar uma trilha trêmula no carpete, andando de costas, curvado e bambo feito um bêbado, deixando um rastro úmido, fedorento e inflamável. A cabeça dói um pouco. Ele põe de lado o galão vazio e pega o segundo. Deslizando entre as estantes, dando voltas e voltas, passando algumas vezes pelo mesmo lugar, ele pensa em Teseu no labirinto do minotauro. Joga fora o segundo galão e pega o último. Onde ele vai deixando um fio de gasolina Teseu deixaria somente um fio de lã. Outros tempos. Não há mais

Ariadnes. As costelas também doem um pouco e o labirinto está deserto. Nem virgens indefesas nem aberração antropófaga.

Duas cores cordiais: o vermelho e o azul. Ele acende o isqueiro vermelho e fica observando a chama azul. É uma fada delicada. Linda. Para inúmeras culturas antigas o fogo era a origem e a essência do mundo. Ele recolhe o polegar, o pino que libera o gás volta à posição de descanso, a chama morre. Em sua mão o isqueiro foi promovido a varinha mágica? Ideia ridícula, eu sei. Infantil demais. Mas dê uma pilha de papel e um isqueiro a um homem sem qualidades perceptíveis e, tcharam, ele logo voltará a ser a criança demente e descontrolada que sempre foi.

Não menospreze o poder aliciante da fada azul. Queimar é um grande prazer. Um prazer muito especial. Um orgasmo. Tacar fogo. Incendiar. Fazer os livros crepitarem, saltarem na brasa, mudarem de forma.

Ele acende novamente sua varinha mágica e encosta a chama no início da trilha de gasolina desenhada no carpete verde. Essa é a terceira cor importante hoje: o verde. Ele não sabe por que essas cores tão simples estão chamando sua atenção. Percebe apenas que existe certa graça menina, irracional, na maneira como a chama azul estica o corpo e escorrega do isqueiro vermelho para o tapete verde. Uma fada faiscante na floresta tropical.

Sua força já foi comparada a uma crise mística. À dor de muitos dentes. Fúria. Furor. Quem seria capaz de domesticar essa energia vital? Com que sagaz artifício?

A chama azul é uma entidade lógica e matemática que faz exatamente o que foi programada para fazer: se alastrar, esticar os tentáculos e as antenas, crescer na trilha de gasolina desenhada no carpete verde, aumentar a temperatura ambiente, atrair e devorar o papel. Agora o rastro fedorento e inflamável arde entre as estantes iluminando reentrâncias e irregularidades.

Fagulhas pimponeiam. Ele guarda o isqueiro no bolso da bermuda e se afasta um pouco pra não se queimar. Algumas janelas estão abertas e uma lufada morna faz o fogo curvar o corpo e beijar o chão. A fumaça começa a tomar posse do primeiro andar da livraria. A fada vai se desdobrando, crescendo, ganhando cauda e focinho e escamas e garras e dentes. Um dragão foi solto no recinto, intimidando o homem que o conjurou. O homem: o aprendiz de feiticeiro. Amedrontado, entorpecido com a dança das chamas, ele cambaleia até a porta de vidro que se abre automaticamente e logo se fecha. A coragem volta. Agora protegido pela porta de vidro ele fica admirando o incêndio, a fada-dragão.

Para Heráclito e para muitos outros espíritos tão ou mais inflamados do que ele, no Ocidente e no Oriente, o fogo sabe tudo, o fogo controla tudo. O cosmo arde. As almas ardem no inferno, no purgatório e no paraíso. No nirvana. Em Asgard. Ardor. Ardência.

Queimar é um grande prazer feito de pequenos prazeres: escolher o local, espalhar a gasolina, libertar a delicada fada azul de sua prisão vermelha, acompanhar seu crescimento, sua metamorfose, sua fome, contemplar — a uma distância segura — o grande dragão chinês, admirar a reação física e química do monstruoso réptil de muitas cores, seu apetite descomunal, seu processo digestivo e metabólico, espiar o fogo se transformando em água, em oceano, as ondas ferozes batendo nas paredes, a maré subindo, magenta, lilás, ultravioleta.

Uns livros se contorcem e entortam sem cair da prateleira. Outros, os menores, incham e explodem lançando pra frente folhas retorcidas cheias de verdades taciturnas. Quem precisa delas? Quem precisa de leis, diretrizes, dogmas? Não existe júbilo maior do que ver as brochuras, pobrezinhas, e também as grandes encadernações de capa dura, todas elas veículos de axiomas e truísmos obsoletos, aceitarem submissas a extinção violenta. Delícia das delícias, o fogo purificador é sagrado, bizarro. Suas espirais analfabetas não fazem qualquer distinção. Elas avançam com metódica imparcialidade, consumindo com a mesma lascívia a seção de poesia, depois a de ficção, depois a de biografia, depois, depois, depois. Eros: o papel ama o dragão, o dragão ama o papel. Porém, como costuma acontecer na natureza, a cópula não é rápida, não é pacífica, muito menos indolor.

Uivo. A madeira das estantes perfiladas crepita e confessa seus pecados numa língua incompreensível, profana. As prateleiras articulam sufocados pedidos de socorro. Os parafusos e os ganchos de metal saltam longe. Um pouco menos corajoso do que um minuto atrás o bruxo de desenho animado — um homem realmente comum, sem qualidades salientes — se afasta da porta de vidro que em breve será feita em pedaços pelo bafo quente do dragão. Da criatura que ele — sujeito mediano e desencantado — invocou, multicolorida, com um simples golpe de isqueiro. Os romances, as coletâneas de contos e poemas, os ensaios e as teses acadêmicas estalam e cacarejam junto com as estantes que caem escandalosamente umas sobre as outras. Rumor de armas, tremor de terra. As chamas já tomaram todo o andar térreo da livraria. Uma muralha faminta, vistosa, ergue-se vários metros e encontra mais alimento no segundo andar (arte, ciência e religião), depois no terceiro (filosofia, política e economia, idiomas, dicionários e enciclopédias), depois no quarto (livros sobre música erudita e popular, seção de CDs e DVDs), depois, depois, depois. Eros é sempre insaciável.

Para Zoroastro e para muitos outros espíritos tão ou mais flamejantes do que ele, no Oriente e no Ocidente, o fogo deflora tudo, o fogo fecunda tudo.

Quatro horas se passaram. Neste momento o oceano avança para cima e o edifício inteiro arde. Quinze andares do mais puro ardor. Ardência na avenida Paulista. Os primeiros homens, caçadores sem escrita nem celular, olhavam para o céu noturno e viam centenas de fogueiras muito distantes. Ao redor de cada fogueira, uma tribo? Um agrupamento de deuses? De demônios? Ninguém sabia. Dezenas de milhares de anos mais tarde ele contempla o prédio em chamas sob o céu estrelado. Sim, ele mesmo, o sedentário com escrita e celular, que nunca caçou nem um frango na vida, ele sabe que os pontos luminosos da abóbada celeste não são prédios em chamas muito distantes.

Não são conjuntos comerciais separados pela escuridão.

Ele sabe.

Mas esse tipo de conhecimento não é suficiente pra fazer desse homem um homem feliz. Não, non, nein, niet, extintas salas comerciais, poliglotas salas comerciais da grande avenida! Esse tipo de conhecimento tão luminoso, tão repetido nos livros incendiados, não é capaz de salvar esse pobre coitado — o último aprendiz de feiticeiro — do vazio e da sombra.

Oitavo dia

Visitação

Arrombar. É nisso que ele está pensando desde que saiu de casa. A ideia surgiu e ganhou espaço por falta de coisa melhor pra fazer. O tédio é o pai dos pensamentos mais idiotas. Arrombar, atravessar, invadir. A primeira pergunta é: como arrebentar uma porta de vidro quase inquebrável? Andando até a avenida, ele vai avaliando as possibilidades: um tijolo, um cano, um tiro? Apesar do medo de usar o revólver — o estampido sempre paralisa seus músculos —, conclui que a terceira alternativa é a mais fácil. Não está com muita vontade de fazer força, de arremessar um tijolo ou bater com um cano. Pode, sei lá, distender um músculo. Um tiro cansa menos. Um tiro a uma distância segura, é claro. Se o vidro for mais resistente do que imagina, pelo menos não será atingido caso a bala ricocheteie. A segunda pergunta é: por que arrombar e invadir, quando isso não é preciso? Há tantos estabelecimentos comerciais abertos na cidade. Por que todo o trabalho com um lugar fechado? A verdade é que ele não sabe, mas espera que a resposta a essa questão — mais importante do que a primeira — esteja lá dentro.

E está. Tem certeza disso. Bebe o último gole de água e joga a garrafinha longe, errando o cesto de lixo mais próximo. Sente um tranco no abdome e começa a soluçar. Que merda. Para um pouco e prende a respiração, tentando evitar os espasmos do diafragma e o fechamento repentino da epiglote. O soluço desaparece. Melhor assim. Ele anda tão paranoico, tão preocupado com a saúde, que fica pensando se alguém no mundo já morreu de soluço. Um pensamento estúpido, absurdo. Morrer de soluço, que tolice! É a solidão, ela estimula elucubrações idiotas como essa. Imagine só: um pobre coitado soluçando sem interrupção vários dias, várias semanas, talvez meses ou anos, cada vez mais forte, até morrer de cansaço. Ou desespero.

Depois de andar meia hora ao longo da avenida quase vazia — estranhamente quase vazia mesmo, quando todas as avenidas, ruas e alamedas estão praticamente intransitáveis —, ele a atravessa devagar, segue sem pressa pela calçada arborizada e para na frente do shopping deserto. Não são nem oito horas da manhã e o calor já irrita os olhos e a pele. Ele atravessa o pátio, sobe a escada empoeirada e toca bem de leve a porta de vidro fosco, resistente a invasores. Encosta o nariz no vidro e examina o saguão silencioso. Gostaria muito que seu olhar encontrasse o olhar de um segurança meio entediado, mas surpreso com seu nariz na porta gelada. Esperança ingênua. Não há mais seguranças nesse shopping ou em qualquer outro lugar. Ele sabe disso, do contrário não estaria aí, decidido a entrar à bala, resolvido a ter todas as lojas à sua disposição. Afasta-se um pouco e olha para o alto, protegendo os olhos com a mão. O sol está bisbilhotando tudo, detrás dos prédios. Um milhão e quatrocentos mil quilômetros de diâmetro e seis mil graus celsius — só na superfície — de ardente curiosidade. O sol é muito solitário, pobre infeliz, tão afastado do centro da galáxia, onde a vida é muito mais intensa. A manhã está tão sem graça, o que resta a ele, sol solitário derramando roliços grãos de luz, a não ser ficar de olho nesse tipo suspeito parado na frente do shopping?

O bairro sofreu em poucos dias a maior desvalorização imobiliária de todos os tempos. Sumiram os interessados. Literalmente. Nada de corretores, compradores ou locatários. Coberturas de dois milhões de dólares agora não valem nem um centavo. A vida magnífica dos ricos perdeu o valor, foi à falência. O glamour desvaneceu. Metade dos ipês-amarelos e dos flamboyants do quarteirão também desapareceu. Estavam aí há dez dias, hoje não estão mais. Em torno do shopping sobraram alguns canteiros vazios ao lado dos canteiros ocupados pelas árvores que não desapareceram. Mas chega de devaneios. Hora de entrar. O shopping é um cilindro colorido de duzentos metros de altura por cem de diâmetro, coroado com uma cúpula de aço e vidro. O mesmo vidro fosco e solitário da porta. Quase inquebrável.

Ele procura o revólver na bolsa de couro que traz a tiracolo. Encontra o alicate, o estojo de chaves de fenda, uma caderneta, a tesoura e o estilete. Encontra uma fita métrica, uma caneta, um rolo de fita adesiva, um lápis e meio metro de barbante. O revólver não está aí. Por que será que isso não o surpreende? No caminho para cá ele teve a sensação de que estava faltando alguma coisa. Podemos chamar de autossabotagem. É o medo do trovão. Do bangue! É o suor frio que o estrondo produz. O pavor do disparo faz sua mente evitar a arma, esquecê-la em qualquer lugar. Não adianta ficar se lamentando. Ele olha em volta em busca de ajuda. Nem sinal de um tijolo ou de uma barra de ferro. Soltos, é óbvio. Há muitos tijolos, blocos de concreto, paralelepípedos, barras de ferro, canos e paus em toda parte, mas firmemente presos no cenário, fazendo parte de uma parede, um quiosque, uma banca de jornal, um poste, um painel ou um totem de sinalização.

E se dirigisse o carro de sua mulher contra a porta do shopping? Pensando bem, não precisaria ser o carro da sua mulher, estacionado longe, muito longe, no subsolo de um prédio a muitas e cansativas quadras de distância. Poderia pegar um carro na avenida (estranhamente quase vazia). Um grande e pesado. Uma picape ou um furgão seriam perfeitos. Os degraus que vão do pátio ao pórtico do shopping não representariam qualquer empecilho para um veículo vigoroso e agressivo. Quantos cavalos tem? Quinhentos? Mil? Já antecipando a emoção que o impacto provocará — uma sensação vibrante de cinema, cabraaam —, ele passa a observar os veículos parados na avenida. Pelo menos três apresentam a robustez necessária para cumprir bem a tarefa. O grande estorvo é o pânico de dirigir. Decide que esse será o plano B. Se não conseguir pensar em nada menos complicado, apelará para uma picape ou para um furgão. Por ora, prefere não provocar sua fobia-do-volante adormecida há anos.

Talvez uma cadeira resolva o problema, ele pensa. A ideia vem naturalmente, no momento em que vê uma lanchonete aberta do outro lado da avenida. Deixa a bolsa no chão, vai até lá e experimenta uma das cadeiras com estrutura de ferro e assento estofado. É pesada, e difícil de erguer e girar rápido. Nunca fez isso antes: arrebentar uma porta de vidro com uma cadeira. Está confiando nas aulas de vandalismo dos filmes de ação de que a mulher tanto gostava. Bond, James Bond. Ou Indiana Jones. Bater, golpear, quebrar: que impulso mais sedutor. Traz a cadeira para a frente do shopping, limpa o suor da testa e se prepara pra desferir o grande golpe. Segura-a pelas pernas traseiras, gira duas vezes pra ganhar impulso e a arremessa no vidro fosco. A superfície atingida se comporta como gelatina sólida. A cadeira ricocheteia e atinge a coxa do agressor. Que xinga de raiva.

A pancada na coxa não foi forte o bastante para rasgar a carne, mas vai ficar roxo, ah vai. O pior foi o espanto desconexo de ter sido pego de surpresa num ato trivial. A coxa lateja. Não está doendo muito, mas quem disse que todas as mortes doem no começo? Há as que não doem sequer no final. Nem por isso deixam de ser corrosivas e mortais. A cadeirada despertou essa grande verdade. Foi uma pancada também na consciência, acordando a preocupação. O corpo é frágil. Esse pensamento deixa o homem sem forças, atarantado, com muito medo. E se tivesse se ferido pra valer? Em vez de na perna, na cabeça. Uma fratura, ou uma hemorragia... A carne apodrecendo, a dor enlouquecendo a razão. Como faria, sem atendimento médico? Sem um pronto-socorro ou uma farmácia funcionando? Que antiinflamatório, que antibiótico tomar? Como corrigir a fratura, costurar o corte e estancar a hemorragia? Desespero. O sangue jorrando, ele agonizaria durante dias, sozinho no apartamento. O fim seria a mistura nauseante de febre, dor e delírio.

Como se espantasse um pernilongo, ele afasta com a raiva a sombra da morte. Xinga alto. Ergue novamente a cadeira e a arremessa contra o vidro, que trinca. Mais um arremesso, com mais raiva, e o trincado aumenta. No arremesso seguinte um bom pedaço da porta se estilhaça e a cadeira quica dentro do shopping. A entrada está livre. A invasão começou, porém sem alarme. Nem uma campainha ou um apito. Não no local do crime. O alarme está tocando em outro lugar: na sala de segurança, no subsolo. E também a seis quadras do shopping, na empresa responsável pela segurança desse prédio e de outros da mesma rede. A cadeira quica e se aquieta. O invasor ofegante entra com cautela no saguão mal iluminado e constata que está mesmo sozinho. A esperança muito volátil de que pudesse haver alguém uniformizado e armado, defendendo a propriedade privada e o patrimônio dos lojistas, desaparece de vez. Apenas as pequenas e inertes câmeras vigiam seu movimento. Ele acena para elas, um pouco sem jeito. Sua imagem está neste momento em vários monitores de catorze polegadas. O maior desejo do invasor era, se conseguisse entrar, que ao menos houvesse público para essa cena de heroica coragem.

Nunca pensou que seria capaz de arrombar uma porta. Está atônito, com medo. Admira as vitrines das lojas fechadas, iluminadas pela pouca luz que atravessa as janelinhas altas. À direita, uma livraria luxuosa, uma loja de antiguidades, uma de aparelhos eletrônicos e uma joalheria. À esquerda, uma loja de objetos de couro, uma de CDs e DVDs, uma de roupas sociais para homens e uma de calçados finos. À sua frente, as várias mesas e o balcão de um café sofisticado. Tudo ao seu alcance, é só esticar a mão. A euforia começa a crescer. Põe a bolsa de couro em cima de uma mesa e dá a volta no balcão do café. O que tem pra comer? Vários tipos de doce e bolo. Pega um brownie e cheira. Encosta apenas a ponta da língua. Ainda parece bom. O chocolate e o açúcar derretendo na boca aumentam mais um pouco a alegria ainda insípida, tímida, querendo crescer. Um inseto. Um sentimento periférico de patinhas e pinças famintas, procurando alimento, calor, ar. Afastando o desespero e a solidão dos últimos dias. Querendo nascer de parto natural, como todos os insetos.

A gigantesca calma do edifício vazio é inebriante e sublime. Agora ele tem certeza que invadiu o lugar certo. Estava em dúvida entre o shopping e a catedral da Sé. Precisava de paz espiritual, mas por uma razão desconhecida logo concluiu que o tipo de paz que procura existe em abundância nos shoppings vazios, não nas catedrais (vazias ou não). Sai de trás do balcão, a boca cheia de uma massa negra e pegajosa. Olha ao redor. Esquerda, direita, pra cima, pra baixo. Quatro possibilidades que logo se abrirão a outras quatro, oito, dezesseis. Pra onde ir? Sem hesitar, deixando a bolsa na mesa, ele segue na direção da escada rolante — parada — porque nota que a alegria vai ficando mais intensa nessa direção. Os objetos nas vitrines que ladeiam o corredor começam a sussurrar.

Zzz, mmm. Medo. As pulseiras e os relógios de ouro, os livros sobre vampiros e as revistas da semana passada, os celulares ianques e os televisores japoneses, os sapatos e os casacos de couro comentam a invasão inesperada, estão exasperados, desconfiados, os objetos querem saber quem é esse sujeito de meia-idade que passeia por seus domínios como se fosse o dono do mundo, o eco dos passos cresce e acorda o santuário comercial, o invasor agora corre — vibração, alegria, saliva doce —, o cheiro da luz natural e do ozônio traz de volta a mulher e os filhos e todas as vezes que a família veio aqui — gostavam de vagabundear pelo shopping logo cedo, preferiam evitar a multidão dos finais de semana —, ele vai subindo sem parar nos andares, sem prestar atenção ao murmúrio da divindade encerrada nos brinquedos e nos móveis, vai correndo com a boca cheia de brownie em direção à praça de alimentação e à cúpula de quinze metros de diâmetro — do inferno do primeiro andar ao paraíso do último: regozijo, júbilo, prazer —, ansioso e sem fôlego ele sai da escada rolante desligada — à direita a praça de alimentação, à esquerda as salas de exibição — e para no hall do cinema, em frente aos cartazes assustados que conversam entre si, quem é esse homem, o que ele quer?

Ele fecha os olhos e respira regularmente várias vezes, controlando a entrada e a saída do ar como nas aulas de ioga, começando do diafragma, enchendo e esvaziando os pulmões. Com calma, muita calma. Já não há mais chocolate em sua boca. Os anjos e os demônios do shopping desistem de tentar entender a situação, eles não têm o nosso discernimento, criaturas sem aparelho respiratório jamais compreenderão o esforço que é respirar, respirar, respirar minuto após minuto, década após década. O invasor olha o cartaz do filme de espionagem, depois o da comédia romântica e o da aventura infantil. Quando foi que ele, a mulher e os filhos viram esse filme? Pouco tempo, duas semanas no máximo. Demora a perceber que está chorando. Sente na boca um gosto de ranho, acaricia a aliança de ouro. A segunda aliança, a que está no mindinho. A aliança que já foi de sua mulher. Hoje faz oito dias que estiveram aqui pela última vez e ele ainda não se acostumou com sua nova função de único dono do mundo inteiro. Emprego difícil. Sem direito a remuneração, plano de saúde ou aposentadoria.

Os nomes

Sempre detestou as pessoas. Agora que está sozinho ele reconhece isso. Sempre odiou viver entre seus semelhantes. Abominável, tudo: os esbarrões no elevador ou na calçada cheia, as máscaras sociais, a política cotidiana, as gentilezas falsificadas, o toma-lá-dá-cá emocional no trabalho, na família. Quando começou essa aversão? Cedo. A passagem da infância para a adolescência foi traumática. O que antes era espontâneo de repente ficou muito afetado. As pessoas perderam a naturalidade, a inocência, ele perdeu a naturalidade, a inocência. O mundo virou um teatro estranho e artificial, cada adulto parecendo representar um papel pré-definido. Um papel forçado, sem paixão. Um só não, muitos. Com os anos ele aprendeu e aceitou a contragosto os seus papéis forçados nessa história toda. Desprezava a si mesmo e a legião humana — alienígena, estrangeira — porque não conseguia viver fora dela. Mas agora, sozinho, ele sente bastante a falta das pessoas. Teatro ou não, ele gostaria de representar novamente. De retornar ao palco. Quer de volta seus papéis idiotas. Era mais feliz odiando — sem saber que odiava — do que agora, apartado de seus semelhantes. Virou um eremita forçado e seu eremitério é o mundo todo.

Veja este lugar: vazio. Um shopping deserto é uma espécie de labirinto primitivo sem minotauro, sem virgens inocentes, sem sangue nas paredes. Raciocine comigo. Uma construção destinada ao consumo, agora sem consumidores, é o mesmo que uma arena destinada ao massacre, agora sem assassinos nem plateia. Ou não? Quem sabe a resposta? Onde estão os sobreviventes da última luta de gladiadores? Ele olha em volta e sente uma invisível, uma intangível pululação. Parece-lhe que o edifício cilíndrico e hierático está saturado até o infinito de pessoas invisíveis. Essas pessoas pertencem a outras dimensões. A outras eras.

É pensando nisso — nessa multidão secreta — que ele atravessa o hall do cinema, entra na primeira sala às escuras e sem premeditar, orientando-se pela memória antiga, senta bem no centro. A luz que vem lá de fora é rala, mas acumulativa. Com o passar dos minutos a tela branca, imensa, vai ficando cada vez mais branca, cada vez maior, e certos detalhes das paredes e das fileiras de poltronas vão ficando cada vez mais visíveis. Apesar da longa espera o filme não começa. O tempo passa e nada acontece. Nenhum trailer, nenhuma vinheta. Onde foram parar todos os fantasmas dessa caixa de sonhos? Cadê a forte emoção, o regozijo? Sentado no centro do santuário, pronto para reencarnar e viver outra vida mais interessante, ele começa a sentir o medo sombrio que sempre o acomete quando as lembranças mais delicadas passam na tela branca de sua mente. Esse medo o põe em movimento. Ele sai da sala, desce a escada rolante, pega sua mochila em cima da mesa e atravessa a porta arrebentada. O bafo do inferno o atinge em cheio, irritando seu animal interior. De novo, a sensação de estar cercado de assombrações de outros tempos.

Sentado no degrau mais baixo da escada em frente ao shopping, meio afásico, meio entorpecido, ele brinca com a carteira de couro negro e alguns documentos que não manuseava há dias. O título de eleitor. A carteira de identidade. O talão de cheques. Os cartões de crédito. A assustadora carteira de motorista. À sua frente, no pátio sujo de poeira e folhas secas e na avenida arenosa, o ar ondula, as sombras se afunilam, o sol queima o concreto e a pintura das fachadas. Está muito quente pra sorrir, mesmo assim ele sorri, manuseando o couro dobrado e costurado, deixando cair parte de seu conteúdo. As notas de cinquenta e de cem voam para a calçada. Então ele reconhece seu nome na cédula de identidade: Davi. Um nome estorricado, que perdeu água rapidamente, um nome-monumento, poroso, recém-descoberto sob as dunas de um deserto antigo.

Daqui a pouco a temperatura vai bater os trinta e cinco graus. Calor capaz de assar um gato no meio da rua, se ainda houver felinos disponíveis em algum lugar. Chega de bobagem. Hora de voltar pra casa. Ou de largar o corpo cansado e suado em qualquer quarto de hotel. A carteira e seu inútil conteúdo são arremessados longe, dentro da fornalha que consome o bairro.

Não existe nada mais imprestável agora do que dinheiro e cartões de crédito. Ou um nome. Quando não há ninguém com quem compartilhar um nome, que utilidade ele tem? Enquanto anda, outros nomes sem serventia vão emergindo na consciência. Um nome de mulher. Vivian. Um nome de menino. Victor. Um nome de menina. Thaís. Substantivos próprios sem usuário, sem proprietário, pois é certo que os antigos donos não vão mais voltar. O homem chamado Davi anda três quadras e desiste de voltar pra casa. Está muito abatido, sob uma montanha gosmenta de familiares, parentes, amigos e conhecidos derretidos.

Vivian. Victor. Thaís. O homem chamado Davi quase pode ver esses nomes queimando com voluntária e penosa lentidão, reverberando feito uma fogueira de festa junina. Na calçada deserta ele se sente vulnerável, visível, em grande perigo. É preciso escapar. Para fugir das lembranças ele entra numa agência de viagens — a porta estava estranhamente aberta —, liga o ar-condicionado da recepção e deita no sofá cinza cheirando a mofo e cigarro. Porém, longe do sol escaldante, os nomes parecem ganhar rosto e voz. Sua consistência é elementar, alquímica. As sílabas desenham expressões afetivas, as muitas bocas falam, a aniquilação do choro solitário se aproxima e morde. Maldita lassidão bifurcada. O peso da montanha, em vez de diminuir, triplica. E ele se rende às lágrimas.

Primeiro dia

Fome

Quando certa manhã Gregor Samsa acordou de sonhos intranquilos, encontrou-se em sua cama metamorfoseado num inseto monstruoso. É verdade, de todos os romances inesquecíveis, esse é um dos melhores começos já escritos. Mas não é exatamente isso — uma metamorfose, um inseto monstruoso — o que está acontecendo com o herói de nossa história de aridez e solidão. Da pior forma possível ele descobrirá que a vida real não é literatura, boa ou ruim. Não é ficção. É uma forma perversa de matemática. De subtração física e divisão subjetiva.

Os braços frouxos como se fossem de borracha. As pálpebras pesadas em desavença com a bexiga cheia. Nosso protagonista quase consegue sentir o sangue sendo filtrado nos rins e a urina seguindo pelos ureteres. Sono, ainda. As pálpebras até parecem a porta de aço do supermercado, a porta mal-humorada que ele ajudava seu pai a erguer todo o santo dia. Calor. O pijama grudando no corpo. Estava sonhando com o pai, com os pães da madrugada, o forno pegajoso e implacável? Estava. Até que o pai, os pães, o forno e a porta se desmancharam no ar, na sólida calmaria do quarto. Hmmm, tudo calmo demais. Que quietude é essa? Sensações se misturam com os arabescos do sono: carros de passeio capotando, um avião comercial caindo, o choro de um recém-nascido numa maternidade abandonada.

Ele abre os olhos e tenta puxar o travesseiro preguiçoso de cima da cabeça. A primeira tentativa fracassa, o travesseiro parece pesar trinta quilos. Na segunda tentativa, mais determinado, consegue. Vira-se no colchão indolente e devagar vai sentindo que certas coisas estão fora do lugar. A maior delas, maior do que todas as coisas grandes deste mundo, é o silêncio. Dentro e fora de casa. O silêncio viscoso está bem aí, e não longe, muito longe, como de costume. Bastante incomum. A tevê calada. O chuveiro mudo. Aparentemente não há ninguém na cozinha ou no quarteirão.

Que dádiva é essa? Um domingo moroso, sem algazarra nem obrigações? Isso é mesmo possível numa capital colérica como São Paulo? Num casamento intempestivo de quinze anos? Já é quase meio-dia e os filhos não invadiram o quarto, não vieram pedir nada, aporrinhar, beijar. Estranho. É difícil crer que ainda estejam dormindo. A bexiga fala mais alto, sua musculatura grita e ameaça molhar a calça do pijama. A contragosto ele levanta para urinar.

A descarga o assusta. Antes tão discreta, agora até mesmo com a tampa abaixada ela ruge muito mais alto. Com o dobro de animosidade predadora. Mas ele já desconfia de que se trata de uma simples ilusão. Não há nada de diferente na descarga. É o apartamento que está absurdamente quieto. O apartamento, o edifício e a rua. Quietos e abafados. Teriam as autoridades decretado guerra ao furdunço e proibido o barulho nos finais de semana? Em ano eleitoral tudo é possível. Ele segue pelo corredor e chama a mulher, que provavelmente está na cozinha. Ela não responde. Não deve ter ouvido o chamado. Ele atravessa a sala, afasta a cortina e abre a porta que dá para a sacada, e mesmo assim o ar não circula. Mormaço. Nem uma brisa fraquinha. Ele passa da sala para a sacada, apoia os braços no parapeito, encosta o rosto na rede de proteção — as crianças são pequenas, é preciso pensar em sua segurança — e não vê ninguém passando na calçada, nada, nem um poodle lambuzando o poste em frente. Isso também é inédito: todos os carros do perímetro estão estacionados.

Ninguém na cozinha. Ele volta pelo corredor, abre a primeira porta e espia a sala de tevê vazia. Dá alguns passos e abre a segunda porta. O quarto das crianças também está vazio, além de desarrumado e às escuras. Seu interior cheira a pão doce adormecido. Um gosto açucarado e desagradável cola na ponta da língua. Ele xinga qualquer coisa e acende a luz. No domingo a mulher quase nunca sai com os filhos sem avisar, e quando sai jamais faz isso sem antes abrir a janela do quarto e arrumar as camas. Porra. A quebra desse ritual doméstico sempre foi algo impensável. Em pé, segurando uma maçaneta meio viva meio morta, a luz embaçando o raciocínio, ele finalmente sente uma pontada de medo e seu centro de equilíbrio patina.

Nada o irrita mais do que uma surpresa desagradável logo ao acordar. Ele nunca foi de respeitar muito a rotina, mas isso?! Tenha dó. Isso é demais! O café da manhã não foi preparado. A família saiu sorrateiramente sem deixar um bilhete, nada, nenhum aviso. E ele não lembra de ter cometido um pecado, uma ofensa grave sequer, na noite anterior, pra ser tratado assim. Ou teria? Ele tenta lembrar. Mas o medo anestesiou seu raciocínio. Os músculos, acompanhando o sistema nervoso, também vão perdendo velocidade. O que aconteceu mesmo na noite anterior? Um jantar descomplicado na casa dos amigos dela, gente saudável, sem estresse. Beberam vinho. Fumaram só um baseado. Não cheiraram nada. Tudo muito civilizado e relaxante.

Brigaram na volta selenita e estrelada para casa? Talvez. Haja sol ou lua estão sempre discutindo por qualquer bobagem. Principalmente no carro. Em casa ou no trabalho sempre dá para abrandar o bate-boca convocando mediadores ou escorregando furtivamente para a rua. Mas no trânsito isso é impraticável. Não adianta forçar, não se lembra de briga alguma na noite passada. Também não lembra se transaram. Tira a camisa do pijama para suportar melhor o calor. Faz isso bem devagar, atrapalhando-se com as mangas animadas por um demônio qualquer.

Suas costas formigam. A sensação de pesadelo começa a se avolumar em torno dele. Maldito silêncio! Atacados pela apreensão, seus ouvidos são inundados por um vapor insólito e maligno, feito de quietude. O tempo desacelera. Pavor. A partir de agora todos os seus movimentos serão em câmera lenta e em preto e branco. Ele sente um grave descompasso entre a velocidade do pensamento — baixa — e a do corpo — muito, muito baixa. O resto de vapor que não entrou nos ouvidos se concentra em seus olhos, nublando tudo.

Quase não consegue respirar. O medo continua vivo durante todo o tempo em que ele manipula nervosamente o celular. Liga para a mulher e para a sogra. Os dois telefonemas caem na caixa postal. Liga para o sócio e para o melhor amigo. Novamente a caixa postal. Coincidência? Passa a ligar para todos que tenham um número gravado no aparelho: conhecidos, parentes, fornecedores e clientes. Novamente a insolente, amorfa, redundante caixa postal. Os dedos de geleia começam a se atrapalhar com os dígitos. Ou é o aparelho que vai ficando cada vez mais cremoso? Rombo no casco. O apartamento começa a fazer água e ele sente que vai se afogar no Atlântico.

Só o fundo do oceano ou o espaço entre as estrelas é assim tão livre de ruídos. Empurrado pelo pânico, na meia hora seguinte ele faz três coisas, não necessariamente nessa ordem: interfona para a portaria do prédio — ninguém atende —, telefona aleatoriamente para os números de sua agenda — ninguém atende — e volta a olhar através da rede da sacada os carros estacionados lá embaixo, na rua abominável. Os execráveis carros na rua repulsiva, arborizada e deserta, cuja beleza já não é mais familiar. É rochosa, não euclidiana. Durante todo o tempo que ele gasta observando a rua e a portaria ninguém entra ou sai do prédio. Ou dos outros edifícios sem vida. O oceano lá fora não parece ter habitantes de qualquer espécie. Um cemitério cetáceo, só de esqueletos.

Agora é o momento certo de sair de casa e tocar a campainha do vizinho de baixo. Ou a do vizinho de cima, tanto faz. Passeia em transe pelo aquário em que o apartamento se transformou.

Fica surpreso com o fato de estar conseguindo respirar debaixo da água. É uma criatura marinha numa calça de pijama. Teria guelras? Antes de sair de casa ele se debruça o máximo possível no peitoril da janela da sala para tentar ver o movimento na avenida lá longe. Sente falta, muita falta do estrondo de cachoeira que todos os veículos da cidade costumavam produzir mesmo aos domingos. Esse estrondo ancestral desapareceu junto com o vaivém de reflexos e cintilações na avenida.

Desce ao andar de baixo. Abre a porta do elevador e entra no vestíbulo ocupado por dois quadros abstratos, um aparador e duas cadeiras. É a primeira vez em toda a sua vida que pisa nesse retângulo do universo. Apesar da proximidade, jamais visitou o vizinho ou foi por ele visitado. Isso aumenta seu desconforto. Toca a campainha. Ninguém atende. Irrita-se, chuta a porta. É óbvio que ninguém atende, por que alguém atenderia? Está vivendo numa dimensão de pesadelo. Não acordou ainda. Nessa realidade onírica as leis são outras. Controla a frustração e volta ao elevador, decidido a visitar o outro vizinho. Tudo se repete? Exatamente igual.

Agora ele está no jardim submarino do edifício oceânico. Não há tubarões nem baleias por perto. Ele é o único morador sentado no banco de madeira sob o sol indiferente. A careca brilha, o bigode e os pelos do peito estão empapados de suor. O som áspero de sua respiração e a vibração excitada dos pulsos são irritantes. Ah, se pudesse parar de respirar e de vibrar! Os pés descalços, meio tostados, escorregam para debaixo do banco, para a sombra.

E há o silêncio cortante, que não é a simples ausência de som, é algo mais complexo, é o zumbido baixo de seu sistema nervoso, o tique-taque avermelhado do coração antes tão fleumático, agora tão insolente, e o movimento aporrinhante dos pulmões. O insuportável silêncio, um mantra dentro do próprio corpo. Um dó impossível, uma nota perpétua. Como abafá-la? Ele é obrigado a fazer movimentos breves com a língua, a tocar com delicados estalos os molares e o palato, para arranhar a superfície desse refrão fisiológico. Precisa quebrar o ritmo da calmaria. Abafar a quietude é lutar contra a insanidade.

A porta à prova de balas da portaria vazia está destrancada. Ele poderia facilmente abrir o portão e correr pelo quarteirão em busca de alguém. Mas seu ânimo acabou. O pesadelo venceu. Seria muito, muito penoso sair por aí e não encontrar sequer uma criança, um taxista, um jornaleiro. Seu corpo está derretendo no banco do jardim e é assim, irreconhecível — só uma pasta de carne sem nome ou origem —, que ele quer ser encontrado, se ainda existir alguém para encontrá-lo. O devaneio com a carne viscosa subitamente passa. Um formigamento. Um espinho? A mão direita está doendo mais do que o resto do corpo. Ela aperta forte um amuleto demoníaco: o celular. Não conseguiu largá-lo, mas também não consegue mais usar esse aparelho maldito, que exala tanto pavor.

A língua sente o interior da boca como se estivesse forrado de pelúcia. Então ele se dá conta de que está com fome. Volta para o saguão, chama o elevador mas não tem coragem de entrar na cabine. Simplesmente não tem coragem. Se o elevador encrencar, ele corre o risco de ficar preso por muito tempo. Dependendo da posição da cabine no momento da pane, ele pode ficar trancafiado por horas antes de conseguir escapar. Com fome e preso: isso seria inaceitável.

Vinte andares o separam de sua cozinha e do café da manhã. Sem forças, irritado, ele deita no sofá do saguão. Fecha bem os olhos e entrega-se à maciez do estofado branco. Esse é o truque: voltar a dormir para em seguida acordar fora do pesadelo. Ajeita-se e vai mergulhando no sono, camada após camada. Esse é o truque. Mas está nervoso demais para dormir. O estômago vazio conspira contra seu plano. Antes de chegar à última camada do sono, ele abre os olhos, levanta do sofá e massageia nervosamente a nuca dolorida. Definitivamente não é um pesadelo. Parece mais uma traiçoeira forma de demência.

Teria mesmo enlouquecido? Ele junta o restinho de energia e se prepara para ir pela escada. No terceiro andar, a estrutura química do cansaço liga-se a algo que não é próprio do cansaço: a felicidade. Isso o faz parar e sentar. A felicidade já não está mais aí, volatizou, virou nada, porém seu rastro ainda é forte o suficiente para provocar umas poucas lágrimas. Um choro breve mas purificador. Enquanto subia os degraus o contentamento veloz e abundante expressou-se por meio da alegria ardente. Do júbilo de estar sozinho no mundo. Sensação boa demais. Finalmente livre. Apartado de todos os compromissos gelatinosos da viscosa rotina, do pastoso cotidiano. Mas a felicidade é uma lembrança perdida nos degraus passados e ele tem vontade de mais, mais, mais. Sozinho e livre. Como é bom ser livre. Como é bom poder deixar pra lá os diversos papéis que a sociedade o obrigava a interpretar. Como é bom. Ele continua chorando baixinho, consumindo os últimos fiapos da liberdade opulenta e difícil.

Os nomes vêm em lufadas, em ondas frias e quentes. Os invioláveis nomes, mais livres do que as estrelas-do-mar. Vivian. Victor. Thaís. Opulenta felicidade, poder lembrar deles. Mas a alegria logo é dissolvida. A indiferença das paredes e dos degraus traz o oceano mais uma vez para dentro do edifício, inundando tudo de água salgada. Afogando os exaustos nomes. O cemitério marinho faz esquecer tudo o que não é osso ou cálcio. Como é possível? Nenhuma premonição, nenhum sinal. A esse homem consumido, esgotado, parece incrível que o dia mais assimétrico de sua vida tenha começado sem qualquer aviso, sem um só sussurro secreto cochichado em sonho.

Roupas

Davi abre a geladeira e fica parado, curtindo o friozinho. Que barulho foi esse? Aguça a audição, fareja o nada, olha para a janela aberta só até a metade. Foi uma campainha? Em algum lugar? Não. Davi está em estado de choque. Quase catatônico. Desamarra o cordão e deixa a calça do pijama descer até os pés. A brisa gelada do pequeno inverno à sua frente roça os pelos do peito, da barriga, das coxas e do saco. Um arrepio gostoso. Ele pega a garrafa de leite, o pote de margarina, a bandejinha de presunto fatiado e a de mussarela e, desvencilhando-se da calça do pijama, coloca tudo em cima da mesa.

Senta de costas para o balcão de mármore, vira um pouquinho, estica o braço e pega o pão de fôrma com centeio e grãos — a geladeira ainda aberta, soprando — e nos quinze minutos seguintes não faz mais nada, exceto comer e beber, mastigar e engolir. Diferente do sol lá fora, o leite bebido direto da garrafa e o sanduíche de presunto e mussarela, com uma camada grossa de margarina, aquecem seu corpo de um jeito prazeroso. Davi relaxa. Bebe mais um pouco de leite. Concentra toda a atenção na saciedade, na satisfação puramente fisiológica. O processo digestivo afoga parte de sua ansiedade numa bacia de suco gástrico.

Arrota baixinho. Mais calmo, ele fecha a geladeira com o pé, pois o frio já começava a incomodar. Fica acariciando o langor e devaneando sobre abstrações, figuras geométricas sem forma fixa, cores gastas, nuvens. Olha pela janela. Nem sinal dos voos comerciais de domingo. Morar perto do aeroporto sempre o irritou, mas agora daria um rim a qualquer indigente sem teto em troca de um céu riscado pelos aviões. Sente falta do rumor distante das turbinas. Um calafrio e a queda na luminosidade externa indicam que uma pesada cúmulo-nimbo acaba de cobrir o sol. Bebe mais um tanto de leite. A luminosidade externa cai mais um pouco. Outro calafrio.

Davi massageia os braços arrepiados e decide tomar um banho. Ele sempre acreditou no poder mágico e reconfortante da água quente. E da aguardente. Ou do uísque. Meia garrafa de Jack Daniel's e meia hora na banheira de hidromassagem farão o mundo entrar definitivamente nos eixos. O mundo. Que merda de expressão é essa: "botar o mundo nos eixos"? Quem inventou essa asneira? Xinga. Amaldiçoa os poetas (só pode ser mais uma criação imbecil deles). Levanta devagar, meio desanimado, recolhe a calça de pijama e então percebe as roupas caídas no chão, perto da pia. Roupas de mulher. Da sua mulher. Mesmo sobrepostas e amarfanhadas, Davi logo reconhece a textura da bermuda jeans e o detalhe visível da estampa da camiseta.

Agacha-se e fica observando a estranha disposição das roupas: em forma de argola. Parecem um pouco esticadas. A camiseta (um círculo) está em cima da bermuda (outro círculo). Olhando do alto, Davi vê um par de chinelos dentro do amontoado. Puxa um pouco uma das mangas, sem convicção, e encontra, presos na bermuda, a calcinha e o sutiã da mulher. A disposição do conjunto sugere a absurda ideia de que havia uma mulher em pé em frente à pia. Uma mulher que subitamente desapareceu, deixando pra trás apenas as roupas. Não. Na verdade sugere algo bem pior. Uma mulher que explodiu e em seguida implodiu. Isso explicaria o tecido esticado, frouxo, mas limpo, sem manchas de sangue. Explicaria? Nos mínimos detalhes. Desde que, é claro, a explosão e a implosão não tivessem durado mais do que um milionésimo de segundo. A onda de choque — um micro bigue-bangue — expandiria o tecido, mas só um pouco, e a rápida contração — um micro buraco negro — sugaria a carne, os ossos e o sangue. O resultado seria exatamente essa frouxidão fofa que Davi está tendo a oportunidade de examinar. Um círculo de roupas lassas sem uma mulher dentro. E um par de chinelos abandonado, comprado na França.

Davi vê muita graça na sua teoria absurda. Enfia a mão na argola formada pela camiseta, pela bermuda, pelo sutiã e pela calcinha e, sem esbarrar na parede de tecido, recupera os chinelos. Os pés da mulher, os delicados pés sempre bem feitos, deliciosos, onde estão? Davi imagina sem dificuldade o choque devastador provocado pela explosão, o fígado esmagando o estômago, o intestino grosso empurrando a coluna vertebral e os músculos, a carne expandindo, deformando o abdome, a massa branca do cérebro atravessando as fissuras do crânio, os dedos e os dentes sendo disparados como projéteis, o grito sem a força do grito, o horror pego de surpresa, sem tempo para se expressar.

Em seguida, a contração não menos devastadora, compactando e recolhendo tendões, artérias, pensamentos, fezes, vísceras, palavras, falanges e omoplatas. Recompondo o DNA de cada fio de cabelo negro, de todas as digitais. Atraindo cada gota de sangue, lágrima, urina e suor para dentro... Do quê? Do nada primordial. Sugando e comprimindo uma vida pulsante e plena, encolhendo recordações e desejos, reduzindo o corpo macio a uma esfera de um milímetro de diâmetro. Menor. Bem menor. Reduzindo-o à dimensão de um átomo. Menor ainda. Reduzindo-o à mais perfeita inexistência em nosso universo.

Vivian não vai mais fazer amor, aproveitar os domingos, brincar com as crianças, sorrir, rir, abraçar, chorar, beijar, conversar sobre o trabalho, reclamar do calor, da síndica ou dos porteiros, simplesmente não vai fazer mais nada do que a definia, do que delimitava sua existência e encantava o marido. Se é certo, como disse alguém, que vivemos entre duas eternidades, então Vivian foi só um lampejo na noite mais escura, um fiapo de luz recém-sufocado pela segunda eternidade. Ela foi só uma beleza e uma alegria gasosas, gozosas, que já desmancharam no ar. Mas Davi, sempre conservador, preferia que a mulher tivesse partido da forma convencional. Preferia mil vezes ter que lidar com os detalhes viscosos do velório e da cremação do que com esse silêncio e esse vazio brancos, assépticos. Vivian, em vida, não foi como as outras mulheres. Era independente demais, criativa demais. E Davi amava essas características. Mas não teria sido ruim se pelo menos uma vez na vida — na morte — ela tivesse aceitado se comportar como as outras.

Como se deixasse crisântemos ao lado de uma lápide, ele deposita os chinelos ao lado das roupas e vai para o quarto. No caminho, para no bar e se serve de uma dose de uísque. A desagradável sensação de estar sendo observado passa raspando sua orelha esquerda, movendo-se a poucos centímetros de sua consciência. Olhos invisíveis. No corredor, a caminho da suíte e do banho tão desejado, para diante do quarto das crianças, a porta aberta, o cheiro de pão doce adormecido ainda intenso. É com horror renovado que Davi percebe que a disposição dos pijaminhas embaixo dos lençóis também indica que a menina e o menino não trocaram de roupa hoje de manhã. As peças de algodão entrelaçado, brancas e levemente esticadas, com desenhos infantis, sugerem o mesmo fenômeno que teria levado para sempre a mãe das crianças.

Davi cambaleia. Sai gingando do quarto, tonto de pavor. Os filhos não. Não os filhos, ele implora. Termina a dose de uísque e deixa o copo em cima de um aparador. Os olhos invisíveis grudam em sua nuca suada. A vertigem não traz qualquer consolo, apenas calafrios. É o apartamento. São as paredes sussurrantes e o teto ameaçador. O demônio gelado que está vigiando seus movimentos é o grande, cruel, antigo, confortável, iluminado, amaldiçoado apartamento. Sobrevêm os lapsos de memória. Davi está na banheira ainda vazia, mas não lembra de ter andado até lá. Agora seu corpo está imerso até o pescoço em água morna e cheirosa — o cheiro de Vivian —, porém não lembra de ter aberto as torneiras e derramado os sais de banho. Agora ele está parado em frente à janela aberta — sem rede de proteção — da área de serviço. Pensando em suicídio. O celular firmemente seguro, feito um amuleto invencível. Um oráculo eletrônico sem língua ou cordas vocais. Suicídio?

Sexo, Deus e morte são os três pensamentos diários que desde o fim da infância sempre o assombraram. Obsessões homeopáticas? Davi jamais compreendeu bem a função desses três mistérios. O sexo costumava ser muito complicado na adolescência, até que conheceu Vivian, mais experiente e mais paciente do que ele. Namoraram, noivaram e casaram. Tiveram um par de filhos. O sexo continuou sendo algo mais difícil de fazer do que de teorizar, mas, numa escala de zero a dez, o casal conseguiu se estabilizar no confortável nível sete, capaz de sustentar indefinidamente qualquer relação.

Deus, outro problema (no mínimo social). Uma piada com espinhos venenosos. Amon, Jeová, Alá, Zeus, Odin, Tupã, Deus. Jamais conseguiu acreditar em sua existência, muito menos nos que acreditam em sua existência. E isso sempre o colocou em apuros, pois os religiosos fervorosos são — eram — a maioria dos clientes de sua empresa. Por fim, a morte. Por que você não se mata? Ao menos uma vez por dia Davi costumava fazer a si mesmo essa pergunta. Por que você simplesmente não se mata? A resposta variou muito ao longo das décadas. Ultimamente gostava de acreditar que os filhos e a mulher eram a única razão de continuar vivendo.

Agora sem filhos e mulher, sem vizinhos e parentes, sem amigos e inimigos, por que não se matar? Davi contempla a cidade abandonada (ele não está mais na área de serviço, está na sacada). Ninguém nas ruas, nas avenidas, nas janelas dos edifícios. Tudo parado e quieto. Seria tão simples cortar a rede de náilon, subir no parapeito e saltar. Tão simples. Um dia inteiramente assimétrico merece um final assimétrico, pensa. O que impedia a maior parte das pessoas de se matar, quando havia pessoas no mundo, não era o medo da dor. Era a vergonha. Um suicida é sempre um grande covarde. Um impotente infame. Era o temor de que a família e os amigos criticassem e ridicularizassem seu gesto desonroso, de que a sociedade gravasse em sua lápide a palavra abjeta: FRACO, era esse medo o que atrapalhava o suicídio em larga escala, libertador. O vexame póstumo — por mais absurda que fosse essa ideia —, ele mesmo, o vexame póstumo estorvava a ação ignóbil. Mas agora, querido Davi, sem ninguém pra desonrar, sem uma sociedade pra afrontar, por que não pôr fim à própria vida?

Pavor do apartamento. Da mobília infectada pela morte trágica dos entes queridos. A memória das crianças e da mulher está em toda parte, observando, apenas observando. Cada objeto da sala exala a presença-ausência apavorante de Vivian, dos filhos. Até mesmo o cenário visto pela janela era o cenário predileto da família, que gostava de contemplar a cidade principalmente à noite, as nervosas formas geométricas excitadas pela eletricidade. Lampejos de néon. Outro lapso de memória rompe a continuidade do relógio. Davi já não está mais na sala. Está novamente no banheiro, defecando, limpando-se, dando descarga. Agora está sentado na cama de casal, abraçado aos joelhos, pressionando o barrigão nas coxas, à espera do sono ou do desmaio. Ou de algo mais devastador. À espera de que as paredes falem com ele. De que algo ou alguém deste mundo ou de outro finalmente revele em bom português, sem hesitar, por que apenas ele, Davi, continua vivo, num planeta desabitado.

Quinto dia

Fora

Encontrou ontem a aliança da esposa embaixo do armário da cozinha e colocou-a sem hesitar no mindinho da mão esquerda. Esse é o seu mais novo amuleto. Sempre que brinca um pouco com a nova aliança, fazendo-a girar nos dois sentidos, ele fica feliz ao perceber que mesmo que quisesse ela não sairá mais de seu dedo. Está presa. Metido em abstrações, em mandalas com muitas entradas e nenhuma saída visível, Davi pede a seu novo amuleto que indique um bom caminho. Nada acontece. Nada de mágico ou maravilhoso. Apenas uma fome saudável agita suas entranhas e o faz ir em busca de algo pra comer. De barriga cheia, agora é a hora da aventura. A cidade vazia continua lá fora esperando ser explorada.

Sair de casa não é a coisa mais simples nessas circunstâncias. Deixar o pouco conforto e a pequena proteção do apartamento, do condomínio, exige dele uma determinação bastante indeterminada, quase inexistente. Quando as pessoas desaparecem sem explicação, coisas inexplicáveis podem aparecer na sua frente, sem aviso, e nessa hora é muito melhor estar num local tão conhecido e previsível quanto a palma da mão. Ou da patinha. Isso vale para um roedor e para um homem. Não é o que dita o instinto de sobrevivência?

Ele empurra a porta da guarita e a primeira coisa que vê são o uniforme e os sapatos do porteiro que não está mais aí. Um rosto conhecido tenta se materializar, mas logo vira fumaça. Um rosto, um nome. Qual era mesmo seu nome? Diferentemente das roupas da mulher na cozinha, a calça azul-marinho e a camisa azul claro do porteiro não estão caídas no chão, formando um anel. Estão parcialmente presas no assento da cadeira giratória, e o menor movimento pode romper esse delicado equilíbrio. Apenas as pernas da calça cobrem parte das meias e dos sapatos, indicando que o funcionário sem nome estava sentado quando tudo aconteceu. Não há sinal de sangue na guarita. Nem fios de cabelo ou qualquer outro elemento corporal. No chão, ao lado da cadeira, sem precisar tocar nas roupas, Davi vê uma carteira e um relógio de pulso. Mais tarde, quando voltar de seu passeio, ele mexerá na carteira e descobrirá que o nome do porteiro era Jefferson. Por enquanto Davi apenas dá um passo e se estica todo para, sem encostar na cadeira ou na manga da camisa pendendo na lateral, apertar o botão achatado que aciona o portão da rua.

Agora que ele criou coragem para sair do prédio, agora que ele está enfim do lado de fora, observando a rua bem de perto, o cenário não parece tão tranquilo e pacífico quanto da sacada do apartamento. Há alguns carros estacionados educadamente no meio-fio, é verdade, mas há também outros parados no meio da rua, na diagonal, e dois com os pneus dianteiros em cima da calçada. Também é impossível não notar os montinhos de roupas largados em toda parte. Davi anda até a esquina, desviando deles, e se assusta com a quantidade de veículos atravessados na rua que cruza a do prédio onde mora. Alguns metros acima um furgão atingiu uma banca de jornal. Alguns metros abaixo uma perua capotou. E um ônibus derrubou um poste, subiu na calçada e chocou-se com um muro. Não dá para ignorar a carcaça tombada do ônibus. Davi se aproxima do paquiderme e olha por uma das janelas quebradas. Não há ninguém lá dentro. Apenas uma confusão de camisas, calças, vestidos, sapatos, bolsas, mochilas... Uma onda de calor vulcânico atravessou a rua dizimando tudo, revirando veículos, revoluteando. Pelo menos é o que parece ter acontecido.

Mais adiante um cochicho vem crescendo e de repente é cortado por uma guitarra e um grito. Uma tevê ligada na padaria. Davi não tem tempo sequer de fantasiar. De imaginar algumas pessoas vivas e reunidas. É só uma tevê idiota. Ele dá a volta num sedã negro encaixado numa van também negra, anda até a avenida mais próxima e o cenário é o mesmo, porém mais retorcido e numeroso. Está tudo de pernas para o ar: automóveis em cima de automóveis, um caminhão dentro de um restaurante, motos espalhadas, paredes e ferragens carbonizadas. Davi lembra de todas as pequenas cidades de brinquedo que ele mesmo já bagunçou, quando era criança. Então a hipótese da onda de calor dá lugar a outra, mais divertida: um menino gigante passou por aí, tocando tudo o que se movia, provocando acidentes e espantando a população. Um menino gigante que, um pouco menos temperamental do que Godzilla, ama os prédios e detesta só os carros.

Depois de andar cerca de dez quadras Davi sente que já foi o suficiente. Não precisa ver mais nada. Está numa cidade fantasma onde as surpresas deixaram de surpreender e a nova rotina se impôs. Os semáforos continuam trabalhando normalmente, como se ainda houvesse trânsito, como se ainda fossem necessários para a conservação da ordem nas ruas. A confusão de veículos tombados, amassados ou queimados é fácil de ser explicada. Esses acidentes confirmam a teoria de que as pessoas desapareceram todas ao mesmo tempo, interrompendo suas atividades mais habituais. O caminhão de cerveja colidiu com o restaurante aí na frente porque o motorista sumiu sem qualquer aviso, com o veículo ainda em movimento. Só pode ter sido isso. Davi fica imaginando o que teria acontecido com todos os milhares de aviões de pequeno, médio e grande porte, comerciais ou não, que estavam no ar no momento em que os pilotos e os controladores de tráfego aéreo desapareceram. A coluna de fumaça negra a meio caminho do horizonte, exatamente no aeroporto de Congonhas, talvez seja a resposta.

Então ele ouve o ronco que vem da boca de lobo mais próxima. Um som cavernoso seguido de um sussurro de réptil. Água corrente? Um animal ferido? Uma simples ilusão auditiva, efeito extemporâneo da cannabis, talvez? Davi se aproxima da boca de lobo e fica escutando. O som silencia, aumentando o mal-estar, a dúvida. Com certeza um animal, talvez um cachorro machucado. Ou apenas o ar circulando e assoviando num labirinto profundo. Davi bate duas vezes com o pé no concreto. Pensa ouvir gritinhos vindos de baixo, em seguida uma interjeição, quase um riso, cujo eco foge por uma galeria escondida, levando para longe qualquer certeza. Isso o deixa apavorado. Porém, apesar da insegurança, ele ajoelha e tenta ver dentro da boca de lobo, na escuridão. O cheiro que vem do fundo da cidade é doce e nauseante. Um fedor de sangue recém-derramado. De presa recém-abatida e devorada. Situação desagradável, como uma chicotada no rosto. Sangue. Não se trata de uma ilusão olfativa. Ainda ajoelhado, Davi pensa ouvir a respiração de pequenas criaturas subterrâneas à espreita, escondidas na sombra, a poucos centímetros da saída. Ele se afasta e fica observando a boca de lobo a uma distância segura. O ronco e os murmúrios se aquietam. Ficam de tocaia.

Ao chegar a uma pracinha Davi tenta se acalmar. Uma pessoa assustada costuma ver e ouvir o que não existe, imaginar bobagens, se confundir, ele diz a si mesmo. Não vou enlouquecer nem delirar, não vou começar a acreditar em morlocks ou elfos das profundezas da terra. Respira, voltando a atenção para uma pequena palmeira cercada de arbustos muito verdes, no centro de um canteiro. Davi se ajeita num banco embaixo de uma castanheira e, para pacificar os nervos, fica admirando as plantas, os casarões, os prédios e as lojas fechadas. Apesar de estar perto de casa, ele não reconhece o lugar. Nunca esteve nessa praça, nunca entrou nessas lojas. Mas Vivian com certeza já. Ela conhecia o bairro todo, birosca por birosca. Lembrar da mulher aumenta a queimação no estômago. Um alarme soa dentro de Davi. O medo repentino volta a espreitá-lo: uma forte emoção negativa, de perigo. Muitas aranhas pequenas percorrendo seus músculos, passeando embaixo de sua pele, procurando o coração.

Um indivíduo só é um indivíduo — uma criatura com real individualidade — quando está numa comunidade, entre outros indivíduos. Sozinho, um indivíduo não é nada. É um zumbi. Agora isso: o pavor de perder a própria identidade, de virar um homem sem rosto, sem alma, por falta dos vários espelhos humanos que o orientavam no dia a dia. A sequência é a mesma já experimentada: após o medo vem o vazio, a tela em branco, em seguida a raiva. Por ainda estar vivo. Por ser o único a ainda estar vivo. Raiva por não saber por que ainda está vivo. Nem se continuará vivo por muito tempo. Raiva de Deus. A sensação opressora devolve Davi à roda obsessiva de pensamentos recorrentes: sexo, Deus e morte. Na abstinência forçada, novamente a ideia de suicídio. Durante todo o percurso de volta pra casa, ele vai catalogando mentalmente todas as formas de suicídio que já viu no cinema, na tevê e na literatura. Das menos às mais dolorosas.

As coisas que ele mais fez

A agência de propaganda fica a três quilômetros de distância, no outro lado do bairro. Daria pra ir a pé, mas voltar a andar sozinho por aí, sem saber direito dos novos perigos visíveis e invisíveis, já não parece mais uma boa opção. A agência que espere. Nos primeiros dias da cidade sem ninguém, ou sem *quase* ninguém, Davi telefonou pra lá várias vezes. Também telefonou para inúmeros serviços de táxi. Cada nova tentativa só aumentou a angústia e o medo. Então parou de telefonar. A sua empresa que vá à merda.

Entre pegar o carro na garagem e ficar em casa, no final ele escolheu sem hesitação a segunda alternativa. Ele sente que é preciso controlar a taxa de ansiedade. Novas decepções só irão piorar seu atual péssimo estado de ânimo. As coisas que Davi mais fez nos últimos dias foram: esvaziar o bar e a miniadega, chorar, vomitar, mexer no guarda-roupa de Vivian, evitar o quarto das crianças, olhar a cidade da sacada do apartamento, amaldiçoar Deus e o sol, assistir à tevê, pensar em suicídio, navegar na web, nadar na piscina do prédio, invadir os outros apartamentos, fumar maconha e se masturbar compulsivamente.

Bêbado, pelado, ele vai tirando dos cabides e das gavetas da mulher tudo o que encontra. O cheiro de Vivian impregna cada camisa, cada vestido, cada calcinha. Muito bêbado, suando demais apesar do ar-condicionado ligado, ele chora e corre para o banheiro, pra vomitar no vaso sanitário. As fotos do casal e dos filhos, nos corredores, no escritório e na sala, espetam feito punhal, vão fundo na carne. Se ao menos tivesse tido a chance de se despedir. Mas a grandíssima merda é que não dá pra saber quando estamos num lugar pela última vez. Numa casa que vai ser demolida. Num velho café que mudará de ramo. Numa multidão que de repente desaparecerá. Num apartamento que na manhã seguinte não terá mais uma família. Não dá pra saber. O fato de o sol ter nascido anteontem e ontem não é garantia de que nascerá amanhã. Mesmo assim ele insulta o sol, o verão. E desce até a piscina. E mergulha. E dá algumas braçadas sem estilo nem elegância. Apenas pra se cansar e quem sabe sentir que ainda está vivo, que ainda é dono de um corpo.

Um corpo morto-vivo. Que evita certos locais sagrados. Amaldiçoados. Nos últimos dias quantas centenas de vezes ele passou pela porta do quarto dos filhos — sem coragem para entrar — e sentiu as punhaladas no abdome, nas costas? A pior hora é ao anoitecer. As noites são sempre mais cruéis. Verbos e pronomes precisos e objetivos como uma expressão matemática ficam assediando as imagens, os sons, os sabores e os cheiros subjetivos da memória involuntária. Muito bêbado e muito pelado e muito suado, na madrugada passada ele cochilou e acordou e voltou a cochilar na frente da tevê, depois de engolir qualquer coisa encontrada no armário do banheiro, uma coisinha assim muito pequena e muito branca e muito delicada parecida com um sedativo, sem perceber que só conseguiu cochilar por meia hora no máximo, de cada vez, porque as vozes fantásticas que saíam da tevê tiveram o verdadeiro poder de acalmar e tranquilizar os punhais e os demônios de sua mente.

Sétimo dia

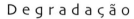

Degradação

Explosões de esporos, ondulações de flagelos. Arpões disparados contra as muralhas dos aminoácidos. Um convescote ecumênico de micróbios aerotolerantes, anaeróbicos e fermentativos. As proteínas à mercê de leveduras e cogumelos. No apartamento do andar de cima a comida começa a estragar. Primeiro as frutas. As maçãs ainda estão saudáveis, mas de três mangas Davi consegue fazer uma e meia, cortando fora os pedaços podres. Metade do cacho de banana ele joga fora, a outra metade vai para a geladeira. As duas peras e a goiaba também seguem o caminho do frio. Davi detesta pera e goiaba. As cores dessas frutas sabem ser aborrecidas e antipáticas. De tudo o que encontra na cozinha, ele ataca somente as três maçãs e as fatias de manga, e, meio enjoado, encerra o jantar e vai pra sala. Podia ter comido a lasanha de supermercado ou qualquer outro congelado do freezer, mas o apetite não era tanto assim.

Faz quatro horas que ele está aí, revirando armários e aposentos. De tudo o que encontrou até agora, ele separou e levou para a mesa de centro um revólver Taurus RT 88, uma caixa de munição, um cigarro de maconha já enrolado, algumas ferramentas e uma caixa de rojão quase vazia, que sobrou provavelmente do último réveillon, com um só rojão. Agora estendido na espreguiçadeira da sacada sem tela de proteção — os vizinhos eram um casal de aposentados sem filhos —, o revólver descarregado numa mão e a garrafa de vinho ao alcance da outra, Davi medita mais cuidadosamente sobre o apodrecimento dos alimentos. Observando a cidade iluminada, ele não vê mais as luzes e as manchas escuras, as linhas verticais e perpendiculares, distantes e suaves. Vê apenas toda a comida encerrada em cada prédio, em cada casa. E o mofo avançando sobre ela. Toneladas e toneladas de peixe, carne, grãos, frutas, verdura, enlatados, pães, doces e bebidas de todos os tipos e sabores sendo consumidas pacientemente pelo bolor. A possibilidade de morrer de fome ou de adoecer por falta de certos nutrientes não pode mais ser ignorada. Essa possibilidade precisa se tornar uma de suas preocupações de curto prazo. Alguns alimentos industrializados ou congelados durarão anos, mas tudo o que não foi embalado a vácuo ou está fora do freezer, tudo isso em poucos dias terá apodrecido completamente. E não há mais ninguém reabastecendo as prateleiras. A mágica dos supermercados acabou.

Davi dá um gole no cabernet sauvignon e um pensamento otimista gruda no fundo de suas retinas. Micróbios, pequenas criaturas invisíveis a olho nu, as frutas estragadas na cozinha do apartamento... O mofo que está consumindo as entranhas das bananas e os pedaços de manga tem um significado muito positivo. Davi, desatento, não estava percebendo isso. Olhando para a cidade iluminada mas sem habitantes, tudo o que ele via era a ausência de vida humana e animal. As pessoas desapareceram. Até agora ele não encontrou um só gato, um só cachorro. Também não viu nem um inseto, nem um verme. A vida vegetal sofreu um pouco menos. Algumas plantas continuam onde sempre estiveram, mas outras desapareceram. Davi, durante seu passeio pelas redondezas, notou que muitas árvores sumiram, deixando pra trás apenas nacos de terra e uma cova cheia de canais e perfurações. Não ficou nem a raiz.

Porém, mesmo que os animais domésticos estejam extintos, Davi não está sozinho. A vida biológica ainda enche o planeta.

Prova disso é o mau cheiro das suas axilas, do seu suor, da lixeira e dos esgotos. Os micróbios não desapareceram. Ao menos não de modo significativo. Continuam aí, digerindo os alimentos, devorando tudo, espalhando o fedor. São incansáveis. Estão aí, também dentro e fora de seu corpo, em cima e embaixo de sua pele. Se tivessem desaparecido em massa, ele não viveria nem doze horas. Sem algumas bactérias necessárias ao bom funcionamento do seu organismo — principalmente do sistema digestivo e excretor —, Davi entraria em colapso. Aliás, justiça seja feita, um corpo humano contém dez vezes mais bactérias do que células humanas. Cada vez que Davi se olhar no espelho, é bom que saiba que noventa por cento do que está vendo é uma megapopulação de microorganismos.

Mas qualquer solitário que se satisfaça com a ideia de que não está sozinho no planeta porque tem a companhia dos vírus, das bactérias, dos protozoários e dos fungos merece queimar eternamente no inferno medieval. Davi não é esse tipo de solitário abobalhado. O álcool e o fumo não permitiriam. Analisando a cidade que arde na onda noturna de calor, ele vai acarinhando a hipótese de que há mais pessoas lá fora. Só não consegue enxergá-las ou falar com elas por telefone porque a cidade é muito grande e confusa. Eram vinte milhões de habitantes na grande São Paulo, não é possível que apenas ele esteja vivo. O importante é encontrar um bom método de comunicação. Ficar telefonando aleatoriamente é uma imbecilidade. Enviar mensagens desesperadas para listas de e-mail também não é lá muito inteligente.

Encorajado mais pelo vinho do que pela curiosidade experimental, Davi vai até a mesa de centro e pega o rojão do réveillon passado. O problema é acender o pavio. Na cozinha, não encontra uma caixa de fósforos ou um isqueiro. Mas acha uma vela pela metade na primeira gaveta do armário. Acende a vela numa das bocas do fogão elétrico e volta para a sacada. É a primeira vez na vida que ele lança um rojão. Nunca teve coragem, o menor estampido sempre o intimida e inibe. Foda-se. Davi acende o pavio e, já se arrependendo, estica o braço e o tiro sai estranho. Sai fazendo ssssss, acompanhado do gritinho assustado do falso artilheiro: um lamento quase feminino. A carga faiscante faz uma curva para o lado e só então sobe, veloz e vermelha, uns oitenta metros antes de explodir e iluminar fracamente um quadrante muito pequeno da noite. Doze tiros rápidos seguidos por um estouro rouco acendem os olhos de Davi, que grita de novo, mas de júbilo. Os quarteirões próximos agora estão sabendo que ele existe. E se mais alguém estiver por aí, também já ficou sabendo.

A mão suada que segurou o rojão está bem na sua frente. Existe mão mais molhada, corajosa e heroica do que essa? Ela podia ter explodido. A internet está cheia de fotos abomináveis de gente mutilada por fogos de artifício. Cabeças chamuscadas, rostos e mãos detonados. Davi sente nojo só de lembrar. Irresponsável. Se tivesse acontecido um acidente grave, a quem ele poderia recorrer? Não sabe nada de primeiros-socorros. As clínicas e os hospitais estão abandonados. Se sua mão tivesse explodido, Davi faria o quê? Enfiaria num balde cheio de gelo? Pediria a seu anjo da guarda que fizesse a dor parar? Inquietações como essa são um aviso único: o cotidiano é mais traiçoeiro do que parece. Viver é muito perigoso. Você, irresponsável... Acorda, fica esperto. Se bater a perna e fraturar um osso, você já era, vai ser comido lentamente pelo exército da podridão. Se respirar o ar errado, pode contrair uma pneumonia e morrer da pior maneira: sem atendimento médico.

O resto da noite ele passa na frente da tevê, fumando o baseado e assistindo a um de seus filmes prediletos, *Trono manchado de sangue*. Sente-se mais à vontade manuseando o controle remoto do que o revólver. Encontrou o filme na estante, entre todos os outros de Kurosawa e alguns de Bergman e Wenders. Na juventude não se cansava de rever a teatralidade contrastada e a aspereza em preto e branco dessa velha adaptação de *Macbeth*. Hoje se cansou. Na metade do filme já está dormindo no sofá. Acorda de madrugada, agitado com a certeza de que um rojão só não faz verão. Se houver outra pessoa nas imediações, a probabilidade de que tenha ouvido o espocar solitário e veloz é quase nenhuma. Essa suposta pessoa precisaria estar olhando o mesmo quadrante do céu no exato momento da detonação. Impossível. Serão precisos muitos fogos pra chamar a atenção da vizinhança. Davi tenta voltar a dormir mas o revestimento do sofá virou granito e o corpo está dolorido. E as fotos de mãos explodidas não param de assombrar.

Décimo quinto dia

Fogo

Muita gente deprimida e solitária se refere — se referia — de maneira figurativa à solidão e à depressão. Diziam que essas duas experiências emocionais de quase-morte se parecem com uma paisagem plana sem acidentes: uma planície vasta e vazia, golpeada violentamente por uma luz branca e gelada. Não importa a direção ou a velocidade, você pode andar ou correr no sentido norte ou sul durante semanas ou meses, que não encontrará coisa alguma. Nem mesmo um lago cristalino no qual reconhecer seu próprio reflexo. Nessa paisagem glacial, a solidão é a terra coberta com uma fina camada de neve e a depressão é o céu prateado de onde não cai absolutamente nada. Jamais chove ou neva (a neve que cobre o solo é eterna e não derrete). A brisa é sempre constante e sem graça: uma melodia minimalista com poucos acordes que se repetem irritantemente. Não adianta tapar os ouvidos, a música ecoa dentro do crânio.

Porém a solidão que Davi está experimentando é de outra natureza. Ele sente estar vivendo entre grandes escombros. Não há lugar fora deles. Não existe a paisagem plana sem acidentes. Tudo é labiríntico e acidental, tudo é um constante entrecruzamento de cabos e vigas reais e emocionais, cobertos de poeira. Na rua, grandes e pequenas estruturas bloqueiam sua passagem, sua visão. Davi não consegue se locomover com rapidez porque há sempre um obstáculo atrapalhando meticulosamente o caminho: um furgão capotado, um poste caído, milhares de montinhos de roupa nos quais, por tristeza, respeito ou superstição, ele não quer pisar de jeito algum. Em alguns pontos da avenida é impossível andar em linha reta. Sempre há um ônibus atravessado ou um ajuntamento de três ou quatro veículos. A única maneira de chegar à praça da Sé é realmente andando. Mesmo que Davi não tivesse fobia de dirigir ele não conseguiria rodar dez metros sem colidir com outro carro. Essa é a sua forma de solidão. Obstáculos ao infinito.

Ele segue em baixa velocidade, empurrando um carrinho de supermercado cheio de fogos de artifício. Seu destino é a praça no centro da capital. Cada montinho de roupa que ele vê no caminho não o deixa esquecer que duas semanas atrás a avenida estava cheia de vida apressada e falante. Eram pessoas comuns e incomuns, de todas as idades, raças e classes sociais. Davi desvia de uma calça jeans puída ou um casaco mais sofisticado e fica pensando no tipo de rapaz ou garota que teria habitado essas roupas. Do outro lado da praça há uma escola e uma sorveteria. Quantas crianças estavam neste mesmo ponto da cidade quando desapareceram? Quantos casais apaixonados? Ele para um minuto pra descansar e molhar a garganta. Apesar da desolação e da quietude, o homem que empurra o carrinho consegue evitar o pior: cair totalmente na amargura dos dias anteriores. Ontem e hoje ele não bebeu nada alcoólico, apenas água. As imensas sombras do entardecer ajudam bastante, mas se a temperatura caísse mais dois ou três graus, seria perfeito. Davi não está em paz, ainda não, mas também não está mais deprimido. Ele sabe que no meio dessa multidão desaparecida vicejava todo tipo de câncer, todo tipo de crueldade. Quantos canalhas selvagens e egoístas não estavam nesses escritórios e nessas repartições — ambientes particulares ou públicos —, tramando, desviando dinheiro? E os pedófilos e os estupradores? Quantos não estariam em plena ação no exato momento em que foram sugados pra fora deste mundo? Essa certeza, que é estatística, traz certo alívio. Certo sentido de justiça. Quem diria, pensar nisso — na justiça da extinção — deixa o silêncio um pouco menos agressivo, um tantinho mais delicado.

Esta é a sexta viagem que Davi faz à praça da Sé com o carrinho cheio de fogos de artifício. Ontem, em frente à catedral, ele abriu as primeiras caixas, leu as instruções e posicionou os kits lado a lado, deixando dois metros de intervalo entre eles. Anoitecia. Davi podia ter queimado tudo na mesma hora, mas teve medo. O acionamento é seguro, a distância... E daí? Isso não quer dizer nada. E se uma carga explosiva fizer uma curva impossível e atingir seu corpo? E se várias cargas voarem pra cima dele, transformando-o num show pirotécnico vivo? A visão de seu único e envelhecido corpo em chamas não dá descanso. Para ganhar tempo e coragem — a coragem sempre vem com o tempo — Davi pensou, nada de ninharia, é preciso pensar grande. Por que não trazer mais caixas e fazer um estardalhaço várias vezes maior? Boa ideia. Deixou os primeiros fogos lá e voltou para a loja. Ainda falta muito para acabar com o estoque. Nas seis viagens ele pegou apenas os kits mais pesados e espalhafatosos que encontrou nas prateleiras e nas vitrines. Mesmo que quisesse limpar o local, não teria coragem de vasculhar os fundos da loja. Pra quê? Quantas e quantas vezes não viu no noticiário os grandes incêndios iniciados justamente nesses estabelecimentos? Um espirro e cabum. Deixa pra lá. Melhor não exagerar. Agora ele tem à sua frente, instalados entre as duas fileiras de palmeiras imperiais, trinta conjuntos de rojões, foguetes e morteiros, cada um com mais ou menos duzentos tubos, e doze girândolas multicoloridas, cada qual com cento e cinquenta tubos. Segundo as informações técnicas, a altura máxima de explosão é de cem metros, o raio de ação é de quarenta metros e a duração aproximada de cada kit é de quatro minutos.

Para não se cansar nem se queimar Davi decide fazer três sessões de catorze kits, com uma folga de meia hora entre cada uma. A noite está bonita. Quente, mas bonita, estrelada. Não está ventando forte e não há qualquer sinal de chuva. Durante o preparo da primeira sessão ele se atrapalha um pouco com o fio e o detonador de cada caixa (a opção de acender o pavio também disponível e sair correndo está fora de cogitação). Não é fácil desenrolar vinte metros de fio uma, duas, três, dez vezes sem embaraçar tudo. Requer uma paciência chinesa. Feito isso, ele verifica se cada fio longo está bem conectado ao fio menor de cada caixa. Está. Falta só uma trincheira, um bom lugar onde se esconder. Atrás do pedestal da estátua do apóstolo Paulo não dá, é muito estreito. Davi se protege atrás da mureta da escadaria do metrô e nos cinquenta e poucos minutos seguintes ele se delicia com o pavor e o entusiasmo de tacar fogo no céu.

O cheiro de pólvora queimada logo se espalha. Perfume delicioso, viciante. O barulho e o brilho aéreo começam a espantar os maus espíritos da praça. Bem, pelo menos era isso que, vinte e dois séculos atrás, os chineses imaginavam que o nitrato de potássio, o enxofre e o carvão misturados faziam: espantar os maus espíritos. Sobre o fundo negro se alastram maravilhosos desenhos amarelos (graças ao sódio misturado à pólvora), azuis (graças ao cobre), prateados (magnésio), dourados (ferro), vermelhos (lítio), magentas (estrôncio), verdes (bário) e violetas (potássio). Jatos de centelhas assoviam e apitam durante três mil segundos. A beleza do show é concreta e inapelável. É exaustiva. Explodem acima da catedral e dos prédios vizinhos, iluminando-os, muitas flores faiscantes, inúmeros rabos de pavão, várias cascatas de estrelas, um sem número de cometas e outros efeitos. Quando a sessão de disparos acaba, ainda ficam no espaço vazio, por mais alguns segundos, a miragem e o eco do espetáculo.

A praça da Sé ainda está cheia de espíritos vadios, sem morada, bons e maus. As explosões não os espantaram, muito pelo contrário. Ora, não são chineses! Por toda parte os montinhos de roupa são o túmulo molenga e frágil de pessoas já esquecidas.

Consegue ouvir o réquiem? Túmulos, Davi, túmulos! Você está vivendo num mundo-cemitério que jamais o deixará esquecer isso. Mesmo que você recolha e queime todos os montinhos de roupa que encontrar pela frente ainda haverá mais alguns milhões de montinhos de roupa para recolher e queimar. Trabalho sem fim. Então o instante presente mostra-se mudo e desconcertante. Então vem o impulso de gritar para a lua, de se expressar verbalmente, de tocar outro corpo humano (que não existe). Então vem a vontade de chorar, por certo de solidão, de tristeza, a sublime tristeza das pequenas mortes. Davi chora mais uma vez por Vivian e pelas crianças. Há alguns minutos aconteceu a queima de fogos mais emocionante de sua vida e queria muito que a família estivesse ao seu lado, curtindo o espetáculo faiscante, gritando, rindo e aplaudindo. Quando se cansa de sentir pena de si mesmo ele vai até o bar mais próximo, pega uma cerveja, um copo e um maço de cigarro, e dá uma volta pela praça. Senta num banco ao lado da catedral e fica aí alguns minutos, admirando a beleza anacrônica da construção, fumando e esvaziando a garrafa de cerveja. As duas torres neogóticas apontam sorrateiramente para a constelação do Centauro.

Terminada a garrafa, Davi urina num canteiro lateral da praça e volta para as caixas de fogos. Hora de preparar a segunda bateria. O trabalho leva mais tempo, porque a ansiedade e o nervosismo diminuíram. O pirotécnico está meio grogue e seus dedos estão escorregadios. Tudo bem. Não há pressa, a noite não vai fugir para o Oriente. Um a um os fios são desenrolados e conectados. Pouco depois aí está Davi, o fogueteiro solitário, mais uma vez sorvendo deliciosamente o pavor e o entusiasmo de tacar fogo no céu. Feitiçaria antiga. Raios e trovões, ondas de energia. A abóbada fica estampada com riscos azuis, faíscas vermelhas, estrelinhas de ouro e chuva de prata. Não é o aniversário da cidade, nem uma final de copa do mundo, nem uma festa junina ou a entrada do ano-novo. É um pedido desesperado de socorro. Mas parece que esse pedido vai mesmo se perder no vácuo. Barulheira inútil. O jeito é botar o rabo entre as pernas, aceitar seu destino.

A terceira bateria transcorre exatamente como as anteriores e o trabalho de explodir o céu já começa a ficar, vamos dizer, aborrecido. No final da saraivada ocorre uma pequena mudança estratégica. Os dois últimos kits têm um destino diferente, mais vingativo. Davi, já bastante enjoado do barulho e do fedor de pólvora, resolve mudar a direção dos disparos. Com muita lentidão — o pescoço dói, a cabeça dói, os braços e as pernas doem —, ele aponta os rojões, os foguetes e os morteiros finais para as portas fechadas da catedral. Deus está dormindo, é preciso acordá-lo. Com estrondo! Para que as cargas incandescentes não atinjam inutilmente a escadaria, Davi ajusta o ângulo de inclinação das duas caixas calçando-as com pedaços de papelão chamuscado. Em seguida volta a se esconder atrás da mureta da escadaria do metrô e aperta o botão do primeiro detonador. Nada acontece. Mau contato na conexão do fio longo com o curto. Davi refaz a conexão e volta a se proteger.

O resultado da primeira saraivada é ordinário, pífio. Devido à pouca distância algumas bombas ricocheteiam nas paredes de pedra, na rosácea ou nas portas e vão explodir longe, na rua. Ou simplesmente não explodem: afundam ao atingir o espelho d'água. Umas poucas cargas faíscam e incendeiam no exato instante em que atingem o alvo, mas por falta de espaço não chegam a desabrochar plenamente. Davi aperta o botão do segundo detonador e o saldo não é muito melhor. É até pior. Um erro no posicionamento do kit faz dezenas de disparos ricochetearem no tronco das palmeiras, no chão, em qualquer obstáculo que encontram pela frente. As baladas ricocheteiam e voltam. Muitas passam por cima da mureta e explodem — vermelho, azul, prateado — na escada do metrô, bem ao lado do fogueteiro.

Vigésimo dia

Retorno

Em seu último e pior delírio Davi é arrastado para trás. Uma jornada rumo ao passado. Da maneira mais insólita possível: o tempo começa subitamente a correr no sentido contrário e não para mais. Davi está num casarão suntuoso da avenida Brasil e minutos atrás encontrou no quarto principal, bem escondido no fundo de uma gaveta, um frasco com alguns comprimidos coloridos de ecstasy. Bem, parece ser um frasco com alguns comprimidos de ecstasy (só uma vez na vida Davi viu um comprimido desses, numa festa, mas não tomou, teve medo). Agora ele não resistiu à curiosidade e ingeriu um, verde, mesmo sem ter certeza se era de fato ecstasy.

    Primeiro vem o formigamento e a leve tontura semelhante à da embriaguez, em seguida desaparece a sensação de peso do corpo e Davi sente como se estivesse flutuando. Imediatamente a fumaça do cigarro que está em sua mão começa a voltar para dentro do próprio cigarro, por dois caminhos: de seus pulmões para filtro e do ar ao redor para a outra extremidade do cilindro. Isso o assusta. Ele não precisa olhar o relógio em cima do criado-mudo para perceber que o tempo está retrocedendo e o universo inflacionário, antes em expansão, desacelerou, parou e agora está se contraindo. A única coisa que continua a mesma é o fluxo de seus pensamentos. O tabaco picado e o papel vão se reconstituindo e Davi vai executando de trás pra frente todos os movimentos que o levaram da sala para o quarto, do quintal para a sala, da rua para o quintal e assim por diante.

As antigas idas e vindas voltam a se recompor. Retrocedem os milhares e milhares de ações conscientes ou secretas que o levaram até o comprimido de ecstasy. Cada detalhe vai sendo recuperado e revivido intensamente. Em todo lugar a comida, os livros, os carros, os edifícios e as casas em decomposição começam pacientemente a se recompor. Como se fosse um filme projetado do final para o início, o sol nasce no poente e se põe no nascente dia após dia. E Davi vai retornando sobre as próprias pegadas, passando, agora de costas, por todos os lugares por onde passou. Reencontra as casas e os apartamentos onde dormiu, as roupas que teve a coragem de examinar, os brinquedos dos filhos. Revê a praça da Sé e os fogos de artifício. Distantes dentes-de-leão voltam a ser um só grão de luz. Fagulhas e estrelas, fumaça e assovios se juntam no céu, descem em alta velocidade e mergulham nos tubos de papelão: as explosões coloridas são flores explodindo para dentro da semente. O carrinho cheio de caixas faz seis viagens de volta à loja. Refaz o longo trajeto navegado na web durante várias sessões diárias procurando atualizações recentes. Tudo o que fumou, comeu e bebeu é processado no sentido inverso. Davi invade de novo o shopping cilíndrico onde costumava ir com a família, vai retirando pedaços de brownie da boca e formando com eles um pedaço único, novo em folha, que é devolvido à vitrine do café. Vai retrocedendo em velocidade normal, sem pressa, até chegar ao dia — um domingo — em que sua vida mudou radicalmente. Então o domingo abominável enche mais uma vez seu campo de visão, seu antigo apartamento, espalhando os tentáculos fractais. O primeiro dia sem ninguém. Davi observa seu corpo fazer todos os movimentos desse dia. De volta à cama do casal, ele adormece. E acorda na noite anterior, com Vivian ao seu lado. Ambos acordam e o mundo volta a se encher de atividade humana, de som e fúria. A cidade está viva, as ruas urram, telefones tocam no planeta inteiro, e-mails são enviados, pessoas fazem sexo, doenças regridem, falecidos renascem, bebês encolhem, viram fetos. Fetos viram embriões. Embriões viram óvulos fecundados e blablablá.

A rotina na agência de propaganda retorna esparramando suas ramificações de rizoma neurótico e oportunista. Clientes satisfeitos. Clientes insatisfeitos. Relatórios completos. Relatórios parciais. Campanhas bem-sucedidas. Campanhas malsucedidas. Diretores de arte estressados, redatores dando chilique, pesquisas de opinião, testes com os consumidores, inserções no horário nobre, uísque e cocaína. Todos os clichês do ramo publicitário estão em seu devido lugar: os prêmios nacionais e internacionais na recepção, as gravuras de Miró na sala de reuniões, a secretária jovem e gostosa atrás do monitor. Aí está ela. Qual é mesmo seu nome? Não importa. Davi volta a pegar a secretária jovem e gostosa, na sua sala — apenas em duas ocasiões, depois do expediente — ou no motel mais distante, longe da maledicência corporativa, confirmando mais esse lugar-comum: o folclórico caso extraconjugal do sócio-diretor com a jovem e formosa funcionária. Uma ninfa dadivosa, úmida. Davi, o fauno afortunado, firme. O adultério começa pelo final, com Vivian fazendo o maior escândalo (ela descobriu tudo). Em seguida ela esquece tudo, Davi e a secretária passam alguns meses se encontrando e então toda a sacanagem termina. Nem ele nem ela se lembram de mais nada. Tempos depois os dois se separam para sempre com um aperto de mãos, o primeiro, que agora é o último. Ela está mais jovem, ele está mais jovem. Todos estão mais jovens.

Davi sabe que está viajando para o útero de sua mãe. Mas antes quem volta para o útero de Vivian são os filhos, Victor e Thaís. Anos depois o casamento é desfeito, o noivado é desfeito, o namoro é desfeito e eles se separam para sempre. Desaparecem da face da Terra a câmera digital e a tevê de alta definição, o GPS e o telefone celular, o MP3 player, o DVD player, o fax e o videocassete, tudo isso é desinventado. Todos os livros que ele leu são deslidos um por um, os filmes e as novelas que assistiu também são desassistidos um por um. Davi agora tem cinco anos e não gosta de ficar em casa, com a babá e o irmão mais novo. Preferia mil vezes ir à escola, como as irmãs mais velhas. Seu último lampejo de entendimento se apaga. Antes que tenha tempo e inteligência para lembrar que está viajando rumo à sua extinção, ele perde toda a consciência e volta para a maternidade, para dentro de sua mãe. A Segunda Guerra Mundial passa. A Primeira Guerra Mundial também passa. Desaparecem o avião, a locomotiva e a lâmpada elétrica. Passam a Revolução Francesa, a Guerra dos Cem Anos e as Cruzadas. Há muito tempo que a Europa já nem lembra mais que as Américas um dia existiram. O império romano vem e vai. Desaparecem os gregos. Os egípcios. Os babilônios. Desaparece o homo sapiens. Cem milhões de anos passam. Duzentos, trezentos milhões de anos. Os mamíferos já desapareceram, os répteis já desapareceram, agora é a vez dos anfíbios sumirem pra sempre. Um bilhão de anos passam e a vida nos oceanos vai diminuindo de tamanho, ficando menos complexa. Cinco bilhões de anos: a Terra desfaz-se no espaço, o antigo planeta é agora apenas uma larga nuvem de poeira. Dez bilhões de anos: as galáxias estão cada vez mais próximas. Catorze bilhões de anos: o universo recolhe-se silenciosamente. Tudo o que um dia existiu ocupa agora o espaço menor do que a cabeça de um alfinete. Estrelas, pessoas, cidades, plantas, animais e rochas, a felicidade é grande: estamos mais uma vez juntos. Todos juntos e mortos. Mais uma vez reunidos. Num único ponto.

Segundo dia

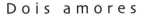

Dois amores

Você arfa, arfa. Suga, suga.

Puxa com toda a força. Puuuuuuxxx... Mas o ar não entra. Finalmente sem oxigênio. É preciso dormir, Davi. Finalmente apagar, sem oxigênio. É preciso mergulhar sem medo no sono renovador. Profundo, de chumbo ou de pedra. No sono que promove a fuga revigorante. É preciso. Dormir, desligar (os pulmões desligados). Para finalmente acordar do lado de fora desse pesadelo de um mundo sem ninguém. Mas você não consegue dormir, Davi. Você parece em estado de choque. O corpo exausto, a mente esgotada. Se você conseguisse raciocinar, meu amigo, eu sei que você iria até a gaveta de remédios e tomaria um dos soníferos da Vivian. Um desses maravilhosos entorpecimentos em cápsula, um desses admiráveis ultrassonos de tarja preta. Mais rápidos do que o som. Nem chorar você consegue mais, o silêncio não permite. A quietude fria. Se ao menos você conseguisse raciocinar. Finalmente.

Porém você não raciocina, somente vegeta. Quase um coma, mas de olhos abertos. Nada de hiperventilação, nada além de onda delta e teta, os músculos no limiar da atonia. Você é só uma alcachofra inerte, com reflexos e reações de planta, vigiando a partitura invisível — feita de átomos de modorra — da sonata de Beethoven que você pôs pra tocar no CD player. A torturante e sentimental *Ao luar*. Deitado no sofá, você sente dois toques. O de Cláudio Arrau no CD e o de Thaís na sua careca. Ah, paraíso tátil. Arrau no ar, onipresente, e a mãozinha da falecida tocando a sua careca. Então você ouve um riso infantil, quase alienígena. Thaís quer que você a leve ao playground. Mas Victor puxa seu braço, Davi, porque ele quer que você jogue videogame. Surpresa, seus filhos voltaram! O desejo e o desespero intensos promovem milagres, não?

Playground, videogame, eia, sus, é preciso agir. Você ameaça levantar do sofá. Inutilmente. Os músculos querem reagir mas não reagem. Estão frios, enraizados. Impotência. Você não consegue mover nada além dos olhos. Seu corpo velho e flácido enrijeceu, transformando-se num bloco de gelo. Que está derretendo. Faça alguma coisa, Davi. Você está desaparecendo no verão infernal. Reaja, homem! É preciso tomar um banho, escovar os dentes, enfrentar com dignidade a deterioração da pele e das vísceras. Lá fora não chove, não venta, como se o tempo estivesse imóvel, esperando. Mas parado por quê, esperando o quê? Talvez o café. Ou o licor. Claudio Arrau martela as teclas brancas e pretas que estão dentro do teu peito, Davi. As teclas que são suas costelas, seu coração de gelo, derretendo. E seus filhos querem brincar.

Thaís viu na tevê a final do concurso municipal de Miss Primavera. Sua filha está chateada com você, meu amigo. Com você e com Vivian. Mesmo congelado no sofá você consegue perguntar a ela por que está tão triste. Mas a menina não quer responder. Um minuto atrás sua preciosa princesinha era pura alegria, agora isso. Azedou. Fala pro papai, o que foi que aconteceu? Ela se contorce numa implosão diminuta, olha atravessado e acusa você e Vivian de mentirosos. É preciso remover com delicadeza, sem ferir, a camada de poeira que recobre o centro emocional da criança. Você, com bastante tato, pede uma explicação. Mentirosos, nós, mas por quê, coelhinha? Quando? A contragosto Thaís dá mais uma pista. Uma esmola para um vagabundo sujo. Eu não sou bonita, ela resmunga, amargurada. E repete: eu NÃO sou bonita, com mais ênfase na negativa. Pronto, a verdade apareceu, vergonhosa, cruel. Thaís não é bonita. Para não piorar a situação você contém o riso. Eu concordo, é difícil ver uma criança indignada, sem achar graça. Mas você disfarça bem. E retruca: não fala bobagem, filha, você é linda! Bela tentativa, Davi. Porém a sua complacência deixa a menina ainda mais irada. Você e a mamãe sempre disseram que eu era linda, sempre. Mas na escola eu descobri que não sou linda. Na minha sala tem meninas muito mais lindas do que eu. Eu não sou linda, eu não sou bonita, eu sou mais ou menos, só isso. Eu sou meia-boca. Esse veredito, *meia-boca* — onde foi que ela aprendeu essa palavra? —, atravessa você, Davi, quebrando seu corpo gelado em muitos pedaços. Existe dor pior do que a provocada pela desilusão inocente de uma filha ferida pela verdade? Você está atônito, indeciso entre recolher os próprios cacos ou os do amor-próprio ferido de sua filha. Por sua culpa ela sempre se achou bonita, porém agora não se acha mais. Você mentiu, Davi. Mas não se preocupe, meu amigo. Ela já está morta. Tudo não passa de mais um pesadelo. Thaís já está morta. Livre das dores do ego e da vaidade. Ela jamais crescerá. Jamais descobrirá, pasmada, como o amor verdadeiro é feito de mil mentiras caridosas.

Victor gostava de papel de presente, você lembra? Quando ele era bem pequeno, vocês davam um presente qualquer, ele desembrulhava, punha a caixa de lado e ficava admirando a irresistível beleza do papel colorido. Então você começou a fazer experiências com papéis. Por exemplo, você arrancou várias folhas de uma revista e rasgou cada uma só um pouquinho bem na metade. Em seguida você pegou pela ponta a primeira folha e a estendeu na direção de seu filho. No começo ele ficou só olhando, encantado. Em pé e encantado. Então ele segurou a outra ponta da folha e aí você puxou com um pouco de força, rasgando a folha no meio. Victor ficou espantadíssimo e começou a gargalhar. Na sua pequenina mão a metade da folha rasgada ao meio era algo mágico e engraçado. O menino quase perdeu o fôlego de tanto rir. Você pegou outra folha e tudo aconteceu exatamente igual. Seu filho riu tanto que acabou perdendo o equilíbrio e sentando. Sentado, ainda rindo, ele adernou, ficou de bruços e levou um minuto pra sentar novamente. Você pegou outra folha e outra e outra. Tudo igual. Alegria. Felicidade. Uma diversão genuína, sem sombras, sem complicação, sadia. Cada vez que você puxava a ponta de uma folha e ela rasgava no meio, ocorria uma explosão de contentamento. Davi, você também sentiu que havia algo mágico e inédito em sua mão: a felicidade nunca lhe pareceu tão simples, tão barata. Você fez a mesma coisa quinze vezes e tudo continuou acontecendo exatamente igual, sem perder a intensidade. Victor continuou se divertindo febrilmente, rasgando folhas, como se cada nova vez fosse a primeira. Uma diversão realmente sem sombras.

Agora, Davi, preenchendo seu delírio mais intenso, esse Victor que aí está, chamando pra jogar videogame, não é mais o bebê risonho e tolo de antigamente. Não adiantaria nada você aparecer com algumas folhas de revista (isso é passado). Neste momento ele tem seis anos, a mesma idade que seu filho tinha quando desapareceu. Thaís, a Bela, tem sete anos. Delírio ou não, você devia aproveitar a oportunidade. Você não consegue dormir, não adianta. Então levanta do sofá e vai brincar com as crianças, Davi. Sai dessa pasmaceira, homem! Você parece um porco ou um boi que acabou de ser abatido: um monte de carne que recebeu o golpe final no matadouro e já não está mais vivo, porém, lerdo e ignorante, ainda não sabe que está morto. Claudio Arrau parou de tocar há bastante tempo. A sonata murchou, escoou gota a gota, como a audição do compositor alemão séculos atrás. O que há com você, afinal? É como se o silêncio estivesse dispersando suas células, desagregando sua integridade emocional. Levanta do sofá e vai brincar com seus filhos, Davi. Ilusão ou não, esta é a última chance que você terá de passar algum tempo com eles. Agora. Antes que também murchem e escoem pra sempre, num jato. Não é mais preciso dormir. Esquece isso. Agora é imperativo procurar entre os brinquedos do playground e nos botões do joystick um pouco da alegria perdida.

As pernas moles e formigando. O calor vencendo o ar-condicionado. Davi com muito custo movimenta os braços. Ainda deitado no sofá da sala, com o rosto escondido nas mãos, ele arfa, arfa, e finalmente chora.

Vigésimo quinto dia

Alguém

É nesse momento que ele escuta.

Será possível... Um telefone?

Muito longe.

O que há com você, Davi? Está delirando novamente?

Não, não está. Esse som é mesmo real.

Mas onde? Meu Deus, onde?

Não é delírio. Davi está limpo. Nada de drogas, nada de álcool.

Um telefone está tocando em algum lugar. É real. É REAL.

À esquerda, lá na esquina. Não. Atrás, na ruela escura. Acompanhando o toque distante, cercando-o, o desespero. Onde? Davi gira sem sair do lugar, buscando distinguir o som original, tentando separá-lo dos múltiplos ecos. Procura nos prédios, tenta enxergar através das carcaças de metal na rua. Onde? Há muita interferência ao redor: tevês ligadas, rádios ligados. Porém um pouco acima do ruído branco formado por todos esses sons monótonos, só um pouquinho acima, está o trinado do telefone.

Davi demorou para reconhecer o toque. Ele estava distraído demais, entediado demais, para prestar atenção nos improváveis — mas não impossíveis — detalhes fora de lugar na paisagem deserta. A tarde morna, a poeira, o céu bastante azul. Dormência, torpor. Seu interesse estava todo na moto caída no meio da rua. Uma kawasaki verde com os dois pneus furados, o carburador amassado e o pedal de mudança de marcha entortado. Sem sinal de vazamento de gasolina ou óleo. O motor aparentemente ainda intacto. Mesmo caída, mesmo fragilizada, essa moto provocava em Davi tanto terror quanto um automóvel em alta velocidade. Para ele a kawasaki ferida era um coiote baleado que a qualquer momento poderia saltar e morder, e esse último e desesperado ataque seria certamente o pior. As roupas do motoqueiro e o capacete tinham ido parar longe. Davi estava agachado ao lado do corpo de metal, devaneando, acostumando-se com a ideia pavorosa de um dia sair da cidade pilotando um veículo desses. Mas não esse. Não hoje.

Hoje não. Talvez amanhã, ou depois de amanhã, ou nunca. A vontade ainda não sobrepujou o medo.

No primeiro dia sem ninguém o coração de Davi se desprendeu do resto do corpo. No segundo dia foram as pernas e os braços. Nos dias seguintes outras partes moles e gosmentas foram caindo pelo caminho: os rins, o estômago, os olhos etc. O último homem era uma coleção de órgãos espalhados por aí, ainda funcionando, ainda conectados com sutileza, mas separados por centenas de metros. Um organismo fracionado mas vivo. Sorte sua que os urubus estão extintos. Entretanto, ter enxergado a moto caída, quando normalmente jamais atentaria para ela, de certo modo recompôs seu corpo. Posso dizer que domar o medo e se agachar ao lado da kawasaki — foi muita coragem sua — fizeram Davi se sentir mais uma vez inteiro. Essa é a palavra mais apropriada: *inteiro*. Íntegro. Aí está o último homem, o cigarro esquecido entre os dedos, o corpo todo reunido, à espera de uma resposta. Ele acaricia o amassado do carburador como se acariciasse o peito machucado de uma esfinge. Dessa vez quem faz a pergunta é o homem, não a fera. E a pergunta é: devo arriscar? Mas a esfinge está morta, não responde. E o homem continua à espera. Devo arriscar, devo sair da cidade? Que merda eu vou encontrar lá fora?

É nesse momento que ele escuta.

Será possível... Um telefone?

Muito longe.

Davi corre até a esquina. A altura do toque vai diminuindo a cada passo. Efeito doppler. Essa variação indica que a fonte sonora está do outro lado. Davi corre para o extremo oposto, tentando não tropeçar nos montículos de roupa, e para na outra esquina, sem fôlego. Curva o corpo e aspira com vigor. Mas não há ar suficiente. As panturrilhas doem. Você está totalmente fora de forma, velho. O telefone continua tocando. Talvez na agência bancária a dez metros de onde Davi está. De pé, homem, de pé! Ele claudica soltando as vísceras no caminho, desviando dos veículos sobre a calçada, arquejando. Chega sem o fígado, os pulmões e o baço. Ao enfrentar o pesadelo da busca de uma campainha solta na atmosfera o ex-íntegro não soube se conservar inteiro. Desmontou. A agência está trancada, não dá pra entrar. Ele encosta o ouvido no vidro reforçado e presta atenção. Será? Não. O toque não vem daí. O toque já não vem de parte alguma. Parou. Não existe mais. Davi esmurra o vidro e com isso consegue apenas machucar as mãos.

Numa grande banca de jornal ele pega algumas revistas norte-americanas e europeias. As brasileiras ele já conhece de cor. Na cozinha de uma cantina italiana ele prepara um espaguete à bolonhesa e abre uma garrafa de Valpolicella. Leva para o salão primeiro a garrafa e a taça, depois o prato, os talheres e as panelas, e escolhe uma mesa ao lado da janela, longe dos quadros de mau gosto e dos enfeites espalhafatosos. Enquanto mastiga meio sem vontade, não consegue prestar atenção no artigo sobre economia que está tentando ler. O pensamento simplesmente desliza para longe. Para um telefone que toca em algum lugar inalcançável. A cidade é imensa. É um imbróglio de metal retorcido cercado por portas e janelas mal-assombradas. Como lutar e vencer nessas condições? O molho de tomate industrializado está um pouco salgado para seu paladar e a carne moída está levemente amarga. Davi sabe que o toque do telefone de hoje vai torturá-lo por semanas. Não vai conseguir dormir. Precisa entender o que aconteceu. Um pequeno colapso no sistema de uma central telefônica ou nos mecanismos de um satélite pode ter provocado o incidente. Ou então — essa é sua alternativa preferida — há mais alguém no planeta. Talvez no país. No estado. Na capital. Homem ou mulher? Jovem ou velho? Haverá momentos em que ele duvidará de sua sanidade mental. Realidade ou alucinação?

Começa a chover. As primeiras gotas deslizando no vidro da janela trazem Davi de volta ao aqui-agora, ao restaurante quieto, ao vazio. O cheiro de chuva acalma os instintos mais violentos. A precipitação externa provoca uma precipitação interna, afetiva, sonora, que abala a vontade e altera seu estado de espírito. O mau humor e o desgosto crônico cedem. A inquietação se transforma numa massa dócil e maleável. Fazia três meses que não chovia na cidade. Davi para de comer e vai até a porta da cantina pra admirar melhor a cortina líquida. Seu rosto logo fica úmido, lavado por uma beleza sublime. O vento ainda é quente, mas impregnado de vapor. Que saborosa sensação de abandono! De nostalgia e abandono. De leveza e cansaço. Desejo de ficar aí para sempre, em pé, olhando a retícula cinza sobre os edifícios. Apenas admirando. As nuvens baixas e fortes, a dramática pancada de água, um pedaço do céu tamborilando no concreto, no metal e no asfalto. As grandes estruturas retorcidas lutam como podem contra a feliz, exuberante, furiosa e insuportável atmosfera, que ri muito, demais: para ela tudo é divertido.

A ondulação dos grãos de luz muda de cor e temperatura, e o cenário parece encolher. Alguma coisa se abre na consciência de Davi e ele então percebe que a beleza aquosa é como uma flor derramando seu aroma no mundo. Cheiro de maçãs maduras, cheiro de cravo e canela. Respira fundo, aspirando o farfalhar do verão. Que perfume maravilhoso! A intensidade da chuva diminui, agora é só uma garoa, um cochicho. Os últimos trovões ecoam. O vento vai se acalmando, a enxurrada vai minguando. De pontos distintos do cenário vaza uma qualidade diferente de silêncio. Davi volta para dentro. Caminha como um sonâmbulo. Antes de sentar ele vê um CD player atrás do balcão e vai até lá. Mexe na pilha de CDs e, evitando todas as coletâneas folclóricas ou cafonas, escolhe uma reunião de peças de Chopin gravadas por Nelson Freire. Apesar de soar um pouco anacrônica, essa música intensa e passional combina muito bem com o vinho seco e terroso (no final, mas cremoso no início) e a chuva miúda e contínua.

Há um momento de total calmaria que ele gostaria de ver prolongado para sempre: o sol suave, as sombras do meio da tarde, o mormaço. Davi se desvencilha dos devaneios, deixa metade do espaguete no prato e metade da bebida na garrafa. Usa o banheiro e sai da cantina sem desligar o CD player. A garoa vai parando, o cansaço desapareceu. Procura nas imediações — mais uma vez como um sonâmbulo — uma bicicleta em bom estado (não lembra onde deixou a última). Acostumou-se a andar pela cidade de bicicleta, atravessando desfiladeiros de ferragens. Sem capacete nem GPS. Equilibrando-se sobre as duas rodas, os obstáculos não chegam a atrapalhar muito. Ao olhar para a esquerda, para o trecho da avenida que faz uma curva aberta, ouve uma explosão e todos os aparelhos elétricos desligam, incluindo o CD player. Chopin e Nelson Freire silenciam, afogados numa crepitação magnética, num intenso estalido. Outra explosão, menor. Vários quarteirões ficam sem energia. Não é a primeira vez que Davi presencia, no local por onde está passando, a interrupção do fornecimento de eletricidade. Interrupção permanente. Muitos pontos da cidade já estão mortos. De metrópole a necrópole: tudo indica que o destino de São Paulo será esse. As ruas vão perdendo a força, expirando. As paredes vão se deteriorando. O pior de tudo são os supermercados, que rapidamente se transformam numa grande caixa abafada e pestilenta: uma bomba de gás. A comida acomodada nas gôndolas (frutas e legumes) e nos refrigeradores desligados (carnes, peixes, laticínios) logo apodrece e o cheiro é insuportável. Uma camada espessa de mofo escorre para o piso, se expande, cobrindo de verde e cinza as prateleiras, os balcões e os mostruários, e empestando o ar. As paredes e as janelas também ficam verdes e cinza. Esses são os matizes da morte por contaminação. Melhor evitá-los.

Tudo está em brasa. O desânimo e o calor úmido atormentam o estômago. Davi anda até a esquina e encontra, caída ao lado de um orelhão, uma bicicleta em bom estado. Uma bicicleta feminina, lilás. Antes de sair pedalando ele testa os pedais e os freios. Perfeitos. As bicicletas femininas sempre foram as suas prediletas. Cansam menos. Forçam menos suas costas estropiadas. Davi verifica se os pneus ainda estão cheios. Estão, mas as válvulas de enchimento perderam a tampa. Não faz mal. Ele prende sua mochila no porta-bagagem e decide voltar para casa. Sai pedalando devagar, desviando dos veículos atravessados na avenida e evitando as poças de água. Talvez mais tarde pare numa sorveteria. Que bom que ainda há toneladas de sorvete a seu dispor. Que pensamento foi esse, meu caro? O último eremita do planeta finalmente está começando a gostar de seu vasto eremitério? Acelera na descida, freia, faz uma curva. Sorvete de chocolate amargo com farofa de castanha-do-pará. Ótima escolha. Está quase entrando num túnel quando escuta novamente. Um telefone. Muito longe. Então freia fazendo uma curva fechada e para, feito um perdigueiro, o corpo rígido e as orelhas empinadas. Fareja o ar endurecido. Não muito longe. O telefone toca outra vez. Nítido. É real. É REAL!

O telefone toca e Davi calcula que vai tocar mais sete ou oito vezes antes de desligar. É preciso agir rápido, é preciso pedalar com vigor. Onde? Em frente! Tremendo da cabeça aos pés, Davi afasta-se da boca do túnel e volta para a avenida. Segue adiante, desviando dos obstáculos, atravessando as poças com estardalhaço, atirando água pra esquerda e pra direita. O telefone toca. Pedala, pedala, freia, desvia, pedala, pedala. O próximo cruzamento está interditado por dois ônibus que colidiram. Davi sobe na calçada e foge do entulho cortando caminho por um posto de gasolina. O uniforme dos frentistas fica marcado pelos pneus sujos de barro, o espírito dos mortos geme desconsolado, aaaaaah. Davi resvala num grande expositor de ferro, as latas de cera automotiva e as garrafas de óleo rolam para longe. O telefone não está tocando numa agência bancária. Está tocando do outro lado, numa livra- ria. Pedala, pedala. Davi freia e salta do selim antes que a bicicleta pare totalmente. Perde o equilíbrio, sai catando cavaco. As portas da livraria não estão trancadas, as duas lâminas de vidro se afas- tam automaticamente quando ele se aproxima. O telefone toca. Onde? No andar de cima? Talvez. O eco atrapalha a razão. Um mau cheiro nojento vem do café. Um fedor conhecido, podre. Davi corre pelo carpete vermelho, chuta sem querer as roupas dos mortos, vai até o balcão de encomendas, volta, verifica atrás do balcão principal — onde está a caixa registradora —, o telefo- ne toca, está reconhecendo o lugar, já esteve aí antes, não lembra exatamente quando, a loja estava cheia e era difícil circular, do centro do caos surge uma miragem sólida, líquida e gasosa, olha em torno e por um segundo chega a ver a multidão de fantasmas, aaaaaah, opa, que foi isso, uma cotovelada?, um esbarrão?, alguns livros de culinária caem da estante, sobe uma rampa, atravessa a seção de dicionários e enciclopédias, o telefone toca, sobe outra rampa, é na seção de filosofia, por que tem que ser no último piso?, por que tão perto das nuvens?, o telefone toca, Davi voa em sua direção e atende, alô. Alô. Alô!

Primeiro dia

Quase sobreviventes

Um recém-nascido chora no berçário de uma maternidade parisiense. Ele veio ao mundo há algumas horas, está enrolado numa manta azul e chora, chora, chora de fome. Suas mãozinhas esbarram uma na outra, assustadas. Um chiado alto espalha o pânico demoníaco: é seu próprio choro, ávido. A temperatura de seu corpo começa a subir. Febre. Ardor. Ele está sozinho no prédio, na cidade inteira, e não sabe que está sozinho.

Um prisioneiro político bate com os punhos fechados na porta de uma solitária em Pequim. Está com fome e muita sede. A porta vibra, seus ossos vibram. Ainda não trouxeram o almoço e já é hora do jantar. É sempre assim: os guardas adoram se divertir às suas custas. Sacanas sádicos. Ele também está sozinho no prédio, na cidade inteira, e ainda não sabe que está sozinho.

Uma passageira que cochilava, com uma revista no colo e fones nos ouvidos, subitamente desperta com os tremores da aeronave, dois mil metros acima do Atlântico. Sua cabeça dói, a boca está seca. Tudo trepida. Ela retira os fones e boceja. As luzes estão apagadas. A escuridão de dentro é irmã da escuridão de fora, a névoa dominou as estrelas. A passageira aperta o botão amarelo mas a comissária de bordo não vem. Ninguém vem. Ela também está sozinha e ainda não sabe que está sozinha.

Uma paciente maníaco-depressiva dá voltas no quarto de paredes, teto e piso acolchoados, num sanatório em Nova York. Dá voltas e voltas. Quando virão com os remédios? Por que demoram? As camadas mais profundas de sua mente são um oceano aleatório agitado por ondas de angústia e tristeza. Sozinha, como os outros. Tão sozinha quanto os ursos do polo norte quando ainda havia ursos no polo norte. Ela dá voltas e voltas.

Um pesquisador está parado do lado de fora de um navio enterrado no gelo em algum lugar da Antártida. Ele está parado aí há duas horas, à mercê do vento forte e frio, abraçado ao próprio corpo, a espera de que o resgatem. O casco do navio parece bastante avariado, a escada lateral foi arrancada na colisão, não há como subir a bordo. O pesquisador não sabe o que aconteceu. Não sabe como a embarcação perdeu o controle e se chocou com a geleira. Ele já deu a volta no casco, gritou várias vezes por socorro, tentou o rádio. Sem comunicação. Não há como subir a bordo.

O ônibus espacial atinge a camada superior da atmosfera e começa a se incendiar. O especialista do módulo de carga briga com o capacete, com o painel enlouquecido da cabine de pilotagem, com a morte iminente. Ele tenta manter o autocontrole emocional e o controle da espaçonave. Os dois pilotos desapareceram. Todos os companheiros desapareceram, sobraram apenas seis trajes vazios. A torre de controle de pouso, no centro espacial, não responde. As placas de cerâmica antitérmica estão se soltando e a asa direita vai se desfazendo em espirais de fogo e fumaça.

Nesse primeiro dia a mesma situação acontece simultaneamente em várias partes do mundo. Um velho mineiro grita para o alto, para a saída de um poço, numa mina de carvão no norte do Chile. Mas no alto, na saída do poço estreito, a vinte metros de onde está, não há ninguém. O mineiro grita e grita. O carbono desnorteado de seu corpo solidariza-se com o carbono desnorteado da terra. A realidade começa a economizar sua matéria-prima fazendo sumir a pouca luz da lanterna e os muitos detalhes do poço.

Um paciente com o peito aberto e o coração visível acorda na mesa de cirurgia de um hospital moscovita. O efeito da anestesia está passando. Ele ainda está bastante grogue, mas já começa a sentir a dor mais aguda e dilacerante de toda a sua vida. Ao redor da mesa, forrando o chão asséptico, apenas os gorros, as máscaras e os aventais esterilizados, as roupas de baixo, as luvas de látex, alguns instrumentos cirúrgicos.

Um menino de sete anos, a palma das mãos e a ponta do nariz coladas no vidro da janela, admira a encosta florida e fria do Himalaia paquistanês. Tudo é mágico. A rocha respira. Atento à sombra que o ônibus projeta na estrada, o menino só percebe que está sozinho quando vê a estrada fugir da sombra. Uma derrapagem. Ele vira o corpo e vê, pela janela da outra fileira — susto —, a boca arreganhada do precipício engolindo o veículo.

Em várias capitais — Bogotá, Washington, Dublin, Berlim, Atenas, Cairo, Bagdá, Jerusalém, Camberra, Tóquio, desertas — ao menos uma pessoa quase sobreviveu. Quase. Todos os quase-sobreviventes tiveram mais ou menos o mesmo destino desse agonizante entregador de pizza, desse jovem motoqueiro recifense atingido por uma betoneira. Paraplégico. Paralisado da cintura pra baixo, caído na avenida, ele não sabe como isso foi acontecer. O trânsito simplesmente pirou? As ruas estavam tranquilas, na mais pura normalidade, os diferentes veículos se deslocavam pacificamente. Sem barbeiragem nem buzinação. Então o trânsito enlouqueceu pra valer. Sem aviso. Os carros começaram a colidir. Um caminhão veio pra cima. O motoqueiro desviou. O caminhão bateu num ônibus, os dois arrebentaram o parapeito de uma ponte e despencaram. O motoqueiro ainda conseguiu desviar de um carro que capotava, mas foi pego pela betoneira desgovernada — o declive por onde ela vinha nem era tão íngreme assim — e arremessado da ponte. Queda em câmera lenta, como no cinema. A pizza voando pra longe. Um disco voador metade de atum metade de escarola, com muita mussarela de búfala e azeitona. E ele... Bem, ele caiu lá embaixo na avenida, fraturou vários ossos e lesionou a sexta vértebra cervical. Aí está o coitado, agonizante, mais pra lá do que pra cá, ainda tentando entender o que foi que deu errado na porra da sua vidinha. A pizza longe. Voando. Metade de atum metade de escarola.

Segundo dia

Busca

Davi navega na web. Salta de página em página em busca de novas atualizações. Visita sítios e blogues brasileiros e estrangeiros. Digita no buscador a data de hoje, na esperança de que alguém em algum lugar tenha postado algo. Nada aparece. As postagens mais recentes que ele encontra trazem todas a data de sábado. As que trazem a data de domingo estão em outro fuso horário, em outro idioma, em outro continente. Não são de domingo, são de sábado. O sábado de Davi. No vasto espaço cibernético não aparece nada — texto, foto, música, vídeo —, absolutamente nada, no domingo brasileiro. Davi continua navegando na web. Dentro do retângulo luminoso e dinâmico à sua frente tudo parece mudado, apesar de nada ter mudado. As páginas que passam parecem diferentes, mas não estão diferentes, são as mesmas. Davi não reconhece nem a própria foto na página de sua agência de propaganda, mas é a mesma enfadonha foto de sempre. Algo profundo aconteceu no ciberespaço sem ter realmente acontecido. O familiar ficou estranho, como se Davi tivesse perdido parte da visão, da audição, do tato, do olfato e do paladar.

Terceiro dia

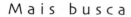

Mais busca

Davi volta ao escritório, senta, esfrega os olhos, pega o mouse e continua navegando na web. Agora de maneira desgovernada. Sem qualquer estratégia de busca. Segue clicando ao sabor do acaso. A manhã vira tarde, a tarde vira noite. Está com fome? Está com sede? Acende um cigarro. Ao alcance da mão, um cinzeiro em forma de cinzeiro. O cérebro parece derreter e vazar pelos orifícios da cabeça. Um pouco de massa cinzenta desce pela garganta, Davi tosse. Os sítios pornográficos são os mais interessantes. Belas bundas, belos peitos. Até os homens parecem atraentes. Cópula em cima de cópula. Masturbação. Langor. Davi olha o cinzeiro e fica comovido com seu formato tão simples, tão funcional. Ao longo da vida ele já teve um cinzeiro em forma de peixe, de gato, de sapo. Também já teve um cinzeiro em forma de gueixa, que Vivian quebrou durante uma briga. Agora ele tem um cinzeiro em forma de cinzeiro. Suprema realização do engenho humano: um objeto que não tenta ser o que não é. Um objeto satisfeito e adormecido.

Quinto dia

Mais busca

Está feliz? Está infeliz? Já tomou banho hoje? Acorda. Coça as costas. Entra no escritório. Continua navegando. Pela primeira vez nota a poeira se acumulando em cima da mesa, no teclado, na borda estreita do monitor. A tevê está ligada na sala. Calor e suor. Será que lá fora as coisas continuam no lugar certo? O sol no lugar do sol, a rua no lugar da rua? Continua navegando.

Décimo dia

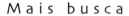

Mais busca

Continua clicando nos links. Mecanicamente. Sem enxergar. Sem se interessar. Clique, clique, clique. Sentimento de derrota, frustração plena. Os blogues, os sítios e os portais vão aparecendo e desaparecendo quase instantaneamente. Velhas fofocas do show business. Quem estava comendo quem. Corrupção no governo. Na polícia militar. No sindicato dos metalúrgicos. Tudo antigo antigo, nem as pirâmides egípcias, nem a grande muralha da China são tão antigas assim. Davi já não presta atenção em mais nada. Tudo é enfadonho. Os jornais parecem falar da política, da economia e da cultura de outro planeta. Rostos que antes eram bastante familiares, de publicitários bem-sucedidos ou de gente do cinema ou da indústria fonográfica ou da alta costura ou da tevê ou do esporte, esses rostos perderam o poder de atração, não querem dizer absolutamente nada. Envelheceram mil anos em dez dias. Relíquias grosseiras. São agora tão impessoais e estereotipados quanto os rostos dos muito velhos retratos medievais de um livro de história da arte. Davi acende um cigarro e não sente prazer algum ao tragar, a reação química não acontece. É este maldito computador, ele pensa, clicando, clicando, clicando, morto de cansaço, ferido, furioso, sonolento, é este maldito, maldito, maldito computador, ele continua pensando, ele continua, sem sequer perceber em que exatamente está pensando.

Vigésimo quinto dia

Livros

Davi está aprendendo a admirar a substância disciplinada e pontual dos crepúsculos. Os últimos raios de sol atravessam os janelões embaçados da livraria e tingem de vermelho as estantes. Ao sabor das espirais de ar quente e úmido — há uns minutos voltou a chover, mas pouco, agora já parou —, infinitas partículas de poeira flutuam como mundos soltos no espaço. De onde vem tanta fuligem se os carros já não poluem mais? A livraria é um cemitério menor dentro do cemitério maior: a cidade. Os livros, as revistas, os CDs e os DVDs estão envelhecendo em silêncio. Já não conversam mais com as pessoas, muito menos entre si. Davi desiste de esperar o telefone tocar novamente. Gritou alô com tanta força, tantas vezes, que irritou as cordas vocais. Gritou para o vazio. Ninguém respondeu e o aparelho foi lançado longe, depois várias estantes foram golpeadas e derrubadas. Alguns segundos de fúria fazem bem pra saúde. Por que a indústria farmacêutica nunca pensou em produzir e comercializar comprimidos de raiva? Davi está cansado e chateado, é hora de procurar um lugar para passar a noite. Um lugar com eletricidade.

    Em transe, desligado da circundante trama de sonhos, cego para os próprios segredos, ele vai riscando o diagrama da tarde que termina. Anoitece de maneira sobrenatural. Sombras se sobrepõem. Davi pedala devagar, quase sem fôlego, na direção da avenida Paulista, que não está longe. A iluminação dos prédios no final da trilha, no alto da ladeira, indica que o apagão deste quadrante da cidade ainda não chegou lá. Menos mal. Há ótimas casas nos dois lados da avenida. Davi já arrombou uma dúzia delas. Por necessidade, por curiosidade, por diversão, por tédio. Ele gosta principalmente de um casarão de dois andares a poucas quadras da estação Trianon-Masp do metrô. É pra lá que ele está indo, mesmo quando é obrigado a recuar um pouco e contornar um obstáculo. Não importa. A imagem de um ratinho de laboratório correndo no labirinto atrás de um mínimo pedaço de queijo não o humilha mais. Está feliz com o esforço físico. Está contente consigo mesmo porque percebe que ainda tem energia pra pedalar mais um pouco e fugir da escuridão. Fugir da mancha negra. Quantas criaturas miseráveis e inocentes o medo é capaz de enxergar nas frestas, nas frinchas? Passar a noite numa destas casas pequenas, sem água quente nem luz elétrica, não, isso seria um suplício. Davi ainda tem energia nas coxas e nas panturrilhas. Vai lutar pelo conforto do casarão. Arfando, cuspindo, uma lembrança atravessa seu caminho: faz alguns dias que não volta ao seu antigo apartamento. Só agora notou isso. A distância é a boa desculpa para não rever o lugar onde morava com sua família. Muito longe. Quadras e quadras e quadras de distância. Aclives e declives. É melhor ficar por aqui mesmo. A razão verdadeira é que o prédio todo onde morava — onde hoje Vivian e as crianças estão *enterradas* — é agora o túmulo mais frio e angustiante da necrópole inteira.

Deixa a bicicleta encostada na mureta da calçada e atravessa o jardim em que as ervas-daninhas já começam a dominar. A porta do casarão está aberta e as luzes acesas, Davi sempre deixa as luzes acesas antes de sair. Mania infantil. Nas imediações não há qualquer vestígio das roupas dos antigos moradores desaparecidos. Os montinhos foram cuidadosamente retirados pelo novo morador e levados para bem longe. Uma simples questão de higiene. Ou de superstição. Davi procura o controle remoto, liga a tevê da sala e aumenta um pouco o volume, porque esteja onde estiver — no banheiro, na varanda etc. — ainda gosta de escutar a voz humana. Outra mania infantil. Vai para a cozinha. Tira do freezer uma lasanha de microondas, a última que sobrou. Vasculha a despensa e volta com uma lata de ervilhas. O vinho acabou, também a cerveja. Come a lasanha na própria embalagem de papelão e as ervilhas na própria lata. Toma um banho, massageia com creme hidratante as panturrilhas, fica só de calção.

O dia finalmente acabou. É felicidade ou tristeza isso que está sentindo? Procura na mochila o livro que pegou na livraria, vai para a varanda e se acomoda na cadeira grande, de frente para o jardim, de frente para a rua. Quando era adolescente, Davi costumava visitar os avós no norte do estado. Moravam numa cidade pequena, sem vida social, sem nada pra fazer. Davi levava muitos livros e passava as noites sentado na varanda, sentindo a brisa, admirando a abóbada celeste, lendo. Bons tempos. No alto as estrelas, as espantosas, absolutas estrelas. Faz uns trinta dias que ele não abre um livro. Estava saindo da livraria quando bateu os olhos num de seus romances prediletos. Pegou. Podia ter pegado outros livros, afinal agora tem muito tempo livre pra ler o que quiser. Não quis pegar mais nada. Teve medo. Não sabe se conseguirá ler um romance do começo ao fim novamente. Não faz sentido voltar a ler ficção. Até mesmo os filmes que andou revendo em DVD perderam a seiva. Secaram. Não fazem mais sentido algum. De modo geral, num mundo sem ninguém, num mundo de uma só pessoa a arte e a literatura são inúteis. Ou não são? Está a fim de descobrir.

Começa a reler *Admirável mundo novo*. Sempre gostou desse romance. Porém o título nunca soou tão irônico quanto agora. Davi está num mundo novo, não resta dúvida. Mas, *admirável*?! Nem pensar, amigo. Nem pensar... Pula o prefácio do autor e lê a primeira página da narrativa: está de volta ao Centro de Incubação e Condicionamento de Londres. Um edifício atarracado e cinzento de apenas trinta e quatro andares. É isso. Lê a primeira página e para. O sentido evaporou. Não está conseguindo se concentrar no texto. Leu sem ler, sem prestar atenção. Estava pensando em outra coisa. No passado. Na casa dos avós. Em todos os romances, contos e poemas que leu nas férias provincianas, na varanda provinciana, sob as primitivas constelações provincianas. Um dia — uma tarde?, uma noite? — percebeu petrificado que, para um rapaz tímido e sem namorada, longe de casa, os livros eram melhores do que as pessoas. Davi leu o romance de Aldous Huxley pela primeira vez aos quinze anos. Ficou fascinado. Já havia lido George Orwell e Hermann Hesse. E começava a se sentir um pouco estranho. Longe da vida intensa da capital, o que era só um hábito — a leitura — virou um vício, e o vício estava se transformando na mais concreta realidade. Devorava os ficcionistas e os poetas. Descobriu Rimbaud e os simbolistas franceses e Dostoievski e os russos do século 19 e quase pirou. Então com o tempo Davi começou a ver o mundo inteiro através da literatura. E um dia, sem perceber, já estava vendo o mundo *como* literatura.

Alguém pedia um café ou abria o jornal ou espirrava abafado e tudo isso já havia acontecido antes, talvez em *A paixão segundo* GH ou em *Doutor Fausto* ou em *Claro enigma*. Um velho era atropelado ou ganhava na loteria ou abraçava o neto e também isso já havia ocorrido antes, talvez em Bandeira ou em Lygia ou em Kafka. Quanto mais Davi lia mais ele e a realidade se transformavam no que ele lia. O jovem leitor pensava os livros enquanto os livros pensavam o jovem leitor, com tanta intensidade, que seus cinco sentidos passaram a sentir a substância da vida em blocos contínuos de situações literárias. Até no pequeno supermercado local dava pra sentir a página sendo virada, os capítulos de sua esquisita adolescência passando em câmera lenta. Então sua vida ficou muito, muito mais verdadeira. Cada gesto banal ganhou um significado maior. Um significado épico. Davi abria uma coletânea de contos ou de poemas e estavam todos lá, no primeiro parágrafo ou na primeira estrofe, seus pensamentos mais recentes. Na rua uma mulher vinha em sua direção e, antes que ela falasse qualquer coisa, ele já a reconhecia: Emma Bovary. Ao seu lado, Camila Lopez. Mais atrás, Diadorim. Não existiam mais pessoas, existiam apenas personagens. O avô excêntrico era Dom Quixote. O tio paranoico era Josef K. Diante das muitas possibilidades, a pergunta mais importante era: quem sou eu? Que personagem sou eu?

Vigésimo sexto dia

Sangue

A relação emocional de Davi com as roupas deixadas pelos desaparecidos fica mais complexa quando ele encontra acidentalmente um montinho diferente no chão de uma sorveteria da avenida Paulista. Nessa tarde, nesse chão morto e empoeirado cheio de outros montinhos, Davi encontra uma camiseta branca em cima de uma bermuda jeans, as peças íntimas femininas — a calcinha e o sutiã no tamanho G — em cima das meias e dos tênis, tudo isso na configuração convencional: as roupas um pouco esticadas, reunidas em forma de argola, os tênis no centro do conjunto. Tudo isso na disposição convencional, sim, mas com um detalhe diferente: com manchas de sangue. Pior: de sangue recém-coagulado. É justamente o vermelho orgânico no tecido entorpecido que chama sua atenção.

Davi não toma muito cuidado, não pensa antes de agir. Impulsivo, impulsivo. E se o sangue estiver contaminado? Assim que sua atenção cai na camiseta ele a pega e aproxima dos olhos. Ajusta os óculos e toca a mancha para sentir sua consistência. O sangue está seco, mas não farelento. A digital fica impressa na mancha e o cheiro ofende o olfato. O fedor... Isso explode uma nova revolução na mente e no mundo de Davi. As pernas fraquejam. Ele é obrigado a sentar pra não cair. Tira os óculos, limpa o suor das pálpebras. Uma nuvem cobre o sol, diminuindo a luminosidade dentro da sorveteria. Sentado, Davi estica bem a camiseta branca em cima da mesinha. Há pontos de sangue principalmente na região do abdome. Davi para pra pensar, espera a nuvem descobrir o sol, vira a camiseta do avesso. Respira. A mancha é um pouquinho mais úmida nesse lado. Levanta e pega uma perna da bermuda. A calcinha e o sutiã caem. Os tênis não interessam. A correntinha também não (uma correntinha com um crucifixo, ambos de prata, que ele notou meio escondidos nas meias). Examina o direito e o avesso da bermuda reluzente, de tão nova. Sem sinal de sangue. Volta a sentar e a examinar a camiseta.

O sangue, quanto tempo estará aí? Alguns poucos dias, isso é certo. Davi relembra sua teoria da explosão-implosão. Uma mulher que explodiu (um micro bigue-bangue) e em seguida implodiu (um micro buraco negro), explosão e implosão não tendo durado mais do que um milionésimo de segundo. A onda de choque expandindo o tecido, mas só um pouco, e a rápida contração sugando a carne, os ossos e o sangue. Tudo indica que se trata do mesmo fenômeno. Afinal as roupas não estão na mesma configuração de sempre, reunidas em forma de argola? A única diferença são mesmo as gotas de sangue na superfície interna do tecido. Elas obrigam Davi a fazer uma pequena adaptação na teoria. A implosão dessa vez não foi rápida o suficiente para impedir que um pouco de sangue escapasse. Foi o que aconteceu? Umas poucas gotas na trama de algodão (oitenta por cento) e poliéster (vinte por cento). São elas, ainda bastante perceptíveis, que também obrigam o último homem do planeta a reconhecer que poucos dias atrás havia outra pessoa — uma mulher do tamanho G — nesta mesma cidade. Nesta mesma sorveteria. E essa mulher explodiu-implodiu muito tempo depois — semanas — da primeira espantosa onda de energia e mistério que dizimou a humanidade.

Davi não consegue sair do estado de choque. Uma mulher esteve aí na sua cidade esse tempo todo. Ela tomou sorvete, andou pela avenida, pegou roupas novas nas lojas abandonadas, habitou nas imediações, carregou as mesmas dúvidas e o mesmo pavor que ele. Podiam ter se encontrado. Mas o acaso não quis. O acaso, o destino?! Numa cidade tão pequena... Numa cidade minúscula como São Paulo... Minúscula-maiúscula. Gigante! Agora a mulher está morta. Podiam ter se encontrado. Os fogos de artifício! Será que ela não viu a festa no céu? Como não?! Era cega? Não, não era. Se fosse ele saberia. Não há uma bengala no chão empoeirado. Nem um par de óculos escuros. Cega ela não era. Talvez fosse surda, nunca se sabe. Davi procura uma bolsa ou uma carteira, ele precisa saber o nome dessa mulher, precisa chorar por ela. Não encontra nada. Os telefonemas... Ela? Teria sido ela esse tempo todo? Davi acaricia a camiseta branca, acaricia, acaricia, cheira o perfume, cobre seu rosto com ela, limpa uma lágrima, ele simplesmente não consegue sair do estado de choque. Vai até a porta da sorveteria e observa atentamente as casas, os edifícios... Onde? É certo que essa mulher dormia, tomava banho e fazia as refeições em algum lugar. Mas onde?

Davi sai da sorveteria e atravessa a avenida. Suas pernas se movem sozinhas e a mão esquerda ainda não soltou a camiseta. O cheiro de sangue... Ele não vê pra onde está indo, apenas segue em frente. Quem está no comando de sua cabeça, tomando as decisões? Ele apenas segue em frente. Um pensamento sombrio se materializa e, antes que possa ser capturado pela atenção, vira fumaça. Mau pressentimento: uma insegurança-taturana subindo, subindo, deslizando gosmenta sobre a coluna vertebral. Mais uma sensação idiota que logo desaparece. Davi apenas anda, a camiseta colada na mão pegajosa. Outro pensamento sombrio vai desestabilizando mais ainda sua já cambaleante autoconfiança. Um pensamento opressor. Se essa mulher estava viva até poucos dias atrás, se ela estava realmente aí, vivíssima, e então foi fulminada de dentro pra fora como todos os outros — sem aviso, sem aviso —, quem garante que o mesmo não acontecerá com ele, Davi, a qualquer momento?

Ódio divino

Uma mulher esteve aí no seu território esse tempo todo. Podiam ter se encontrado. O último homem e a última mulher. Mas o acaso não quis. Como seria ela? Atraente, antipática, alegre, melancólica? Davi cheira várias vezes sua camiseta: o cheiro de suor e perfume e sangue não é de mulher velha, é de mulher jovem. Como seriam seus dentes, seu cabelo, sua voz? Se tivessem se encontrado, sobre o que conversariam? Cinema, literatura, os entes queridos perdidos? Será que ela ia querer fazer sexo com ele, será que ele ia querer fazer sexo com ela? Será que ela ia querer ter filhos e repovoar o planeta? Davi guarda a camiseta em sua mochila e fica pensando, pensando, em quê? Em voltar à sorveteria. Voltar e pegar o resto das roupas da mulher. Principalmente a calcinha. Cheirar a calcinha. Como seria acordar todas as manhãs com alguém outra vez ao seu lado? Como seria dividir novamente a vida com outra pessoa? Davi lembra da correntinha com o crucifixo. Será que ela era religiosa? Ou apenas supersticiosa? Acreditaria ela que o sumiço de quase sete bilhões de pessoas foi obra de uma divindade rancorosa e punitiva? De um Deus arrependido de sua criação?

Vigésimo dia

Compressão

Peso sobre volume. Volume sobre carga. Carga sobre peso. Uma força fraca mas paciente achatando, aplainando, acepilhando as curvas menos resistentes de uma frota que já não afronta lombadas nem cruzamentos. Uma frota perpetuamente estacionada, desfigurada pela inércia. Carros prensados em carros, ônibus em cima de carros, peruas prensadas em ônibus, vans em cima de peruas, motos embaixo de vans, caminhonetes prensadas em carros, motos esmagadas entre ônibus e vans e carros, estilhaços esparramados no asfalto, vestígios de incêndio em vários pontos e as câmeras de segurança dos bancos e das lojas registrando tudo inconscientemente. Esse é o cenário mais impressionante que Davi poderia encontrar: uma muralha de veículos oprimidos, comprimidos, pressionados, lançados contra si mesmos e contra postes, pilares, totens, paredes. No cruzamento da Paulista com a Brigadeiro Luiz Antônio o metal sufoca o metal.

Davi deixa a bicicleta encostada numa mureta, dá dois passos, avalia o paredão de ferragens e percebe que não, sem chance, não há um só vão, um só corredor, por aí não vai dar pra passar. Dá mais dois passos e sobe no capô de um citroen. Do capô ele passa com certa dificuldade para o teto, de onde consegue divisar o rio de veículos que corre do outro lado do paredão. Impossível transitar em alguns pontos da Paulista, mesmo a pé. Nas calçadas a quantidade de roupa espalhada é absurda. Mas também há muita roupa saindo dos veículos, pendurada nas quinas e nas curvas de aço. E certamente sob seus pés, nas escadas, nos corredores e nas galerias do metrô, mas isso Davi prefere não ir verificar.

No teto do citroen ele encontra uma camiseta do Palmeiras, plena de verde e branco, ainda em bom estado. Pega com delicadeza a camiseta como se pegasse todas as partidas de futebol que já assistiu na vida, ao vivo ou pela tevê. Disso ele sente falta: das finais do paulistão, das finais do brasileirão, das idas ao estádio. Da multidão irracional, aos gritos: juiz filho da puta, juiz filho da puta. Sente falta da copa do mundo, das bandeiras nas janelas e dos adesivos nos carros. Vinte dias sem gritar gol é muito tempo. Quando havia muita gente enchendo seu saco, Davi concordava com Sartre: o inferno são os outros. Agora que está sozinho ele descobre amargurado que o inferno também é a ausência dos outros.

Atraída talvez pela trama verde do tecido, talvez pelo suor seco nas axilas da camiseta, talvez pelo cheiro do próprio Davi, uma abelha pousa e começa a andar no dorso peludo da mão que segura o uniforme palmeirense. Então o último homem do planeta para de se mexer. Quieto. Calado. Em outra época, o primeiro impulso seria o de se defender, retirando bruscamente a mão ou esmagando a visitante. Agora é diferente. É preciso controlar a melissofobia. Tomado de espanto sideral, ele fica admirando o inseto como se nunca tivesse visto um desses antes, como se a abelha tivesse acabado de chegar de outro sistema solar. Ou de outra galáxia.

Um choque cognitivo se instaura entre os dois. As antenas e os olhos multifacetados buscam informação, mas será que o minúsculo cérebro um dia conseguirá processar corretamente — melhor dizendo, humanamente — essa informação? O tórax está coberto de pólen. As asas aguardam o comando para levantar voo. Davi aproxima o rosto o máximo possível do corpo amarelado — não sabe dizer se é uma operária ou um zangão —, a ponto de conseguir distinguir os pelinhos cobrindo as patas e o abdome. Será que um dia a distância intelectual que separa o último homem desse inseto será encurtada? Pensamento idiota. A abelha não sabe nem nunca saberá o que é um homem. Para ela o homem é uma criatura inapreensível, por isso invisível.

Da mesma maneira que Davi não sabe nem nunca saberá se ao seu redor, neste exato momento, está uma criatura maior, muito maior e mais inteligente, admirando suas costas, sua grande cabeça calva e sua pouca perspicácia, e se perguntando se um dia esse homem saberá quem ela realmente é: um deus outrora inapreensível. Não à sua imagem e semelhança. Um deus diferente de todos os deuses que as pessoas já criaram. Diferente como? Davi tenta delinear essa supercriatura não humana. Porém uma dúvida ontológica põe em risco sua meditação pouco articulada sobre os mistérios do sagrado. Será que os deuses, se existirem mesmo, sabem que são deuses? Serei um deus para essa abelha?

Pressão. Depressão. Compressão mística. Davi esquece os deuses e a abelha que agora voa pra longe, esquece até a muralha de veículos, esquece tudo quando vê no muro de um estacionamento vários cartazes desesperados com a carantonha azeda de um candidato a deputado federal. Propaganda política! Em plena avenida Paulista! Crime!!! Então ele lembra das eleições que, agendadas para este mês, jamais aconteceram ou acontecerão. Davi sabe que estaria mentindo pra si mesmo se dissesse que o cancelamento das eleições o entristece. Porra nenhuma! Fodam-se os malditos candidatos. Fodam-se os conchavos, as tramoias, os acordos, as trapaças, a demagogia, a corrupção, o marketing. Nunca mais haverá políticos e política, e essa é a única verdade estupidamente maravilhosa deste fabuloso e desgraçado mundo novo.

Desce do teto do citroen, sobe na bicicleta e pedala para longe da muralha de aço e vidro e borracha. Mas por mais que pedale, por mais que se afaste da avenida, o nojo dos políticos não desaparece. Está grudado nas suas mãos, nas pernas, na barriga. O fedor o persegue. Davi ganhou muito dinheiro também com os políticos de todas as orientações imagináveis. Sua agência faturou alto planejando e coordenando várias campanhas, umas decentes (as primeiras), outras indecentes (as últimas). De que está reclamando? No prato em que comia, vai cuspir agora? Davi também não entende esse nojo súbito, esse mau cheiro. Ganhando ou perdendo, gostava da corrida eleitoral. Era obscena. Tesuda. Gostava de produzir e gravar os roteiros mais atrevidos, mais sacanas. Por que não sente mais falta disso? Não me venha com delírios morais, escrúpulos, pruridos. Um cocainômano não perde o desejo ou o nariz só porque a consciência começou a pesar. Pó é pó, tesão é tesão. Por que o asco agora? Ele não sabe. Não entende. O nojo é profundo e irracional, logo, sem explicação.

Davi sai da avenida e entra numa rua em declive. Melhor assim. Está muito quente e ele já não conseguia mais pedalar com a mesma disposição. A força da gravidade, sempre tão dócil e prestativa nessas ocasiões, faz todo o trabalho puxando-o para o fundo do vale. A cena seria até graciosa — na juventude, na cidade dos avós, gostava de pedalar à tardinha pelo bairro deserto — se não fossem os cartazes políticos. Estão nos muros e nas paredes da direita e da esquerda, repetindo as mesmas carantonhas azedas. Sempre estiveram aí, Davi é que não tinha olhos nem disposição para enxergar. Gente feia e ameaçadora. Criaturas primitivas. Répteis do passado.

O fato de estar um pouco feliz, num planeta sem políticos, campanhas e impostos, o deixa perplexo. É a primeira vez que se sente plenamente satisfeito, e isso o assusta. Num momento de luto a felicidade inesperada pode ser uma experiência enlouquecedora. Felicidade e tristeza simultâneas desestruturam a razão. A bicicleta vai descendo sempre pela calçada, atravessando trechos de sombra e faixas de luz, e Davi vai sorvendo o ar puro, o ar puríssimo, vai sorvendo o ar e esse pequeno prazer que a nova ordem social está lhe oferecendo: o fim do marketing político. Porém com o prazer logo vem a culpa. Estão todos mortos. Os maus e os bons, os demônios e os anjos. Ninguém tem o direito de se sentir confortável e satisfeito com isso. Não se quiser continuar se considerando humano. Não se quiser escapar de ser reduzido a um réptil egoísta. A bicicleta vai descendo pela calçada e toda a felicidade criminosa já se dissipou no ar puro, no ar puríssimo.

Terceiro dia

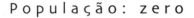

População: zero

Pular de um prédio de vinte e cinco andares só é emocionante se você pula da cobertura. É certo que, se o seu objetivo é apenas dar cabo da própria vida, tanto faz pular da cobertura ou do vigésimo andar, o resultado será o mesmo. Mas Davi, muito bêbado e lúcido, não quer apenas o suicídio, ele quer o suicídio com o mínimo de dor e um toque de poesia. Dela. Da antiga poesia do velho suicídio existencialista. Por isso ele tem todo o trabalho exaustivo de arrombar a porta da cobertura de dois milhões de reais, cujos donos, gente do mercado financeiro, ele mal chegou a conhecer. A fechadura não cede fácil ao martelo, poucas pancadas depois Davi só conseguiu arrancar a maçaneta e amassar a roseta. A porta ainda não abre. Novas pancadas, agora com um formão. A lingueta da fechadura cede. Davi enfia o pé na porta. Vitória. A sola do pé e o tornozelo doem um pouco mas ele já está na grande sala abandonada. Joga o martelo e o formão longe. Olha em volta. A decoração da última residência que ele verá na vida é suntuosa, de péssimo gosto: muito tapete, muito vaso, muitos objetos de ouro intercalando muitas peças de arte sem qualquer valor artístico, muitos pequenos e grandes aparelhos eletrônicos de última geração. Se ainda estivesse a fim de viver, digamos, duas horas mais, Davi bisbilhotaria demoradamente a casa dos outros. Abriria todas as gavetas, todas as portas, todas as garrafas. Porém não está a fim de viver sequer mais dez minutos. Acabou. Não quer mais ser o último e desgraçado e solitário monarca deste império vasto e sem graça. O melhor a fazer é reduzir já a população a zero. Aumentar o volume do silêncio.

Davi vai até a sacada, analisa o local, sobe na cadeira estofada que está do lado do parapeito e se prepara pra pular. De olhos bem abertos ou fechados? Essa é a primeira dúvida. A tarde está realmente linda ou é a química do medo que vai transformando o sol no horizonte, o céu azul-cobalto, as nuvens e o vento em algo verdadeiramente sublime? Até mesmo a cidade lá embaixo parece um cenário meticulosamente construído. Uma maquete de cinema, ele pensa. Perfeita, real. Uma maquete acurada em todos os detalhes, feita por especialistas de Hollywood e pronta para ser destruída por invasores do espaço. Encharcado de uísque, Davi olha à esquerda e vê que mais adiante a cobertura tem uma piscina e uma estufa. Leve mudança de plano. Desce da cadeira e vai até lá. A sacada era meio apertada, em compensação há muito espaço sobrando ao lado da piscina. Daria até para correr e pular com os braços abertos, como se fosse de um trampolim.

É o que Davi, muito lúcido e bêbado, decide fazer. Ele encosta uma espreguiçadeira no parapeito e repassa o novo plano: tomar distância, correr pelo piso quente de cerâmica, subir na espreguiçadeira, continuar correndo e saltar a borda do parapeito. Muito simples e exequível. Tão simples e exequível que ele entra em pânico. Davi reconhece que não tem mais volta. Ele sente que não é um blefe, ele sabe que vai mesmo pular. E realmente pula. Simples assim, de braços abertos. Davi chega perto da borda da piscina, pensa pela última vez em Vivian e nas crianças, despede-se delas em silêncio — por um segundo pensa em gritar para a cidade toda os três nomes, essas seriam suas últimas palavras, mas acha isso melodramático demais e desiste —, respira fundo três vezes, passa as mãos no rosto, corre pelo piso quente de cerâmica, sobe na espreguiçadeira, continua correndo e — trampolim — salta a borda do parapeito. Diferente do clichê, sua vida inteira não passa diante de seus olhos, mas toda a lucidez e toda a embriaguez desaparecem assim que seus pés perdem o contato com o edifício.

Horas antes, depois de descartar a arriscada opção de um tiro na têmpora — nem sempre dá certo —, Davi ficou imaginando como seria saltar do prédio. Agora que está em queda livre, tudo passa tão rápido fora e dentro de sua mente que ele não consegue comparar o salto real com o salto imaginado. Mal consegue abrir os olhos, o vento forte não deixa, os óculos já ficaram pra trás. Mal consegue se localizar no espaço, a paisagem é uma tempestade de cores e borrões floridos, Davi não sabe se falta pouco ou muito para atingir o chão, não sabe se seu corpo rodopiou, se os pés estão em cima ou embaixo, se mijou na bermuda. Os algarismos digitais de um velocímetro imaginário se agitam entre bandeirolas e campainhas. Parece até uma corrida de fórmula um, a torcida e os carros fundidos numa trama ondulatória, os pilotos e os mecânicos caindo sem rede de proteção. Davi tenta agarrar o plasma que atravessa o velocímetro. Graciosos anéis de luz espocam na periferia dos sentidos. Apesar do sol de verão, ele sente frio, como se alfinetes de gelo atravessassem sua carne. Então, o baque surdo. Mais do que isso: surdo-mudo. Cego-surdo-mudo. Sobra somente o aroma das folhas mais viçosas. Tudo é perfume. Olor. Davi cai de costas na trilha de cascalho que margeia o playground e o impacto não produz som algum. Nem o canteiro de margaridas acorda com a colisão do planeta com o corpo. Aí está o homem: vazio, anoitecido. Se em seu último segundo de vida ele gritou ou gemeu, ninguém ouviu. Reduzido a nada, sangrando em vários pontos, o corpo desfaz rapidamente a dor, apagando as poucas e pequenas luzes internas.

Davi está morto. O universo inteiro terminou quando sua vida terminou. É justo.

Isso é o que ele pensa, *eu estou morto*. Pensamento delicioso. Porém logo percebe que ao pensar eu estou morto ele acaba de provar cartesianamente o contrário. Está vivíssimo. É possível? Vinte e cinco andares e ainda vivo?! O polegar mexe de leve. A mão direita pressiona o cascalho, o quadril gira um pouco, o joelho define um ponto de apoio e Davi, de quatro, começa a se erguer devagar. Tudo é perfume. Olor. Fragrância fetal. A camisa, os braços e as pernas estão sujos de terra e sangue. O nariz está um pouco amassado mas o rosto não sofreu um dano muito grande. Sem os óculos, Davi precisa chegar bem perto da parede de vidro do salão de festas para poder se enxergar com nitidez. Verifica o queixo, as costelas... Inteiros. Aparentemente não fraturou nada além do osso nasal.

Precisa encontrar os óculos. Precisa encontrar uma explicação plausível para mais este fenômeno absurdo. Como é possível? Sem dor, sem dano neurológico. Vinte e cinco andares e inteiro! Vivo?! Ou então o inferno existe realmente. Davi está confuso, os pensamentos não acertam o tom, fluem e refluem dissonantes, o inferno existe realmente e — mesmo sem os óculos — o inferno é isso que ele está vendo: a vida eterna num mundo sem ninguém. Condenado à solidão perpétua. Que castigo poderia ser mais engenhoso? Você sempre detestou gente, sempre desejou que o exército de chatos fosse tomar no cu bem longe, lá na casa do caralho, da puta que o pariu. Agora não precisa mais reclamar. Seu desejo foi atendido. Pra sempre. Inconformado, Davi procura os óculos — estão no canteiro de margaridas —, volta ao seu apartamento, bebe mais um gole de uísque, empunha o Taurus e dá um tiro na têmpora.

Vivo. Mas agora com um furo no cérebro.

Dá mais um tiro. E outro. E outro. E outro. Pou, pou, pou. Descarrega a arma na própria cabeça, só então para irritado. O sangue escorre de vários pontos, os ouvidos latejam. Morto ou vivo? Vertigem, um zumbido indisciplinado, tuiiiiiim. O apartamento gira. Davi se apoia no aparador e analisa sua imagem maltrapilha no espelho da sala. Sim, ainda vivo. Tenta urrar mas nem isso consegue, sua boca foi costurada com linha de náilon. Impossível morrer, impossível gritar. Seu reflexo, tão ou mais desesperado do que ele, estica o braço para fora do espelho. A mão fantástica agarra o braço de Davi. Os lábios costurados se contorcem de pavor.

Davi finalmente acorda. Tosse, engole a saliva, vira na cama. É madrugada ainda. Passa dois dedos nos lábios. Nenhum fio. Só o zumbido persiste.

Trigésimo dia

Culpa

Um a um os canais de tevê vão se apagando. Porém Davi ainda não sabe se isso o deixa triste ou indiferente. Já está muito cansado de ver repetidas vezes, no almoço ou no jantar, a mesma última edição dos telejornais. Que interesse ele poderia ter em notícia velha? O apagão vai num crescendo. O controle remoto demora cada vez mais para encontrar qualquer porcaria no emaranhado de estática. Primeiro foram os diversos canais da tevê por assinatura. A grade de programação desses canais continuou se repetindo sem alterações por duas semanas, depois começou a apresentar brancos, irregularidades, problemas na transmissão, até que o sinal desapareceu completamente. Agora são os canais da tevê aberta que vão sumindo numa ruidosa nuvem de entropia. Se ao menos ele soubesse operar o equipamento de projeção das salas de cinema...

Felizmente ainda há os DVDs. Nos últimos dias Davi reviu vários filmes na tevê de setenta polegadas da megaloja de aparelhos eletrônicos da alameda Santos. Reviu dois de Kurosawa (*Os sete samurais* e *Ran*). Um de Bergman (*O sétimo selo*) e um de Wenders (*Asas do desejo*). Aproveitou a ocasião e as prateleiras de DVDs à venda pra assistir também alguns longas que havia perdido no cinema: *Ensaio sobre a cegueira* (Fernando Meirelles), *Watchmen* (Zack Snyder) e *Tropa de elite* (José Padilha). Tentou rever um de seus filmes prediletos: *The wall*, de Alan Parker. Mas logo nos primeiros minutos, trazida pela música poderosa do Pink Floyd, parte de sua adolescência voltou viva e intensa, ele sentiu a vista escurecer, tudo o que havia na sala se confundiu com tudo o que havia na tela, teve uma crise de choro e desistiu. Precisou ir se recompor no banheiro da loja.

Assistiu ainda a alguns documentários premiados, sobre a Guerra do Iraque e o aquecimento global, mas esses filmes lhe pareceram a mais pura ficção, com personagens e cenários imaginários, tudo virtual, criado digitalmente. Quase não conseguia acreditar que poucos dias atrás havia bilhões de pessoas de verdade no planeta. Impossível. A realidade tinha mudado tanto assim? Guerras e grandes indústrias e trânsito e poluição? Não, impossível. Em contrapartida, os longas ficcionais lhe pareceram estranhamente, como dizer? Documentais. Históricos. Arqueológicos. Fiéis à realidade perdida. Toshiro Mifune e Julianne Moore não eram apenas atores atuando, eram seres de carne e osso sendo eles mesmos. Gente na privacidade de sua existência real.

A verdade é que não existe arte quando há apenas uma pessoa no mundo. Sem interlocução não existe poesia. Todos os filmes que Davi assistiu, até mesmo as produções mais requintadas, dirigidas com maestria, perderam o poder de transfigurar. Kurosawa, Bergman, Wenders... Tudo o que neles havia de inquietação e transgressão evaporou, escapou para o espaço. Os atores deixaram de interpretar e passaram a ser os próprios personagens. Nesses filmes apenas o registro cinético das pessoas ainda desperta interesse. O enredo já não importa mais. Muito menos as locações e a edição. São as pessoas — as vozes, os gestos, o modo como interagem — que mantêm os olhos de Davi grudados na tela. Os homens e as mulheres de todas as idades e etnias. Agora só isso interessa: o registro das criaturas muito antigas e extintas (muito antigas?) que um dia estiveram em toda parte, habitando tudo.

Nos últimos dias Davi também enfrentou três capítulos de *Admirável mundo novo* e então abandonou a leitura. Simples assim.

Colocou o marcador no final do terceiro capítulo e não voltou mais ao conflito protagonizado por Bernard, Linda e John. Preferiu dar início ao processo de esquecimento da obra e do autor. Não abandonou a leitura porque não estava gostando, abandonou justamente porque estava adorando. Porém Davi aprendeu muito cedo que certos prazeres, neste mundo nem um pouco admirável, sempre provocam grande desconforto. O prazer da leitura é um deles. Dói demais escorregar suavemente para dentro da confortável zona da ficção, para longe da pressão da realidade externa. Os músculos relaxam. O medo arrefece.

Mas então a fala de um personagem ou um comentário espirituoso do narrador traz à lembrança algo semelhante dito por Vivian quando Vivian ainda podia dizer coisas espirituosas. Davi sente uma pontada. A culpa o abraça, enfia a mão no seu peito e aperta suas costelas, e a pior acusação vem ligeirinho: já está se divertindo?! Como pode estar se divertindo, lendo um romance, quando devia estar chorando sem interrupção a perda da mulher e dos filhos? Que luto é esse? Trinta dias se passaram, apenas trinta dias, e é como se Vivian e as crianças nunca tivessem existido? Do abraço da culpa não é fácil se livrar.

Um romance como o de Huxley é sempre perigoso. As linhas não conseguem esmagar nas entrelinhas a culpa. A forte impressão de estar cometendo um crime gravíssimo, simbólico: a morte repetida. Estou assassinando Vivian e as crianças toda vez que esqueço delas, Davi pensa. Por que a sombra da culpa, dessa culpa obstinada, não aparece durante os filmes? Por que apenas durante os livros? O que há na linguagem literária que não há na linguagem cinematográfica, capaz de invocar essa assombração? A culpa é agora uma grande célula ameboide envolvendo o culpado, digerindo-o. Essa fagocitose espiritual dura horas. Quando acaba, Davi não é mais Davi. Não é quase nada. É pouquíssima massa sem calor algum. Sua consciência e sua temperatura foram reduzidas ao zero absoluto.

Loteria

O motor do filtro queimado, a água turva e pastosa, o vidro coberto de algas e bactérias dos dois lados — interno e externo —, um cheiro forte vindo de lá, do canto mais iluminado da sala, perto da janela. Davi contempla o aquário tomado pelo verde e se pergunta quanto tempo mais a cidade conseguirá resistir à força da natureza. Nos últimos séculos os cidadãos de São Paulo lutaram bravamente pra manter a selva longe das casas. Mas a luta acabou. O mato rasteiro e as árvores — sem pessoas para podar ou arrancar, sem pessoas para queimar e devastar — levarão quanto tempo pra se espalhar e cobrir as ruas e os prédios? Dez anos? Vinte? Eles estão agindo. Enquanto Davi dorme, come, divaga e anda sem rumo, o pólen e as sementes estão conspirando em câmera lentíssima. Levados pelo vento e pelos insetos que sobreviveram, eles estão lutando miudamente. As raízes, as flores e os ramos espiralados estão recuperando, centímetro por centímetro, o terreno perdido para a civilização. É a revanche da clorofila. O triunfo delas: das ervas daninhas, das árvores. Deles: do musgo, dos arbustos. Davi dá mais uma tragada no cigarro, solta a fumaça para o teto e volta a contemplar o aquário imundo. Então o impossível acontece.

Qual é a probabilidade de um fragmento de meteorito cair exatamente na cabeça do último homem na face da Terra? Muito pequena, é certo. Quase nenhuma, pra dizer a verdade. Os meteoritos raramente conseguem atravessar toda a atmosfera. O atrito com o ar é implacável. Durante a viagem na direção do solo, cedo ou tarde eles acabam reduzidos a poeira faiscante. Mas às vezes — uma vez em um milhão (estou chutando) — um fragmento consegue escapar intacto e atingir nosso chão glorioso. Porém a superfície da Terra é imensa. E hoje não há mais cabeças em grande quantidade. Apenas uma. Então atingir a única cabeça disponível seria como ganhar na loteria cinco vezes consecutivas ou acertar um dardo numa mosca a, sei lá, dez mil metros de distância. No escuro. É exatamente o que acontece com Davi. Não, ele não acaba de ser atingido por nada sólido vindo do espaço. Ele acaba de ser atingido, quando toda a teoria matemática das probabilidades está torcendo o nariz para essa possibilidade absurda, irracional, satânica, como eu ia dizendo ele acaba de ser golpeado por algo impalpável originado na própria Terra: um chamado telefônico. E o telefone está tocando agora mesmo — impossível — em sua própria sala de estar. Davi acaba de ganhar na loteria. Cinco vezes.

Ele tira o fone cuidadosamente do gancho, posiciona-o também com desmedido cuidado, fecha bem os olhos — se estiver sonhando é melhor se concentrar no sono e no sonho — e não diz nada, fica apenas respirando e escutando. O ritmo cardíaco desacelera, o choque de adrenalina arrefece. Davi não está ansioso, não está descontrolado. Está apenas quieto, no escuro dos olhos, respirando e esperando. Então ele ouve um ligeiro e desconfiado:

Alô?

Novo choque de adrenalina, a pulsação acelera. Davi perde totalmente a compostura. Calma, calma, não, não. O autocontrole vai para o espaço. Ele aperta com força o fone e grita:

Alô!

...

Por favor! Quem é?

Quem está falando?, alguém sussurra do outro lado da linha. Uma mulher.

Meu Deus! Quem é? Meu nome é Davi! Onde você está?

Oi, Davi...

Que bom ouvir sua voz! Meu Deus, muito bom mesmo. Muito bom mesmo! Qual é o seu nome? Onde você está?

...

Alô! Por favor, por favor. Não desliga!

Você está em São Paulo, né?

Sim. Eu moro em São Paulo. E você?

Eu?

De onde você está telefonando?

Não quero dizer.

(Calma, calma. Puta merda. O aparelho que Davi está usando é dos antigos, sem um localizador de chamada.)

Por favor, por favor... Eu não aguento mais...

(Não, não. Ele sente o baque na boca do estômago, o rompimento de todas as suas fibras, e começa a fungar. Péssima hora para o choro. O cérebro dispara mais uma carga de cortisol e adrenalina.)

Davi, você está sozinho?

Estou! Todo mundo desapareceu. Estão mortos. Eu estou sozinho. Você não está sozinha?

Sim. Eu estou sozinha.

Como você me encontrou? Como descobriu que eu estava aqui?

...

Alô! Por favor, não desliga.

Eu encontrei você sem querer.

Não é possível. Eu não acredito.

Por acaso.

Meu Deus...

Eu telefonei muitas vezes. Eu telefonei pra São Paulo. Para o Rio. Pra Belo Horizonte... Muitas vezes. Mas não encontrei ninguém.

Você me encontrou!

É verdade.

Agora você me encontrou! Por favor...

É verdade. Eu encontrei você...

Fala teu nome...

Meu nome...

Qual é o problema?

Meu nome não tem importância. Nenhuma importância. Você não precisava ter falado teu nome.

Onde você está?

Onde eu estou... Também não tem importância.

Você tem muita importância! Você é muito importante. Você tá viva.

Eu não sei se tô viva. Eu só telefono. Quando chove eu telefono, quando não chove eu telefono. Agora tá nevando. E eu tô telefonando.

Está nevando? Onde? Você tá na Europa?

Não é importante. Meu nome também não é importante. Só a neve é importante.

Ontem nevou?

Claro que não! Aqui nunca nevou antes. Hoje é um dia especial. É o primeiro dia da neve.

Você está no Brasil?

Chega. Tô cansada desta história. Tchau.

(Ela desliga.)

Davi não fica angustiado por muito tempo, pois logo o telefone volta a tocar. No pequeno intervalo entre os dois telefonemas ele conseguiu servir-se uma dose de uísque, acender um cigarro e avaliar seu desempenho. Nota cinco, no máximo. Ele não está conseguindo cativar a mulher. Ela está visivelmente transtornada — isso ele percebeu logo — e ele não está conseguindo tranquilizá-la. Muito ruim. É preciso mudar de tática. É preciso fazer ela confiar nele. Mas talvez a melhor tática seja exatamente essa: ser espontâneo, sem truques. O telefone volta a tocar, Davi atende e o jogo recomeça. Sem pressa. Ele tenta parecer confiante. Ela é um animalzinho arisco com medo do caçador.

Conversam sobre banalidades. Ele fala mais do que ela: sobre a casa onde está morando, sobre a cidade deserta, sobre o calor. O diálogo vai se estendendo. Davi fica assustado pra valer somente quando ela repete algo que já dissera antes: eu não sei se tô viva, eu só telefono, quando estou feliz eu telefono, quanto estou chateada eu telefono. Dito assim de modo firme, o refrão *eu não sei se tô viva* deixa Davi inquieto. A mulher pode estar mentalmente doente. Ou, na melhor das hipóteses, essa certeza mórbida — eu não sei se tô viva — pode ser a manifestação inicial de uma crise esquizofrênica. Ele bica o uísque e parte para o ataque:

Fala o número do teu telefone.

O número?

É. Do teu telefone. Se você não me falar o número eu não vou conseguir telefonar pra você. Se a ligação cair...

Eu quero assim... Eu telefono. Quando eu quiser eu telefono. Vou continuar telefonando...

Fala o número, por favor!

Chega! Tô cansando desta história.

Você não quer me ver?

Ver você?

É. Não quer saber como eu sou?

Quero.

Vamos usar o computador. Assim eu também vou poder ver você.

Não quero sair de casa. Não hoje. Tá nevando.

Você mora num prédio ou numa casa?

Não quero sair. Teve aquela explosão. Ficou tudo escuro e agora tá nevando.

São cinzas? É isso? Tá caindo cinza do céu?

(Ela desliga. Ou a ligação cai.)

É então que ele se dá conta do abismo que os separa. Ao tentar espiar o fundo desse abismo Davi só consegue ver a escuridão sem fim, sem fundo. Um precipício uterino. E nenhum rosto vivo ou morto emerge da escuridão. O telefone volta a tocar. Ele atende. A conversa é retomada do ponto onde foi interrompida, como se nada tivesse acontecido. Até que finalmente, depois de muito rodeio, a mulher confessa seu maior medo:

Ele disse que vai me pegar.

Ele? Quem?

Não sei quem é ele.

Onde ele está? Vocês estão na mesma cidade?

Ele disse que vai me pegar.

Você telefonou pra ele como está fazendo agora, telefonando pra mim?

Telefonei. Nós conversamos... Então ele disse: gostosa.

Ele conhece você?

Não.

Por que ele disse *gostosa*?

Minha voz. Ele disse que eu tenho voz de gostosa.

Ele não vai pegar você. Ele nunca vai encontrar você. Fica calma.

Ele sabe onde eu estou. Eu telefonei no celular dele e ele viu meu número. Ele sabe onde eu estou. E vai me achar.

Eu posso ajudar. Eu posso... Fala onde você está. Por favor.

(Ela desliga.)

Davi serve mais uma dose de uísque. Passeia ao lado do telefone. Acende outro cigarro, avalia seu desempenho — melhorou um pouco: nota sete —, deita no sofá e prepara-se emocionalmente para mais uma partida de xadrez. Mas ela não volta a telefonar.

Macho alfa

Não podia ser diferente, podia?

A perpetuação da espécie é o imperativo mais categórico de todos.

Sexo. Basta haver duas pessoas no planeta e imediatamente o desejo acorda, faminto. Ele, o velho desejo. Irracional, primitivo.

A opressora atração sexual. Seu faro fareja longe.

Durante o telefonema Davi não estava vendo a mulher, não tinha como saber se ela ainda é jovem e fértil ou se já começou a envelhecer. Não estava sentindo seu perfume nem escutando sua voz pura, sem a pequena alteração metálica do aparelho. Mesmo assim ele sentiu a pontada vigorosa do tesão. Bem dentro do cérebro e também embaixo, na virilha. Um cutucão lascivo. Enquanto conversavam sobre absolutamente nada, a voz dela ainda transportava com muita delicadeza, mesmo depois de ser coada pelo aparelho, uma grande quantidade de feromônios.

Não podia ser diferente. Duas horas depois do telefonema Davi ainda não consegue pensar em outra coisa.

Uma mulher. Uma voz de *gostosa*. Sexo. Testosterona.

Basta haver duas pessoas no planeta e a natureza exige fornicação. Ejaculação. A espécie precisa ser perpetuada.

Mas a contagem está errada. Não são apenas duas pessoas, são pelo menos três. Há outro homem nas imediações. Outro macho espicaçado pelo tesão. Outro pau promovendo a degradação e o infortúnio. Tanto laboratório farmacêutico por aí criando as mais absurdas bobagens e nenhum desenvolveu um antilibidinal decente? Uma vacina contra o instinto de reprodução? Outro macho. Alucinado de desejo, intoxicado com hormônios, escravizado. Davi sente uma pontada diferente, agora no peito e no estômago. O vigoroso cutucão do medo. Do pavor. Se quiser a mulher somente para si, precisará eliminar a concorrência.

Lutar até a morte, talvez.

Violência e sangue, costelas partidas, crânio rachado. O mundo volta a ser uma selva. Somos todos novamente predadores e estupradores. Não podia ser de outro jeito: assassinar o adversário e violentar a fêmea, como nos bons tempos. É isso o que seu instinto está ordenando, Davi: espalhar, passar adiante, se necessário à força, seu precioso patrimônio genético, seu tesouro biológico.

Trigésimo quinto dia

Último telefonema

É madrugada. Trinta e cinco noites atrás, nesta exata hora, milhões de orgasmos agitavam o lado escuro do mundo. Hoje, nenhum orgasmo, nenhuma cópula. O lado escuro continua quieto.

Sinais elétricos de procedência ignorada entram na casa através de um cabo aéreo fazendo soar a campainha do telefone. É resmungando que Davi atende a extensão do quarto. Em outro ponto do planeta o movimento das cordas vocais, da língua e dos lábios femininos faz o ar estremecer próximo ao bocal do fone. Tremor de sílabas. Uma mensagem formulada com fonemas. Com isso o diafragma do dispositivo transmissor vibra fazendo oscilar os pequenos grãos de carvão alojados dentro do microfone. A oscilação dos grãozinhos de carvão produz, com o auxílio de uma peça metálica, uma variação na corrente elétrica proveniente da estação central. Os novos sinais elétricos saem da residência da mulher, sobem até o poste da rua, vão até o armário eletrônico do bairro e depois, por um cabo subterrâneo, até a companhia telefônica. De lá são catapultados para um satélite de média potência que os lança de volta à Terra, para a companhia telefônica da cidade de destino. Desse ponto os sinais elétricos fogem para outro armário telefônico e tornam a subir em um poste, entrando em seguida no endereço de Davi. Com o auxílio de um eletroímã o diafragma do dispositivo receptor vibra praticamente no mesmo instante em que o diafragma do dispositivo emissor.

Essa vibração faz estremecer também o ar do lado de cá, próximo à extremidade do fone, propagando sons que reproduzem quase fielmente os sons originais. Esses sons invadem a orelha do homem, atingem o tímpano e são processados pelo complexo sistema auditivo. Vibra de lá vibra de cá, uma mulher e um homem começam a conversar. Este será seu último telefonema, mas os dois ainda não sabem disso.

Três dias atrás Davi pegou numa loja de aparelhos eletrônicos dois identificadores de chamada e instalou um na sala e o outro no quarto. Exagero. Não precisava ter instalado dois aparelhos, mas ele preferiu assim. Fez um teste, telefonando de pontos diferentes do bairro, porém os aparelhos não identificaram o número de origem. Davi ficou puto da vida, mas não ficou surpreso. Ele sabe que o sinal de identificação de chamada só é enviado pela companhia telefônica depois que o cliente contrata o serviço de identificação. Se ele também soubesse, por exemplo, como se cadastrar numa das lojas da companhia telefônica local, tudo daria certo. Ele até tentou, usando o computador de uma loja do shopping aonde costumava ir com a família. Porém, ao entrar no sistema, não conseguiu passar da primeira tela, que foi logo pedindo a senha do usuário. Experimentou diversas combinações de letras e números. Vasculhou a roupa dos antigos funcionários da loja, abriu gavetas e bolsas em busca de agendas e documentos. Saiu do shopping irritadíssimo. Principalmente com o cinema e a televisão. Somente neles, em geral nos filmes e nas séries norte-americanas, os protagonistas conseguem quebrar qualquer senha em cinco minutos. Todos os protagonistas, até os mais atrapalhados e idiotas.

Voltando à vaca-fria: é madrugada e um homem e uma mulher conversam por telefone. Testemunhas desse colóquio penumbroso, apenas as pequenas maravilhas da natureza: os ácaros, os fungos, as bactérias e os vírus espalhados pelo quarto. Apesar de estar sem sono Davi mais uma vez não consegue relaxar. Sente a boca seca. O risco de interrupção da conversa o mantém tenso o tempo todo. Um homem e uma mulher separados pelo medo. Ela fala molemente e a cada dez palavras ele sente que a mulher está prestes a desligar. Quando percebe que o fio está quase se rompendo, ele conduz a conversa para outra direção, para um terreno menos pessoal, menos perigoso. É assim que o dueto canta: do jeito que ela quer.

Falam bobagens, amenidades. Davi pergunta se há algum animal doméstico onde ela está, um gato, um cachorro... Ela diz que não. Mas faz de um jeito incerto, hesitante. Os dois sabem que está em curso uma investigação, uma perseguição implícita em cada sentença, a caça e o caçador se analisando com desconfiança. Então ele pergunta se onde ela está há comida suficiente, se não está passando fome. Ela demora a responder. Ele fica preocupado. Ela então diz que sim, há comida suficiente. Davi pergunta como está sua saúde, se não se machucou, se não contraiu uma doença infecciosa. Ela mais uma vez fica quieta, Davi desconfia que vai desligar e muda rapidamente de assunto, perguntando se ainda está nevando cinzas.

Não. Parou de nevar ontem.

Tem certeza que não quer usar um computador? Eu queria muito ver você.

Um computador...

Assim você também podia me ver.

É muito perigoso. Eu não uso mais computador. Nem celular. É perigoso.

Eu quero ajudar você.

Ele disse que vai me pegar. Ele disse que sabe onde eu estou.

(Davi volta a sentir o velho e esquecido medo dos semelhantes. Basta haver mais duas pessoas no mundo e ele já não acha mais prudente dormir de porta destrancada. Sente-se novamente vulnerável. Há outro homem por aí, o mundo não é mais seguro. A mulher está certa em tomar suas precauções. Davi quase consegue imaginá-la algumas semanas atrás: deprimida, desesperada, solitária, ansiosa, telefonando compulsiva e metodicamente para um milhão de números. Então, quando alguém atendeu — o outro homem —, ela nem teve tempo de experimentar a surpresa e o alívio. Nem teve tempo de dizer: graças a Deus não estou só. Uma conversa muito curta colocou-a em perigo. Uma conversa sem neve ou cinzas, da qual ela guardou uma única palavra: gostosa.)

Você precisa sair daí.

Sair daqui?

Fugir pra bem longe. Se ele sabe onde você mora, você precisa ir rápido pra outro lugar. Outro bairro. Talvez outra cidade. Eu posso ajudar, se você deixar.

Não posso sair daqui.

Você precisa!

Não posso.

Eu quero ajudar. Fala onde você está.

Eu não quero sair daqui.

(Davi teve um estalo, um insight, e começou a entender toda a situação: ela não está sozinha. Alguém está com ela. Um irmão? O marido? Um filho pequeno? Outra pessoa muito próxima? Alguém que não pode defendê-la do agressor desconhecido porque... Por quê? Talvez porque esteja machucado. Quem sabe inconsciente, morrendo... Alguém muito querido — você nem imagina quanto — que ela não quer abandonar, mas na hora do perigo não poderá ajudá-la em nada. Faz muito sentido, só pode ser isso. Ansioso, Davi arrisca a pergunta:)

Você está sozinha? Tem alguém aí com você?

Não posso sair!

Tudo bem. Eu entendo. Juro que entendo...

...

Juro...

Ela está morta.

Quem?

Ela...Você entende? Eu não posso.

Quem é ela? Sua irmã?

Filha... Minha filha.

Eu entendo... Sinto muito.

Minha filha.

Sinto muito mesmo. Como aconteceu?

(Ela desliga.)

A madrugada segue o seu curso, pragmática, racionalista, condensando-se e se dissolvendo, sugerindo um café bem forte. A nova peça do quebra-cabeça deixa Davi embasbacado: uma filha morta. A mulher está presa a seu atual endereço. Ela não quer — não pode — se afastar do corpo da filha amada. Simples assim. Ele sente um súbito carinho por essa mãe desafortunada presa a uma armadilha aflitiva. Mas esse sentimento delicado — o afeto pela mãe que perdeu a filha — logo dá lugar a outro, menos nobre. Volúpia. Desejo carnal pelo corpo feminino.

Tesão múltiplo. Efeito droste: lubricidade posicionada entre dois espelhos, refletida ao infinito. Ele desce até a cozinha, prepara o café e enquanto saboreia a bebida, veja só, o fundo mais escuro de sua mente começa a planejar... O quê? Parece que o *resgate*. Ele sabe que se quiser experimentar mais uma vez o sexo terá que salvar a mulher. Terá que salvá-la dela mesma e, é claro, do outro. O que Davi entende por civilização foi só um breve intervalo entre dois grandes períodos de barbárie. Se quiser mais sexo terá que disputar a fêmea com o outro macho. Tesão maximizado. Mas Davi não precisa se olhar no espelho, tampouco apalpar a carne gorda e flácida da cintura ou dos braços, pra reconhecer que não está em condições de disputar nem um cacho de banana com alguém. A mulher já pertence ao outro, essa é a verdade.

A volúpia vai amarelando, murchando de cagaço, coitada. É assim, de modo muito racional e objetivo — como a madrugada que vai chegando ao fim —, que em poucas horas de indecisão

Davi resolve totalmente o conflito que o atormentava. O imperativo categórico da reprodução é rapidamente substituído pelo imperativo categórico da autopreservação. É melhor abandonar a mulher e manter a vida do que correr um risco grande demais. Está decidido: não deixará a luxúria brincar com seu destino. Seu pau velho está fora do jogo.

Ou não? Davi despeja mais um pouco de café na xícara. Está em dúvida. A ideia de marcar seu território com os músculos — ou uma arma — é muito sedutora, muito viril. Por que desistir assim tão facilmente se nem sabe contra quem irá lutar? Não sabe como ele é e já está afinando? Esse outro homem, esse macho agressivo, faminto de sexo, ora, a mulher apenas conversou com ele por telefone. O sujeito pode ser apenas um velho franzino, asmático e cardíaco fantasiando uma força e uma potência que não tem. Será? Um fracote desprezível brincando de macho alfa, crente que é o único homem do planeta? É possível. Mas quem garante que não se trata de um garotão entupido de anabolizante? Uma sex machine, mortal machine? Um praticante de jiu-jítsu, sólido e largo como uma geladeira? Um assassino enrustido, agora finalmente livre de todo o condicionamento social e das leis que, com muito custo, conseguiam conter seu impulso homicida? Um pitboy finalmente livre da coleira. Quem garante?

A volúpia desaparece de vez. Fraco ou forte, velho ou jovem, tudo é possível, porém na dúvida é melhor não arriscar. Se há mais gente por aí, nada de bom virá da aproximação e do contato. Em certas situações até mesmo um velhote asmático armado de um porrete pode ser bastante perigoso e traiçoeiro. É melhor manter uma boa distância. Esquecer essa história de sexo. Sufocar o desejo de todas as maneiras possíveis. E trancar portas e janelas.

Acende um cigarro e dá uma boa tragada. Serve-se a última xícara de café, que já está frio e azedando, porque Davi esqueceu de despejá-lo da cafeteira na garrafa térmica. Um gole rápido, uma careta. Hora de começar a encarar o dia. A pia da cozinha está lastimável, coberta de louça clamando com urgência por água e detergente. Davi retira da cafeteira o filtro de papel usado e tenta jogá-lo no lixo da área de serviço, mas a lixeira está tão cheia — uma pirâmide erguida meticulosamente com sobras de comida e embalagens plásticas — que o filtro provoca um deslizamento. A pirâmide rejeita parte de sua epiderme. Escorregam o filtro, uma garrafa de leite vazia, uma embalagem de bombom e restos de macarrão, manchando o ladrilho branco. É preciso retirar o lixo. Ou não? A primeira questão do dia é: vale mesmo a pena continuar empilhando os sacos de lixo na rua para um caminhão que jamais virá? Não é melhor simplesmente deixar tudo aí e mudar pra outra casa?

Mudar de endereço.

Mas... Não dá. E se a mulher voltar a telefonar? Ela certamente vai continuar ligando.

Mais uma boa razão pra mudar de endereço, Davi. Foge logo. Você precisa desaparecer, e rápido, se quiser continuar vivendo. O período da pedra lascada voltou, meu amigo. É bom você começar a se adaptar ao novo paleolítico. Fica esperto, velhotes como você não sobreviviam na pré-história e não vão sobreviver agora. Não sem uma boa dose de astúcia. Agora que você não está mais sozinho, voltou a lei da selva: a pós-história vai cair matando. Corre. Foge sem olhar pra trás. Porém há outra razão impedindo Davi de fazer a mochila e tentar sair da cidade. Uma boa razão, de ordem afetiva. Vivian e as crianças. Seu antigo apartamento. Não dá. Algo doloroso o prende a São Paulo. Todas as lembranças mais intensas estão lá, naquele prédio abandonado. No túmulo de sua família. As roupas, os brinquedos, as fotos e os vídeos, o espaço arquitetônico, os móveis e os fantasmas, está tudo lá. No memorial de sua família.

Trigésimo sexto dia

Recursividade

O aquário tomado pelo verde continua fedendo no canto mais iluminado da sala, perto da janela. Perto da tevê. No último canal pago ainda no ar, de clássicos do final do século passado — um canal camaleão, pouco visto, aparentemente imune à estática —, estão reprisando a melhor comédia da carreira de Bill Murray: *Feitiço do tempo*. A sessão começou agorinha. Davi estava passando e viu sem querer. Estranhou. Em trinta e seis dias era a primeira vez que batia os olhos nessa reprise. Parou pra assistir. Estava pensando em dar uma volta no bairro, aproveitando o céu nublado e a pequena queda na temperatura, mas parou. Deitou no sofá. O passeio pode esperar.

Davi adora essa comédia romântica dirigida por Harold Ramis, tendo também a delicada e inocente Andie MacDowell no elenco. Não lembra o exato ano da produção nem de quem é o roteiro. Mais tarde, se ainda estiver interessado, procurará na web. Davi gosta bastante principalmente da premissa que administra a trama. O personagem de Murray, meio canalha, meio espertalhão, fica subitamente preso num único dia, que se repete e se repete e se repete. Para ele, todo dia é o festivo Dia da Marmota e todos ao seu redor fazem constantemente a mesma coisa. Apenas o personagem de Murray tem consciência disso. É o verdadeiro inferno de Sísifo. O perpétuo déjà vu. Tempos atrás a agência de Davi usou a premissa do filme numa campanha publicitária. Foi assim que *Feitiço do tempo* ajudou a vender o crediário de uma rede de lojas de eletroeletrônicos. Ideia dele, Davi. Esse fenômeno da repetição temporal é chamado pelos norte-americanos de *time loop*. A situação é muito simples: o tempo corre normalmente durante um determinado período (um dia ou algumas horas), então salta pra trás, de volta ao ponto inicial, como um disco de vinil riscado. E nada impede que esse fenômeno se repita ao infinito.

O filme termina, Davi pega na despensa um pacotinho de amêndoas torradas e salgadas, e sai com a boca cheia para o seu passeio da tarde. Fora de casa nada mudou. Continua tudo — prédios, plantas e carcaças metálicas — no mesmíssimo lugar. Para não pensar na mulher gostosa e no pitboy assassino, sejam eles quem forem, Davi fica imaginando como seria sua vida se de repente todo dia fosse o mesmo dia. Time loop. Como seria acordar, por exemplo, sempre na mesma sexta-feira 13? Que pergunta idiota. É certo que para ele todo dia é SEMPRE o mesmo dia. Que importam as pequenas e insignificantes modificações? Uma lata de ervilhas a menos na dispensa, um fio de cabelo a mais no peito, que importância tem isso? Nada muda de verdade. Dia após dia continua tudo no mesmíssimo lugar. Essa é a sensação que o oprime: a angústia da repetição. O vazio de uma vida solitária e sem objetivo.

Davi entra num restaurante, vai até o refrigerador e pega uma cerveja. Bendita bebida. Esvazia a garrafa, esvazia o saquinho de amêndoas e já não se sente mais tão infeliz. A melancolia passou. Abre outra garrafa e começa a perceber as coisas com mais nitidez. Idiota! Ingênuo! Como ousa comparar seus dias sempre novos com o único e perpétuo dia de Bill Murray? Por mínimas que sejam as mudanças, elas realmente acontecem! Não dá pra dizer que é o mesmo dia. Isso seria absurdo. A natureza está recuperando seu território, o aço e o concreto estão apodrecendo, uma mulher esteve recentemente na sorveteria, outra telefonou de madrugada. Tudo isso já é uma grande mudança, imbecil. Um brinde a ela!

Porém a sensação de alívio e euforia dura pouco. No final da segunda garrafa Davi já está deprimido outra vez. Enquanto seu indicador fica brincando com a espuma que escorreu na mesa, sua atenção fica admirando a miniexplosão das bolhas que sua macroaudição não está aparelhada para escutar. Que perfeição geométrica e acústica! Que harmoniosa distribuição de forças dentro e fora das bolhas de cerveja. A configuração do mundo físico sempre deixa Davi de queixo caído quando ele está bêbado ou chapado. Outra cerveja, mais espuma, milhões de novas bolhas. Uau. Espetáculo! Alguém já disse que uma bolha é um universo em miniatura, com suas próprias galáxias e seus próprios habitantes. Uma miniexplosão — ploc — e adeus, era uma vez um pobre universo. Outra explosão — ploc —, outro adeus. Davi aproxima os olhos da espuma repleta de universos, tentando ver, tentando ouvir os miniapocalipses. Impossível.

Pega a garrafa ainda gelada e sai do restaurante. Na esquina olha para o alto, o céu azul está glorioso. O firmamento é tão vasto e denso e antigo que é difícil acreditar que esteja realmente dentro de uma bolha de cerveja. Mas está. Davi lembra daquele livro que Vivian gostava de ler para os filhos. Como era mesmo a história? Um elefante brincalhão certo dia ouve um estranho pedido de socorro. Por que estranho? Porque quem está pedindo socorro não é um macaco, uma zebra ou outro animal da floresta. É um grão de areia. Isso mesmo, um frágil grão de areia flutuante — ou seria um pólen? — prestes a cair no rio. Logo o paquiderme descobre que nesse grão de areia — talvez fosse um pólen, não tem certeza, ou um dente-de-leão — que vai passando diante de seus olhos há uma cidade microscópica. É preciso salvá-la da correnteza. Uma cidade invisível a olho nu, com pessoas, prédios, avenidas e automóveis microscópicos. Davi encosta numa mureta, bebe o último gole de cerveja e atira a garrafa na vitrine mais próxima, que faz craaas. Então ele curva todo o corpo para trás e grita socorro o mais forte possível, projetando a voz demoradamente para o alto, para as nuvens. Agora é só esperar a ajuda do elefante.

A grande merda é que, se num grão de areia ou num pólen ou num dente-de-leão houver uma micropessoa, essa micropessoa um dia poderá encontrar um microgrão de areia ou um micropólen ou um microdente-de-leão em que haverá outra pessoa menor ainda, e assim por diante. Infinitamente. O mesmo podendo acontecer no sentido contrário, para cima. Se Davi conseguir falar com o elefante lá no céu, provavelmente o elefante um dia também conseguirá falar com outro maior ainda, e assim por diante, repetindo o aborrecido arranjo da caixa dentro da caixa dentro da caixa. Ou da bolha dentro da bolha dentro da bolha, pra não perder de vista a espuma da cerveja. Recursividade. Esse sistema infinito é uma grande estupidez ontológica, pois coloca todo mundo — os pequenos e os grandes — numa situação difícil. No final... Não há final algum. Sempre haverá uma bolha menor ou maior ainda. Sempre haverá alguém precisando desesperadamente da ajuda de uma criatura superior. Infinitamente. Uma coisa é certa: a potência senciente ou a força irracional que criou essa configuração progressiva é uma grandíssima filha da puta.

Infinito

Em todas as direções?

Exatamente. Em todas as direções.

E se o cosmo for mesmo assim: infinito para cima e para baixo?

Para dentro e para fora do corpo. Rumo ao passado e rumo ao futuro.

Poderia existir suplício pior do que esse?

Davi não acredita na existência da alma. Muito menos na existência da alma imortal. Como poderia crer em algo que não tem altura, largura, profundidade, cor, peso, temperatura ou densidade? Alma: parte imaterial do ser humano, dotada de existência individual, que subsiste após a morte do corpo. Quantas guerras, quantos crimes abomináveis não foram cometidos em nome dessa ilusão?

Davi só acredita no que pode ser medido, pesado e apalpado. Só a matéria existe. Isso de certa maneira sempre o consolou. Numa situação como a atual, bastante deprimente, não acreditar na vida após a morte é no mínimo libertador. O que poderia ser mais torturante do que saber que terminada esta vida de presidiário outra logo viria? Pesadelo! Davi não quer saber dessa besteira. Mesmo que lhe falte a coragem para se matar, para pôr fim ao suplício, ele gosta de pensar que a morte é a paz para sempre, o descanso eterno. Fim. Fin. Einde. The end. Acabou. Férias. Isso mesmo: férias remuneradas. A existência é dura. Então saber que a morte é o ponto final já é muito reconfortante. Nem vírgula nem ponto e vírgula, ponto final. Só mesmo os masoquistas incuráveis para desejar em vez de uma vida, milhares. Milhões. Uma corrente sem fim de sofrimento.

Não.

O cosmo não se estende fisicamente em todas as direções. Os últimos cientistas calcularam e provaram que a matéria do universo não é infinita. Eles realmente calcularam o número de prótons, nêutrons e elétrons, e provaram. Passaram anos computando, verificando, refazendo as contas. É um número extraordinariamente grande: o número um seguido de oitenta zeros. Parece muito, eu sei... Extraordinariamente grande. Mas é um número finito. Eles provaram. Existem 100.000.000.000.000.000.000. 000.000.000.000.000.000.000.000.000.000.000.000.000. 000.000.000.000.000 de partículas elementares no cosmo, nem mais nem menos. Bem, isso prova que o universo é finito nas três dimensões físicas. Grande alívio. Mas não prova que o sistema da bolha dentro da bolha dentro da bolha é limitado fisicamente em cima e embaixo.

Grande desgosto.

Não pode ser, não será, não é, jamais... Que suprema palhaçada seria se outro universo existisse dentro de cada partícula. Se este universo estivesse confinado numa mínima partícula de outro universo maior.

Davi, você está bêbado. Recomponha-se, homem! Volta pra casa, toma um banho frio e recupera a lucidez. Se quiser sobreviver você precisa sair agora mesmo desse carrossel recorrente de ideias circulares. Para de pensar com a razão. Começa imediatamente a pensar com os instintos e só com eles. Se quiser sobreviver.

Homem-lobo

Uma sonata de Beethoven. Não muito longe. Dentro da névoa, bem dentro da trama de fios turbulentos que calcificam a realidade. O telefone toca, sujando a música que vaza das caixas acústicas. A névoa se adensa. O telefone volta a tocar. É ela, só pode ser. A mulher com problemas. Davi dá dois passos mas resiste à tentação. Massageia nervosamente as bochechas. E se ela estiver em perigo, a maluca paranoica? Não deve atender, não deve. Mas o aparelho não para de tocar. Desgraçado. Tortura. Cada vez que o sinal sonoro dá a ordem — me atende! — uma descarga de eletricidade estática golpeia o cérebro de Davi. Causando um brilho em torno das bordas da visão. Como se uma fagulha estivesse saltando num abismo sináptico. O telefone toca. Davi atende. Do outro lado, uma voz masculina: alô?

(Davi não responde.)

Alô?

(Davi continua mudo.)

Estou ouvindo tua respiração...

(Mudo.)

Seu nome é Davi, né? Ela me disse... Então, Davi, onde você está...

(Que sotaque é esse? Da Bahia? De Pernambuco? Davi bate o fone no gancho.)

Foi descoberto. Violência e sangue, costelas partidas, crânio rachado. Precisa fugir, se esconder.

A voz.

Era mesmo um homem. Jovem ou velho? Aparentemente jovem. Um maníaco homicida, deu logo pra perceber. Um arrogante, presunçoso, insolente, atrevido maníaco homicida.

Fugir. Agora, já! Um fio liga o inimigo a Davi. Uma linha elétrica que sai de uma casa distante, vai até uma central telefônica, até um satélite, até outra central telefônica, até chegar a esta casa.

Um longo fio de Ariadne.

É preciso fugir.

Se há outras pessoas no mundo, não tem erro, cedo ou tarde vai começar a caçada. Escravidão. O homem é o lobo do homem. Será a guerra de todos contra todos e o triunfo do estado natural: o mais forte caçará e sujeitará os mais fracos. É preciso fugir, Davi. Quanto mais o tempo passar, pior as coisas ficarão.

Rapinagem, coação, estupro, latrocínio, sadismo, tortura. A vida dos vivos tornou a ser indomável e turbulenta.

O tempo das portas e janelas trancadas voltou. Piratas e pilhagens. Tudo voltou a depender da força e da crueldade.

Se há outras pessoas por aí é preciso aprender a se esconder delas. Evitar as grandes cidades. Escapar para o mato ou para o fundo de uma caverna. Tomar cuidado com as armadilhas. Com as mulheres fatais. Elas serão usadas como isca. É preciso fugir da voz sedutora e demoníaca das vaginas-iscas.

Guerra

É assim que as coisas são? Dois estranhos aparecem do nada e está declarada a terceira guerra mundial? Só dois? Mas onde há dois pode haver mais. Quem garante que em poucos meses não haverá vinte sobreviventes? Trinta? Todos malucos. Fanáticos. Reunidos em bandos antagônicos, disputando a posse do planeta. A salvação da alma. Como nos velhos tempos.

Décimo primeiro dia

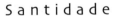

Santidade

Peregrinos e guerreiros no deserto bravo. As Cruzadas.
Cristo versus Maomé.
Davi revê na web os mapas e as pinturas de que tanto gostava, antigos, da Idade Média. Da Terra Santa. De Jerusalém.
Avançando e saltando de página em página ele vai recuando no tempo. Guerras no Ocidente, guerras no Oriente. Outras crenças, outras matanças. Em Roma. Em Cartago. Na Babilônia. Em Troia.
Ah, a guerra... Coerentemente caracterizada, ao lado da fome, da morte e da peste, como um dos quatro cavaleiros do Apocalipse. Como começava? Sempre com uma forte gana de poder e riqueza, e uma pitada de misticismo. Um homem desejava os campos que havia do outro lado do rio? Simples: bastava convencer os companheiros de que, diferentes dos seus, os deuses do povo vizinho não possuíam qualidades que devessem ser louvadas. Então o pau comia feio. O mesmo homem desejava escravos que cultivassem os campos recém-anexados que havia do outro lado do rio? Don't worry, man: bastava convencer os companheiros de que, por adorar deuses sem qualidades, o povo vizinho era genética e intelectualmente inferior. Uma espécie posicionada apenas um degrau acima da precária e ridícula espécie dos chimpanzés.
Continentes lançavam-se contra continentes porque em algum lugar, em algum livro sagrado, alguém morto há milênios

escreveu em língua hoje desconhecida: "Não adiciones pimenta-do-reino ao café, se não quiseres criar, entre as visitas, um pandemônio." Sentença que foi traduzida por um de seus obscuros seguidores como: "Não confies no reino cujo rei não tem fé, se não quiseres ter sobre ti, súbito, as vistas do demônio." Chegando até nós assim, depois de diversas versões imprecisas: "Não toleres o rei que não professar nossa fé; elimina-o, e a todos os seus súditos, pois seu reino é o reino do demônio." Não há dúvida de que o telefone sem fio foi o pai da maioria dos conflitos históricos.

Mas agora não há mais fé nem reis e as plantações de café estão morrendo.

Ora, sejamos um pouco mais otimistas, Davi. Vamos tentar ver o copo meio cheio. Um mundo sem ninguém é ao menos um mundo sem guerras. Mas um pouquinho de prudência nunca é demais, certo? Antes de você sair por aí festejando o fim da matança é preciso ter certeza que está mesmo sozinho.

Pilhéria

Não, porra, você não está sozinho.

Pode começar a chorar.

Depois de passar semanas em pânico, urrando e se lamentando, procurando, procurando muito alguém, feito o único sobrevivente de um fabuloso naufrágio no Pacífico, Davi jamais imaginou que ficaria tão descontente — *furioso* é a palavra certa — com essa piada de mau gosto.

Trigésimo sétimo dia

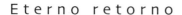

Eterno retorno

Está na hora de sair da cidade. É preciso fugir. Escapar do perigo. Está na hora. Se ao menos os disparos elétricos do pensamento parassem de correr numa rodinha de hamster. As patinhas lépidas. Em alta velocidade. Voltando e voltando e voltando. Está na hora de sair da cidade. É preciso fugir. De carro ou de moto? Um helicóptero seria ótimo... Que piada. Essa foi engraçada. Você não tem coragem de dirigir um carro popular a trinta quilômetros por hora e já está pensando num helicóptero. Onde você arranjaria um instrutor? Ou um curso rápido de pilotagem? Na internet? Fico só imaginando quantas vezes você desmaiaria antes mesmo de dar a partida e o bicho começar a trepidar. Volta pra realidade, amigo.

As grandes avenidas estão quase totalmente bloqueadas, com muitos pontos intransponíveis. No terraço de um hotel Davi ajusta o foco do binóculo e tudo o que vê são os nós: os trechos invencíveis, nada fáceis até mesmo para um motociclista experiente. Mas olhando à esquerda ele nota que nem todas as ruas e alamedas estão na mesma situação. Com um pouco de sorte não será difícil chegar à marginal Pinheiros e à rodovia e desaparecer pra sempre. O acesso à marginal Tietê talvez seja mais fácil ainda, é preciso verificar. Na dúvida, um simples cara ou coroa já resolve a questão. Cara, Pinheiros. Coroa, Tietê.

Antes de guardar o binóculo e voltar para casa Davi observa

mais uma vez o entorno escaldante. Não existe Grand Canyon mais desolado e triste do que este. As encostas e os desfiladeiros escarpados já se acostumaram com o calor, com o bafo morno. Tudo é tão grande! E um pouco assustador. Davi procura com cuidado. Nem sinal da abelha que pousou em sua mão na avenida Paulista. Nem sinal de qualquer inseto.

Teria sonhado com aquela abelha? Tem gente que acredita que a realidade é uma ilusão. Que o tempo é uma ilusão. Os sábios do Oriente: indianos, tibetanos... Não, tempo verbal errado. *Tinha* gente que acreditava que a realidade é uma ilusão. Os edifícios, o horizonte, os escombros, o calor, a impressão de tridimensionalidade, tudo isso não passaria de microimpulsos elétricos num cérebro em transe perpétuo. Uma coerente e concatenada fantasia mental. Não existe de fato a realidade. Ou existe? Ou o que existe é mesmo a falsa ideia de que a realidade existe? Estamos sonhando, conectados à matrix? Há quanto tempo? Desde sempre e para sempre?

Davi, você está angustiado. Posso sentir isso. Vem cá, vamos conversar...

Você não acredita no espaço infinito. Até aí tudo bem.

O que está incomodando você é a questão do tempo infinito. Eu sei.

Você acredita no tempo infinito, Davi, e isso será tua perdição.

Quando havia muita gente no mundo a palavra *infinito* estava em toda parte: na literatura, na publicidade, no céu estrelado, na sensação de desamparo diante da morte, nas relações afetivas, nas promessas de amor eterno etc. Mas as pessoas não sabiam realmente o que ela significa. Não é possível que soubessem, Davi. Se soubessem de verdade, enlouqueceriam, pulariam do terraço mais alto, detonariam artefatos nucleares. Acredite em mim, meu amigo, ainda bem que as portas de nossa percepção estão parcialmente fechadas, diferente do que William Blake e Jim Morrison queriam. Muito melhor assim. Não sei se resistiríamos ao desvario se tudo aparecesse para nós tal como é: infinito.

Se você discorda, Davi, é porque não percebeu ainda o perigo desse conceito quase-numérico empregado em proposições matemáticas, filosóficas e teológicas. Liberte-se de todo automatismo, de todo apego ao hábito, e raciocine comigo: o que é o tempo infinito? Vamos pensar no seguinte: um homem morre aos cento e dez anos. Ele não chegou mais perto do infinito do que um bebê que morreu duas horas depois de nascer. Pense então numa cidade, num planeta, numa estrela. Quanto tempo vive uma estrela? Uma galáxia? Bilhões de anos. Porém nenhuma delas chegou mais perto do infinito do que o pobre e inocente bebê. É nisso que você acredita, Davi? É sim, eu sei.

Vamos pegar outro caminho, vamos pela trilha da matemática. Pense em um número absurdamente grande. Multiplique esse número por ele mesmo um quintilião de vezes. O resultado não estará muito mais próximo do infinito do que o número um. Por que essa cara de espanto? Você sabe que o maior número em que você conseguir pensar é quase zero, é quase nada, diante do infinito.

A morte é algo presenciável, é algo palpável, o infinito não. Acreditar em fantasmas ou em unicórnios cor-de-rosa invisíveis é mais sensato do que acreditar que, por exemplo, o tempo jamais terá fim. E no entanto é nisso que você acredita, Davi: que nossa curta existência na face da Terra é só um ponto luminoso entre duas eternidades frias e escuras. Tanto faz olhar para o passado ou para o futuro: não tem fim. Agora vem a melhor parte, a conclusão lógica — e absolutamente estranha — desse pressuposto. Se acreditarmos que o tempo é infinito, em algum momento do passado nós já estivemos aqui, nesta mesma situação. Você e eu. Todos. Não apenas uma vez, mas infinitas vezes.

Está provado que a matéria do universo não é infinita, tampouco as possíveis combinações de todos os átomos existentes.

No final da vida, era exatamente sobre isso que Nietzsche estava refletindo: sobre o mito do eterno retorno. O cosmo é circular. "Tudo já esteve aí inúmeras vezes, na medida em que a situação global de todas as forças sempre retorna." Lembra dos livros que você leu na adolescência, Davi?

Não importa quanto tempo demore, afinal tempo é o que o cosmo tem de sobra. Uma vez que as possibilidades combinatórias são finitas, é lógico pensar que no passado nós já vivemos esta vida, e a viveremos novamente no futuro. "Todo o vir-a-ser se move na repetição de um número determinado de estados perfeitamente iguais. Esse curso circular não tem uma finalidade, ele é eterno e irracional." Se você e Nietzsche estiverem certos precisaremos corrigir Heráclito, pois agora sabemos que é possível banhar-se muitas vezes no mesmo rio. Infinitas vezes. Mas a história não para aí, não é, meu caro?

Nietzsche concentrou-se na repetição, no eterno retorno das mesmas situações. Uma intuição brilhante. Enlouquecedora. E o que acontece se a gente seguir em frente? Pense mais uma vez comigo: se o tempo é infinito e a matéria não, é legítimo imaginar que todas as incontáveis possibilidades combinatórias cedo ou tarde ocorrerão. Não importa quão fantásticas sejam, as combinações mais estapafúrdias já ocorreram infinitas vezes, e ocorrerão infinitas vezes. Você já foi chinês, holandês, argentino. Você já foi o pai do teu pai, a mulher de Thomas Edson, o irmão de Gêngis Khan... Platão e Einstein já frequentaram o mesmo cibercafé. Brontossauros e nazistas já povoaram juntos o norte da África. Já existiram fantasmas e unicórnios cor-de-rosa invisíveis. Já existiram planetas de gelatina e galáxias de iogurte. Deus talvez não exista hoje, mas já existiu. E voltará a existir um dia. Isso é mesmo possível? Será que piramos? Mas a premissa permite esse tipo de delirium tremens, não permite?

É claro que aqui nos separamos de Nietzsche. Tenha dó! Infinitas vidas sim, mas planetas de gelatina e galáxias de iogurte? Não. Ele jamais concordaria com nosso delírio. Para o pensador alemão, tudo já esteve aí inúmeras vezes, sim, mas isso não significa que todas as possibilidades imagináveis já se realizaram. Isso criaria paradoxos instransponíveis. Nunca ocorreu, por exemplo, o equilíbrio de todas as forças do universo: a paz eterna. "Se o equilíbrio de forças tivesse sido alcançado alguma vez, ele duraria até hoje; portanto nunca ocorreu." Ou seja, "o número das possibilidades é maior do que o das efetividades". Estou citando de cabeça.

É o que a cosmologia contemporânea também afirmava: podemos pensar em milhares de possibilidades de configuração de um universo, mas ao longo do tempo infinito apenas algumas realmente se concretizarão. Se mudarmos minimamente as leis físicas, os átomos podem não se formar ou a matéria pode se dispersar totalmente no espaço, impossibilitando a formação de galáxias, estrelas ou planetas.

Tudo bem, Davi. Se você quiser podemos continuar brincando com o conceito de infinito, mas sem sair dos limites da lógica e do bom senso.

Melhor seria se você parasse de vez com a bebida e os baseados. De que adianta dar voltas e voltas e voltas sem sair do lugar? Acorda, Davi! Para de se afogar no Estige, para de tragar a névoa da ilusão. Só assim você conseguirá dissolver esse labirinto no qual está enfurnado, essa construção multidimensional, fixa e sem saída, feita apenas de paredes diabólicas e subjetivas: tempo, espaço, morte, eterno retorno, microuniversos, a matrix...

Nem sinal da abelha.

Está na hora de juntar suas coisas e sair da cidade.

Um helicóptero seria ótimo. Mas impossível. Seria preciso um treinamento rigoroso. E habilidade. Pilotar um helicóptero deve ser muito mais complicado do que pilotar um carro ou um avião. Pode apostar. Um carro e um avião podem ir para frente e virar para a esquerda ou para a direita. Um carro também pode ir pra trás. Um avião também é capaz de ir para cima e para baixo, mas não voa para trás. O helicóptero é mais complexo, ele voa em todas as direções, ele tem acesso completo ao espaço tridimensional de uma forma impossível para um avião. O piloto tem de pensar em três dimensões e usar ambos os braços e pernas o tempo todo para manter o bicho no ar. Impossível, Davi. Esquece.

E uma locomotiva?

Uma locomotiva deve ser muito fácil de pilotar.

Trigésimo nono dia

Crematório

Não é fácil arrumar uma mochila e dizer adeus, talvez pra sempre. Faz três dias que Davi zanza pelo seu antigo apartamento, decidindo o que levar e o que deixar. As coisas espalhadas pela sala dariam para encher cinco mochilas. Coisas ofegantes, atrasadas. Coisas pensativas. São muitas roupas para todas as estações, muitos tipos de calçados, dois bonés, três travesseiros e dois cobertores finos, uma caixa de ferramentas, duas nécessaires de toalete, um estojo grande de primeiros socorros, o Taurus e duas caixas de munição, o laptop, o celular e o iPod, seis pequenos álbuns de fotos da família, vários itens que eram das crianças, uns poucos que eram de Vivian, os velhos diários que manteve na juventude — ainda importantes, mesmo que Davi não queira mais escrever suas ridículas memórias —, dezenas de latas de conserva, caixas de chocolates e pacotes de biscoito de leite. Ter de escolher o que levar e o que deixar está fundindo sua cuca. Antes quem fazia sua mochila ou sua mala era sempre a mulher. Não importava se a viagem fosse curta ou longa, para Brasília ou Frankfurt, era sempre Vivian quem resolvia o problema da bagagem. A eficiente Vivian, sempre articulada, sempre prática. Bastava Davi não atrapalhar. Xô, fora! Ele ia para o trabalho e ao voltar, voilà! Tudo arrumado.

Sentado no chão, as pernas cruzadas e as costas doendo um pouco, Davi avalia um por um os pequenos álbuns de fotos da família. Momentos congelados, carinhos bidimensionais. São ampliações muito antigas, do tempo da câmera analógica e do negativo de triacetato de celulose e cristais de sais de prata. Registros fininhos, afetuosos. São fotos da primeira e da segunda gravidez da mulher e de quando Victor e Thaís ainda eram bebês. Davi tem centenas de fotos digitais mais recentes em seu laptop mas simplesmente não consegue abrir mão desses álbuns. Também não consegue abrir mão dos primeiros brinquedos das crianças — dois ursinhos de pelúcia, dois livros de plástico para a hora do banho, uma caixa com blocos de montar, uma boneca de pano, um móbile em forma de carneirinho que toca uma canção de ninar —, há ainda muito afeto aprisionado neles. Dizer que esses objetos têm *um valor sentimental inestimável* é fazer uso de uma expressão já bastante desgastada porém verdadeira. E por isso dolorosa. Essas fotos e esses brinquedos são relíquias sagradas, um deus se manifesta em seu interior. Não podem ser desprezados.

Davi, por que essa convulsão úmida? Você está chorando de novo? Acalme-se. Não há razão alguma para o choro. Todo dia é a mesma história. Deixa de ser tão sentimental, rapaz. Você está um pouco nervoso, só isso, precisa se controlar. Não pode ficar desse jeito o tempo todo. Mas não é desagradável nem desconfortável chorar, eu sei. Chorar sempre faz bem, alivia a alma. O engraçado é que antes você não pensava assim. Antes você não chorava tanto.

Além dos álbuns de fotos há também as velhas fitas VHS do casamento e dos primeiros anos das crianças. Logo que lançaram o DVD player Vivian pediu a você que passasse o conteúdo das fitas para um DVD. Você disse que faria isso na agência mas nunca lembrou de fazer. O tempo passou. Você prometeu que faria. Mas nunca fez. Então lançaram o computador pessoal e Vivian pediu a você que transformasse o precioso conteúdo das fitas num arquivo digital. Você prometeu que faria isso na agência mas de novo nunca se lembrou de fazer. Davi, você é um monstro! Não, Vivian jamais disse isso. É você mesmo quem está dizendo. Seu choro são as palavras de acusação. Um monstruoso monstro. Agora as fitas estão aí e você não vai se afastar delas. Não antes de fazer o que devia ter feito anos atrás. É preciso ir à agência e converter seu conteúdo.

Raciocina, Davi. Para de perder tempo com essas crises emocionais. Tenta manter o foco. As roupas, os calçados e a comida enlatada podem ficar exatamente onde estão. Há muita roupa, calçado e comida enlatada em toda parte, você não precisa ficar arrastando por aí uma mochila extra. As fitas também podem ficar. Não são tão necessárias assim. Agora não adianta mais transformar o movimento, as cores, os gracejos, os olhares e as risadas num arquivo digital, a culpa não vai desaparecer, não há como evitar os crimes do passado. O dia que você quiser rever as fitas basta encontrar um videocassete e assunto resolvido. Para de perder tempo, deixa tudo aí. Hora de sair da cidade. Fecha bem as janelas e as portas, pra impedir a entrada do pó e da chuva, e pé na estrada. No futuro, quando quiser rever suas relíquias, elas estarão intactas onde você as deixou.

Davi enfia na mochila o laptop, a caixa de ferramentas, uma das nécessaires de toalete, o estojo grande de primeiros socorros, o Taurus e as duas caixas de munição, um travesseiro, um cobertor fino e só. O celular, o iPod e dois dos pequenos álbuns de fotos ele enfia na velha bolsa de couro que sempre o acompanha aonde quer que vá. Agora ele está pronto para sair de São Paulo. Pensando bem, quase pronto. Davi ainda precisa fazer mais uma coisa. Ele vai até o quarto das crianças, aproxima-se da cama de Victor, puxa cuidadosamente o lençol e pega o pijama do menino. Depois pega o de Thaís. Os pijamas estavam do jeitinho que haviam sido deixados mais de um mês atrás quando as crianças... Bem, você sabe. Ainda não percebeu o que está acontecendo? Está na hora da cerimônia fúnebre. Do último adeus. Como se carregasse o corpo dos próprios filhos sem vida, Davi leva os pijamas para a cozinha e os coloca em cima da mesa. Então pega as roupas de Vivian que ainda estavam caídas perto da pia, intocadas, e as coloca ao lado dos pijamas.

Um balde. Onde foi parar o balde de alumínio? Aí está ele no quartinho de despejo. Davi deposita em seu interior, com todo o cuidado, as últimas roupas usadas pela mulher e pelos filhos. Encharca tudo com álcool, leva o balde para a sacada e o acomoda em cima de uma mesinha. Davi não sabe rezar nem está muito a fim de aprender. Não gosta dessas bobagens de gente covarde e supersticiosa. Também não está com vontade de improvisar um discurso que ninguém ouvirá. Por isso ele fecha os olhos e faz apenas um minuto de silêncio. É espantoso como um minuto parece muito — três, cinco — quando se está quieto, a brisa alisando os pelos dos braços, o mormaço fazendo as pálpebras transpirar. Um minuto é um momento que pode ser furioso ou delicado. De que tipo é este que você está vivenciando, meu amigo? Tarde demais pra pensar a respeito. Momento esgotado. Então Davi atira um fósforo aceso dentro do balde e fica acompanhando de perto o trabalho das chamas. Quando a cremação estiver concluída ele recolherá as cinzas e as guardará num recipiente qualquer. Um jarro pequeno ou um vaso de cerâmica ou vidro. Apenas por ora, até encontrar um bauzinho ou uma caixinha, talvez de ouro. Vivian gostaria disso.

Mas Davi não tem tempo de cuidar adequadamente das cinzas de Vivian e das crianças. Ele está atordoado. Transpirando. O piso da sacada está quente, muito quente. É o fogo. Não o fogo dentro do balde. Estou falando do fogo no apartamento de baixo, mastigando os móveis e torrando o teto. Como isso é possível? Um incêndio no apartamento de baixo?! Davi encosta a mão no parapeito e a retira rápido. Está quente. A rede de proteção de náilon começa a arrebentar, toim, toim, toim, e a derreter. O piso da sacada também está ficando mais quente. Que cheiro é este? O ar ondula e brilha. Davi não precisa chegar muito perto da borda pra ver as línguas de fogo lambendo o parapeito. A fumaça começa a entrar por todos os lados. Um incêndio no décimo nono andar, como isso é possível, Jesus?! Corre, Davi! É preciso escapar antes que a fada-dragão chegue ao elevador. É preciso pegar a mochila e a bolsa e fugir do demoníaco fogo que ilumina, do satânico fogo que purifica. Você não tem muito tempo. A fumaça já está turvando a visão. Difícil raciocinar nessa circunstância abrasiva. Tropeçando, gingando com os braços bem abertos, Davi começa a recolher e a enfiar nas outras mochilas tudo o que vai encontrando pela frente: brinquedos, fitas de vhs, os enfeites da sala, roupas, latas de feijão e palmito. Louco. Louco. Ardor. Ardência. Davi está desnorteado.

No décimo nono andar os livros se contorcem e entortam sem cair da prateleira. A televisão e o aparelho de som incham e explodem lançando pra frente fragmentos de circuito integrado, nacos de vidro e plástico. Não existe júbilo maior do que ver a mobília, os quadros e os tapetes aceitarem submissos a extinção violenta. Delícia das delícias, o fogo purificador é sagrado, bizarro. Suas espirais justiceiras não fazem qualquer distinção. Elas avançam com metódica imparcialidade, consumindo com a mesma lascívia as joias e os dólares, depois os guardanapos e os clipes, depois os objetos de arte e os talheres de prata, depois as revistas velhas e a poeira das almofadas, depois, depois, depois. Eros: o apartamento ama o dragão, o dragão ama o apartamento. Porém, como costuma acontecer na natureza, a cópula não é rápida, não é pacífica, muito menos indolor. Uivos. As portas, os batentes e os rodapés crepitam e confessam seus pecados numa língua incompreensível, profana. As paredes, o teto e o soalho articulam sufocados pedidos de socorro. As maçanetas e as lâmpadas saltam longe. As teclas e as cordas de um piano estalam e cacarejam junto com as prateleiras de um armário embutido que caem escandalosamente umas sobre as outras. Rumor de armas, tremor de terra. As chamas já tomaram todos os cômodos do apartamento. Uma muralha faminta, vistosa, ergue-se e se espalha pelas faces externas do décimo nono andar, penetrando poros e microrrachaduras. O fogo deflora tudo, o fogo fecunda tudo. Não há mais tempo, Davi. Você precisa sair imediatamente.

A temperatura e a fumaça na sala começam a ficar insuportáveis. E perigosas. Davi entra em pânico, não consegue raciocinar direito, precisa cair fora. E se for tarde demais, e se as saídas do prédio já estiverem bloqueadas? Corre, cara, corre. Davi vai na direção da porta aberta, deixando tudo pra trás. Não há mais tempo. Antes de chegar ao vestíbulo ele para e pensa. Volta correndo e pega a bolsa e uma mochila. Somente uma. A mochila certa. Rápido! No vestíbulo de paredes derretendo, cremosas, a luz acende sozinha mas ele desiste de entrar no elevador. A porta de aço escovado está muito quente. Fervendo. Não dá pra ver nada através da janelinha embaçada. Por aí não vai dar. Provavelmente a cabine foi tomada pela fumaça e pelo fogo. A fada-dragão se aproxima espalhando plasma e morte. Então tudo se reduz a isto, ele choraminga. A isto, a isto, ele resmunga e morde o lábio inferior e chora lágrimas revoltadas e ácidas. Calor excruciante e aflitivo. Davi mal deu cinco passos da sala até aqui e já está fatigado, com dificuldade em respirar. Você precisa controlar a raiva. Dá meia-volta. Rápido! É melhor tentar o elevador de serviço.

O que acontece em seguida vem em pedaços mal conectados, como num sonho: cenas curtas, fedorentas e manchadas de vermelho, separadas por breves intervalos em branco. Davi lembra de arrastar a bolsa e a mochila pela cozinha e pela área de serviço fumegantes, pastosas. Então tudo apagou. Não lembra como conseguiu chegar ao hall de paredes brancas, sem decoração, com a porta do elevador de serviço de um lado e a da escada do outro. Também não sabe ao certo por que não tomou o elevador. A memória falha nesse ponto. Parece que a cabine não estava no andar, Davi a chamou mas ela não veio, então ele decidiu arriscar a sorte nos vinte lances de escada. Lusco-fusco. As ondas de calor vagam pelo edifício como o espírito de Deus nos velhos filmes bíblicos. A morte está à espreita. Em certo momento acontece a explosão. Davi, lutando para não desmaiar, lembra do tremor e do estrondo e do zumbido nos ouvidos e de segurar firme sua bagagem e de ter visto o número quinze em algum lugar. Na parede? Na porta antifogo? A explosão acontece no alto, talvez no apartamento do décimo nono, talvez no seu apartamento. Que cheiro é este? Provavelmente o fogo chegou à tubulação de gás. Consegue ouvir o som da maré subindo, chocando-se com os recifes? Esse rugido logo abafará todos os outros sons. Maré de mil graus. Dois mil graus. Qual a temperatura do fogo?

Davi não sabe como conseguiu chegar ao saguão do prédio nem como ainda teve forças para continuar fugindo. Num minuto ele estava dentro do incêndio, descendo a escada, arrastando sua bagagem. No minuto seguinte está aí, sentado na calçada, sujo de fuligem, arfando a trinta metros de distância do edifício. Como chegou aí? Davi lembra vagamente de correr numa trilha de pedregulho e borra de café, e de um caixilho de metal cair ao seu lado espalhando faísca. Também lembra da neve cinza cobrindo suas costas e seus ombros. A mesma neve que continua caindo lá longe. Deitado, a cabeça apoiada na mochila, Davi fica observando o fogo se transformando em água, em oceano, as ondas ferozes batendo nas paredes, a maré subindo, magenta, lilás, ultravioleta.

"Só a neve é importante."

Quem disse isso, quando? Em pleno transe Davi lembra: foi a mulher no telefone. A mulher que ele jamais conhecerá. Na primeira conversa que tiveram ela disse que estava nevando e só a neve era importante. Só a neve cinza. Agora também está nevando. Bobagem. Esquece a neve e a mulher, Davi. Há um detalhe mais importante que você está deixando escapar. Pensa. Então ele recorda os dois tropeços no saguão do prédio. Ao abrir a porta que dava acesso à escada e correr pelo saguão na penumbra ele tropeçou num... Num... Ele caiu, recuperou a bolsa e a mochila, correu mais uns metros e tropeçou de novo num... Num... No quê? Irritado, virou pra ver e viu: era um galão grande, de cinco litros. E o cheiro forte de gasolina. Miasma. O ar infectado, o ambiente tomado por esse cheiro combustível. Um galão não, seis ou sete pelo menos. Talvez dez. Meio empilhados. Todos vazios. Atrapalhando a passagem. E o cheiro de gasolina. Fedor incendiário.

Horror

Algo muito sério se rompeu. Algo sagrado.

Não está.

Caiu. Mas onde?

Talvez na escada. Ou antes, no apartamento?!

A aliança de Vivian.

Não está mais em seu mindinho.

Injúria

O prédio queima durante dois dias e duas noites. Sucessivas explosões em diferentes andares quebram a rotina vertical do fogo. A última explosão, talvez a mais intensa, ocorre no subsolo. Nessa hora, sentado no alpendre da casa do outro lado da rua, Davi lembra dos dois carros da família estacionados há milênios na garagem subterrânea. Adeus, queridos. Ainda bem que Vivian não está aqui pra testemunhar isso. O chrysler e o porsche eram seu xodó. A explosão do tanque de gasolina de todos os veículos estacionados na garagem subterrânea dá a última e maior sacudida nos alicerces da construção, que inexplicavelmente não vem abaixo. A terra treme mas a estrutura do prédio resiste. Na manhã do terceiro dia as chamas diminuem, sobrando apenas a fumaça cartilaginosa dentro e em volta de uma carcaça escura.

Na última hora a temperatura baixou, a bolha de mormaço esvaziou, a trilha de cascalho e os brinquedos do playground pararam de arder, agora tudo está novamente calmo como antes, só o solo está um pouquinho mais crocante e áspero. Davi passa pela guarita e circula pelo local xingando baixinho, irritado, empunhando um cabo de vassoura, procurando, procurando, os pés protegidos por botas de borracha vulcanizada, os olhos semicerrados vasculhando o terreno ao redor da carcaça que pode desmoronar a qualquer instante. Procurando. Procurando dentro, bem dentro da luz ofuscante do sol — o quê? — vestígios, marcas, sinais dos galões de combustível... Precisa ter certeza que tropeçou mesmo neles. Não pode haver dúvida. Precisa ter certeza que estavam empilhados no saguão. Davi passa em frente à entrada retorcida, escorrega, apoia-se no cajado improvisado. Nem sinal da porta de vidro. Então ele segura numa trave de aço — as mãos protegidas por luvas de couro —, escala uma pilha de blocos de concreto e tenta enxergar mais adiante, dentro da caverna escura. O cheiro de gasolina desapareceu. A última explosão abriu uma cratera bem no meio do saguão e ficou impossível entrar lá. Tudo o que existia no saguão ou foi incinerado ou lançado longe, no jardim ou no playground.

Depois de muito vasculhar o terreno Davi finalmente encontra um grande pedaço de plástico mastigado que pode muito bem ser de um galão explodido. Aproxima-o do nariz e o cheiro de gasolina volta com força. Porém isso não é tudo. A poucos metros daí, quando já não está procurando mais nada, quando já está pensando em ir embora Davi encontra intacto, insolente, um coquetel molotov. Ele se agacha e fica analisando o pavio de pano vagabundo, a transparência do vidro esverdeado, o líquido inflamável que ondula quando o indicador cutuca a garrafa. Não resta dúvida. O incêndio não foi acidental. Alguém botou fogo no seu prédio, meu caro. E fez isso com você dentro. Pode muito bem ter sido o sujeito do telefone. O macho alfa de quem você tanto tem medo. Que tal isso? Ele chegou, Davi. Está na tua cidade, queimando as tuas relíquias, os teus afetos. Qual crime poderia ser mais hediondo? O invasor não cagou ou mijou nas suas fitas de VHS, no seu casamento e nas crianças. Ele fez pior, ele pôs fogo! Nos teus tesouros. Você vai deixar isso barato? Dignidade, camarada! Honra! Se você não planeja defender tua honra, se você não tem a intenção de vingar a memória dos teus entes mais queridos então é melhor destampar logo essa garrafa. Vai, Davi, bebe logo. Toma toda a gasolina e morre de uma vez. Só o desaforado conteúdo dessa garrafa pode libertar você do medo e da ofensa.

Décimo segundo dia

Conhece a ti mesmo

Um homem morto não sabe que está morto. Um homem num sonho não sabe que está sonhando. Um homem louco não sabe que é louco.

Qual a diferença entre a realidade real e a realidade imaginária? Davi não sabe ao certo quando começou. Dez dias atrás? Uma semana? Dois dias? Não adianta insistir, ele não sabe. Quando percebeu, a mania já estava aí, instalada em sua mente demente e cansada. O esquisito costume. O transtorno repetitivo. O estranho hábito de procurar na paisagem suas fissuras e rebarbas. Como se tudo ao seu redor não passasse de uma sucessão de cenários meticulosamente construídos apenas para iludir seus sentidos. Efeito colateral da cannabis, talvez. Mas Davi não acende um baseado há muito tempo (mentira, ele acendeu um hoje de manhã). Não importa. A mania é insistente, involuntária. Se os raios do sol incidem de um jeito diferente sobre o teto de um ônibus tombado criando uma súbita ilusão de óptica — uma grosseira mudança na perspectiva ou na cor do teto — Davi vê nesse fenômeno um artifício sacana. Uma microfalha no cenário. Se durante uma tempestade um relâmpago brilha entre as nuvens mas em seguida não ecoa trovão algum Davi também vê nesse lapso outro defeito no cenário. Um descuido imperdoável dos cenógrafos. Ou do Grande Cenógrafo.

Mas não é sempre que ele tem essa sensação de inconsistência na paisagem. Conforme Davi avança em baixa velocidade, distraído, coçando as pequenas queimaduras no braço, os novos elementos — agências bancárias e do correio, hotéis e restaurantes, casas e prédios nas duas margens da alameda — vão substituindo coerentemente os antigos. Sem falha. Perspectiva perfeita, timing perfeito. Então a pergunta de um milhão de dólares é: por quê? Sim, por que o Grande Cenógrafo está tendo esse trabalho todo apenas para manter a ilusão de realidade? O que é que Ele ganha com essa brincadeira infantil? Palhaçada. Esse Cara não existe, meu amigo. Cenário... A ideia é tão ridícula que Davi ri baixinho. Seria muito engraçado se existisse mesmo um Grande Cenógrafo encarregado do grande cenário. Seu trabalho idiota e sem graça seria acompanhar Davi pra cima e pra baixo colocando kafkianamente tudo no devido lugar: edifícios, carros, nuvens, estrelas etc.

E quando Davi não está olhando, o que acontece? Boa pergunta. Valendo outro milhão de dólares: para onde vão todas as coisas quando não estamos olhando pra elas? Será que continuam realmente lá onde estavam? Ou são guardadas numa grande caixa para serem usadas mais tarde? Tempos atrás Davi passou por um amontoado de seis carros pelo qual ele tem certeza de já ter passado antes em outro lugar. Os mesmos seis carros na mesmíssima disposição amassada. Como se, para economizar na execução do cenário, o mesmo amontoado unido com superbonder, coladinho, coladinho, tivesse sido deslocado e reaproveitado. Paranoia? Cannabis demais no sangue? Davi tem certeza: era o mesmo amontoado de carros. Ele até tirou uma foto para o caso de a repetição acontecer.

No filme *O sexto sentido* o menino Cole, de nove anos, tem a medonha habilidade de enxergar e conversar com o espírito das pessoas mortas. É claro que essa habilidade o torna uma criança meio perturbada e solitária. Também é claro que os adultos ao seu redor não fazem a menor ideia do que está atormentando o enrustido Cole. Ele é só mais uma criança tímida e ensimesmada precisando de ajuda psicológica, as pessoas dizem. Apenas mais um caso excêntrico para o terapeuta infantil Malcolm. O filme avança, Cole e Malcolm conversam várias vezes e se tornam bons amigos. No final a grande revelação para a plateia e para Malcolm: o terapeuta não está realmente vivo. Ele também é um espírito. Triste, triste. Malcolm não sabia mas ele é só mais um fantasma da galeria de amigos sobrenaturais do menino.

No filme *Vanilla sky* o jovem editor David leva uma vida de sucesso e prazeres. Ele mantém um relacionamento sem compromisso com a bela Julie, até o dia em que conhece a não menos bela Sofia e se apaixona por ela. Julie, enlouquecida de ciúme, atira de cima de uma ponte o carro que estava dirigindo. Ela morre no acidente. Pobre menina linda. David estava a seu lado, ele escapa com vida — sortudo — mas com graves sequelas. O filme avança, David é obrigado a usar uma máscara para esconder as cicatrizes do rosto. Enxaquecas contínuas o atormentam, seu envolvimento com Sofia se complica e ele é acusado de assassinato. No final a grande revelação para a plateia e para David: tudo não passa de um sonho lúcido. David está inconsciente há décadas, em suspensão criogênica. Triste, triste. Seu relacionamento com Sofia nunca ocorreu. O vasto mundo que ele conhece é só uma fantasia criada pelo seu inconsciente.

E se for verdade? Já pensou nisso? E se for verdade que Davi está morto ou em suspensão criogênica? Se estiver morto este mundo (quase) sem ninguém pode ser uma espécie de purgatório ou inferno perpétuo. Se estiver em suspensão criogênica este planeta (quase) despovoado pode ser apenas uma fantasia criada pelo seu inconsciente. É preciso flagrar na paisagem suas fissuras e rebarbas. É necessário surpreender as inconsistências do cenário. Revelar a farsa. Esse calor que não passa nunca pode ser um defeito estrutural. Aquelas nuvens, vê? Não parecem todas iguais? Um dia outro dia outro dia, todos idênticos. A mania. Davi não sabe ao certo quando começou.

No filme *Os outros* a jovem e bela Grace vive com os dois filhos numa mansão isolada, enquanto espera que o marido retorne da Segunda Guerra. Eles vivem sozinhos na ilha de Jersey, longe da civilização, sem amigos ou vizinhos. Sem telefone, rádio ou eletricidade. O filme avança e com a chegada dos novos empregados — os antigos foram embora sem ao menos se despedirem — coisas sobrenaturais começam a acontecer na casa. Vozes, portas que abrem e fecham, o som do piano. No final a grande revelação para a plateia e para Grace: ela e os filhos não estão realmente vivos. Triste, triste. Grace não sabia mas ela e os filhos na realidade estão mortos. São apenas fantasmas assombrando a família de vivos que mora na mansão.

No filme *O amigo oculto* o psicólogo David tenta ajudar sua filha Emily, traumatizada com a morte da mãe. Para esquecer um pouco a tragédia, os dois vão passar uns dias fora de Nova York, no campo. Mas não demora muito para David e Emily começarem a ser aterrorizados por alguém ou algo chamado Charlie: um amigo imaginário da filha. Uma entidade violenta e sádica. O filme avança e as coisas se complicam mais e mais. No final a grande revelação para a plateia e para David: o amigo oculto de Emily é ele mesmo, David. Triste, triste. O psicólogo tem duas personalidades e não sabia disso. Ora ele é o bondoso David ora ele é o perverso Charlie.

Sensação de inconsistência. As pequenas queimaduras no braço.

Um homem morto não sabe que está morto. Um homem num sonho não sabe que está sonhando. Um homem louco não sabe que é louco.

E você, Davi, o que sabe? Quem é você?

O fantasma, o adormecido ou o esquizofrênico?

Quadragésimo primeiro dia

Discussão

Hoje.

Tá louca? De jeito nenhum!

Hoje, sim! Levanta.

Para com isso.

Levanta!

Ô cacete...

Tira o pijama. Hoje nós vamos tomar café na padaria. Você dirige.

Vivian, para.

Vai ser hoje de qualquer jeito.

Eu não vou dirigir!

Davi, assim não dá. Você precisa enfrentar teu medo. Vamos, homem! Você prometeu que tentaria.

Eu vou tentar, mas não hoje! Eu ainda não tô pronto. Preciso de mais tempo.

Nhenhenhém... *Eu ainda não tô pronto. Preciso de mais tempo.* Pô, Davi, você diz isso há meses! Tá sempre adiando, assim não dá. Você precisa enfrentar teu medo, cara!

Não hoje.

Davi!

Sem chance.

A cidade tá vazia. Escuta só isso: silêncio. Paz. Todo mundo tá no litoral. Oportunidade melhor você não vai conseguir tão cedo.

(Davi não recorda o que respondeu à mulher. Lembra apenas que coçou bastante uma picada de pernilongo na coxa e não, de jeito algum, não tentou dirigir nesse dia nem nos dias seguintes. A coceira nem era o problema maior. Era só uma distração. Impossível mesmo era controlar o tremor das extremidades, das pálpebras e dos lábios. A simples ideia de finalmente dar partida no motor e tentar sair da garagem subterrânea acelerou seu batimento cardíaco e fez suas mãos transpirarem. Para não mencionar a sensação de sufocação que demorou para desaparecer totalmente.)

Porém a discussão não durou muito mais. Novas solicitações logo vieram ocupar seu lugar. As crianças acordaram, a família tomou o café da manhã em casa mesmo, em seguida foram ao parque, depois ao shopping — a mulher dirigiu, como sempre —, o feriado seguiu seu curso e em poucas horas Davi e Vivian nem lembravam mais do desentendimento da manhã. Parte da população estava viajando e a cidade quase vazia provocava em todas as pessoas um raro sentimento sem nome. Raro e estranho. Sem nome porque não era felicidade. Também não era regozijo. Tampouco satisfação. Como também não era o seu contrário — aflição, desgosto, tristeza —, não tinha nome. Era algo muito bom, mas no intervalo, nem uma coisa nem outra. Talvez por isso, por estar fora do catálogo de sentimentos reconhecíveis, fosse tão bom e intenso. Entre a delicadeza e a inquietação. Como um encantamento de Remédios Varo. Ou uma gnossienne de Satie.

No parque os brinquedos e os bancos sob a sombra estavam à inteira disposição, não precisavam ser disputados a tapa. Nos corredores do shopping foi possível caminhar de mãos dadas e fazer gestos largos sem levar esbarrões. Sem espetadas nas costelas e nos cotovelos. A sala de cinema estava praticamente deserta, entrar e sair foi muito fácil. Por que a cidade não pode ser sempre assim?, Vivian reclamou apreciando seu sorvete de iogurte. As crianças estavam na livraria, sozinhas na seção infantil. Há gente demais neste mundo, Vivian ainda brincou apreciando agora mais a ideia do que o sorvete, como seria bom se parte da população do planeta sumisse. Ideia divertida e verdadeira, os dois sorriram. Na hora Davi concordou, mas hoje ele diria a ela sem qualquer sinal de bom humor, cuidado com o que deseja, meu bem, seu desejo pode ser atendido.

Davi recorda tudo isso enquanto passa os olhos pela avenida procurando o melhor meio de transporte disponível.

Nada que tenha mais de duas rodas, disso ele está certo. Ainda não se sente pronto para pilotar um automóvel.

É quase meio-dia e o sol no teto do mundo, quase a pino — as sombras continuam escondidas sob os objetos —, está de matar. A camisa gruda no corpo como fita adesiva, as gotas de suor deslizam e desaparecem nos sulcos abaixo da cintura.

Num trecho bastante congestionado surgem pelo menos cinco opções em bom estado: uma suzuki e uma yamaha sem muitos acessórios, perfeitas para o trânsito urbano; uma honda também do tipo básico, sem frescura, com o escapamento só um pouco amassado; uma harley-davidson aparentemente bastante confortável, mais apropriada para a estrada, e uma kawasaki com jeitão futurista e pneus largos, audaciosa demais para o temperamento de Davi. Todas com a chave na ignição e gasolina no tanque. Para quem não entende nada de moto, as vantagens e desvantagens de cada uma não são tão visíveis assim. Davi avalia, reavalia, treavalia, porém não consegue sair da indecisão pegajosa. Difícil... Até que um pouco mais adiante, estacionada na frente de uma lanchonete, a melhor opção finalmente acena para ele. Oláááá, estou aqui.

Devaneio

Este verão não vai terminar nunca? Davi se sente sufocado no incrível calor da tarde incandescente. Falta de ar, um pé formigando. Cadê o outono, cacete?! O suor escorre ao longo do sulco de suas sobrancelhas e das axilas. Já notou como os dias passam e o verão jamais acaba? Não sei como as outras estações do ano permitem tamanho privilégio. Não faz sentido. A menos que a mesma força que fez as pessoas desaparecer também tenha decidido esticar indefinidamente o verão. Desconforto. Davi por pouco não perde o equilíbrio e cai. Apoia um cotovelo na pia, firma os pés no piso escorregadio e leva as costas da mão à testa para ver se está com febre.

Como é mesmo aquele verso do poeta português?

Grandes são os desertos e tudo é deserto.

Isso.

Incrível, não? O homem previu teu futuro, Davi. Pra você hoje tudo é deserto. Um deserto grande e esférico. Um Saara de dimensões cósmicas. Extremo em todos os sentidos. Quente, quentíssimo. Com criaturas peçonhentas disfarçadas de pessoas comuns, em tudo parecidas com a gente. Predadores dissimulados. Insetos. O que fazem, se capturam alguém? Voltam à sua forma natural de artrópode, enfiam o ferrão e injetam uma substância paralisante, então a presa fica imóvel, sem condições de fugir. Em seguida botam um ovo na barriga da coitada. Em breve a larva faminta sairá do ovo e devorará a presa viva. É isso o que fazem: capturam e devoram vivo. A natureza é o templo do assassinato.

Grandes são os desertos e tudo é deserto.

Salvo erro, naturalmente.

Pobre da alma humana com oásis só no deserto ao lado!

É verdade. A grama é sempre mais verde do outro lado da cerca. Qual foi mesmo o ruminante que disse isso?

Antigamente todo deserto tinha seu profeta. Você não tem vontade de ser o profeta deste deserto extremo, Davi? Você poderia berrar aos quatro ventos, eu sou a voz que clama no deserto, blablablá. Quem sabe os anjos mais doidões não viriam falar com você. Encher tua cabeça de êxtase e visões alegóricas. Mais tarde, também doidão, você poderia conversar com as pedras. Cantar. Dançar. Confessar a elas:

Grandes são os desertos e tudo é deserto.

Grande é a vida e não vale a pena haver vida.

A pedras alvoroçadas aprovariam essa última sentença: siiiiii-iiiiiim.

Companheiro, você logo se tornaria o herói das rochas, o profeta do reino mineral! Milhões de anos no futuro sua lenda ainda estaria viva, inspirando os pósteros da geologia vindoura. Pensa nisso.

Heróis. A literatura e o cinema têm tantos... Com uniforme, sem uniforme. Com superpoderes, sem superpoderes. Bem-humorados, mal-humorados. Davi inclina a cabeça e enxuga distraidamente o suor do lábio superior. Em seguida movimenta a perna esquerda aliviando uma cãibra que começou em sua nádega e foi até o pé adormecido. Fodam-se os profetas e os heróis. Davi se sente sufocado. Muito calor. Grandes são as fornalhas e tudo é fornalha. Se ao menos chovesse... Colhido por uma tontura súbita ele mais uma vez quase perde o equilíbrio e por pouco não cai no chão do banheiro. Fodam-se. O pé continua formigando.

Ah, mas seu herói predileto, o melhor dos melhores, é o bom e velho Harry Angel. Não há outro que tenha participado de aventura mais bizarra ou perturbadora.

Davi escova os dentes pensando nele, em sua jornada íntima. Escova os dentes superiores, cospe, escova os inferiores, cospe, escova a língua, enxágua a boca, cospe. Sempre pensando no detetive particular Harry Angel e na sua estranha investigação. Davi lava as cerdas novinhas em folha, guarda a escova e pega a caixinha de fio dental. Sempre pensando em Harry. O trabalho com o fio dental é lento e meticuloso. Estamos em 1955. Harry é contratado pelo excêntrico Louis Cyphre para encontrar um jovem cantor, Johnny Favorite, desaparecido há doze anos. É preciso ser zeloso com os dentes. O filme avança, a investigação prossegue.

O detetive viaja e interroga as poucas pessoas que conheciam Johnny, mas não descobre nada de muito consistente. Em seguida essas pessoas são assassinadas. Davi joga fora o longo fio usado e guarda a caixinha. No final a grande revelação para a plateia e para Harry: ele é Johnny Favorite. E também o assassino. No passado o cantor vendera a alma ao diabo — Louis Cyphre é Lúcifer — em troca de sucesso e fortuna. Depois, querendo muito passar a perna no satânico credor, Johnny bolara um plano perfeito para sumir do mapa: mudança de corpo, de vida, amnésia. Mas ninguém passa a perna no diabo. O filme é uma sombria jornada de autoconhecimento.

As aparências enganam. E tudo parece ser apenas aparência, representação. Conhece a ti mesmo, Davi Angel do deserto.

Seria esse o recado do devaneio?

Babilônia

A mesma emoção oceânica. A mesmíssima vibração interior, geológica. Os pelos dos braços e das pernas arrepiados, o vento tentando atravessar a pele do rosto, as contorções e as espirais de calor, as faixas avermelhadas nas laterais, a bala de menta pulando na boca. Davi está sendo agitado pela mesma força ígnea e juvenil que o assaltou quando finalmente levou Vivian para a cama pela primeira vez.

Alegria em ondas espalhadas.

Medo catatônico concentrado na região dos olhos, da garganta e da virilha.

Excitação erótica quase encostando em tânatos.

Explosão de ansiedade e prazer, adrenalina sobre serotonina. Cada solavanco injeta em Davi uma pequena dose de ácido atônito, substância imaginária e amarga que o faz desacelerar. Cada trecho de asfalto bom e desimpedido injeta em Davi um tanto de coragem compulsiva, só um tiquinho assim, substância perfumada e doce que o faz acelerar. É desse modo — freando e desviando e acelerando e freando e desviando e acelerando a vinte quilômetros por hora — que ele chega à marginal Tietê na altura da ponte do Limão.

Davi queria que Vivian e as crianças o vissem agora. Não iam acreditar nos próprios olhos: ele, o marido fóbico, o pai amoroso e medroso pilotando uma vespa amarela, modelo LX 150, dirigindo na marginal, acelerando e freando e desviando. É certo que a mochila teve que ficar pra trás. Era muito grande e pesada para ser transportada por um veículo tão pequeno. Mas valeu a pena se livrar do lastro excedente e ficar apenas com a bolsa de couro. A emoção de dirigir pela primeira vez na vida uma máquina com motor e rodas — um motor quase impotente e só duas rodas de liga leve com aro de doze polegadas, mas enfim motor e rodas! — está sendo recompensadora. A vinte por hora, lutando para manter a lucidez e o completo domínio dos nervos, Davi lembra de uma antiga cliente da agência, dona de uma rede de restaurantes, uma senhora gorda de uns sessenta anos, mais fóbica do que ele, que por isso mesmo era apaixonada por montanhas-russas. O pânico controlado era para ela uma droga necessária. Davi nunca teve coragem de subir num carrinho de montanha-russa. Agora ele finalmente consegue ver o que estava perdendo esses anos todos.

A viagem rumo à saída da cidade é interrompida várias vezes. Até este momento foram duas horas e uns quebrados de muita tensão. Duas horas, cara! Vamos convir que esse começo não está sendo fácil. O motorista roda umas centenas de metros e é logo obrigado a parar pra respirar, beber água e massagear os braços anestesiados. Que aventura bizarra! Melhor e mais perigosa do que uma montanha-russa. Protegido do sol embaixo de uma ponte ou dentro de um túnel, entre assustado e eufórico Davi fica saboreando por alguns instantes cada milagroso segundo do trajeto percorrido. Isso o ajuda a recobrar a coragem e a evitar o torpor. Em seguida roda mais umas centenas de metros e para outra vez. Tira o capacete de ciclista e limpa o suor da careca — porra, aonde foram as nuvens? —, bebe mais água, massageia os braços, sobe na vespa e reinicia a jornada em ziguezague. Contornar os grandes engavetamentos está sendo a parte mais fácil da aventura. Davi não esperava que fosse tão suave. Basta seguir bem devagar pelos breves desfiladeiros entre as ferragens ou escapar pelos trechos curtos e estreitos de acostamento.

Foi nesse ritmo de lesma branca que a vespa amarela chegou à marginal Tietê e é nesse mesmo ritmo que ela agora segue em frente acompanhando o rio rumo à rodovia. Vão ficando pra trás as grandes lojas de material de construção que Davi visitou durante a reforma do apartamento da mãe. Pobre mulher desintegrada, nem teve tempo de desfrutar da velha nova casa. Lembrar da reforma e da mãe faz Davi recordar instantaneamente dos avós. Então ele entende por que está viajando para o Norte, para o interior do estado, seguindo instintivamente para a casa dos avós, e não para o litoral, por exemplo. Davi não é muito chegado em praia e água salgada, mas agora que as praias estão desertas, todas à sua disposição, sem cachorro nem vendedor de amendoim, ele podia ter refletido um bocadinho sobre essa alternativa. O problema é que refletir o tempo todo, pesar cada decisão, cansa demais. Melhor deixar o instinto pilotar um pouco.

Do lado direito, o Tietê. Davi puxa o ar com força, as narinas inflam. O rio, ainda com sinais de poluição e derrota, estranhamente não fede mais. Não há mais vida selvagem entre as margens — pequenos peixes mutantes de um olho só? —, também não há mais movimentos profundos e misteriosos — o primo do monstro do lago Ness? —, só há o vento enrugando a superfície líquida, e o que está sobrando, o que chama mais a atenção, é mesmo o que está faltando: o cheiro. Na saída da cidade fantasma, a saudade já começando a borbulhar no peito e nos testículos, mais nos testículos — esquisito —, Davi para no alto do viaduto e olha pra trás. A visão é monumental. A saudade vira um tremor nos lábios e um soluço mal processado. Aí está, a seus pés, a grande Babilônia em todo o seu esplendor. A paisagem quieta abarcada pelos olhos — todo o horizonte urbano — parece olhar de volta, muito interessada nessa formiga humana parada no alto do viaduto. Se existisse mesmo um paraíso mítico, ele seria como essa cidade em silêncio, sem rumor nem raiva. Essa cidade poderosa, habitada antigamente por gigantes engenheiros. Ontem, o triunfo do homem-máquina, hoje assim, sem ninguém, nas ruas somente a lembrança de milhões de vidas apagadas.

O intervalo entre os soluços vai aumentando. A metrópole-cemitério olha para o homem, querendo saber. Querendo muito saber. O quê? Davi não entende esse olhar. Parece uma súplica. Como se a cidade agonizante estivesse esperando o golpe de misericórdia: o grande incêndio que reduziria tudo a nada, à paz eterna. Davi escuta lá longe, no centro, talvez na praça da Sé, uns ruídos suspeitos, uns gemidos urbanos, uns barulhos sobrenaturais que o assustam. Porém ele sabe que esse clamor não passa de fantasia sua. É a imaginação, não é, trabalhando na hora da despedida? Os gemidos, os apelos do aço e do concreto, até parecem os mortos pedindo vingança. Davi ajeita a bolsa de couro e dá partida na vespa. O asfalto recomeça a escorregar sob as rodas novas em folha. Lá longe, talvez na praça da Sé, talvez na avenida Paulista, os gemidos vão raleando. Vingança? Perguntas? Mal sabe ela, a cidade, que o homem também tem uma pergunta — uma só, fundamental — que ela, a cidade, não teve condições de responder esse tempo todo. Uma única questão: por que estou aqui? Por que justo eu?

Sua imaginação dramática quase faz soar no firmamento os acordes da aflitiva *The unanswered question*, do mestre Ives. Mais uma bala de menta salta da caixinha para a boca.

A rodovia segue em silêncio, em linha reta, cheia de luz agonizante, rumo ao interior do estado. Nos dois sentidos, pilhas e pilhas de veículos enferrujando: caminhões, carretas, ônibus, vans, carros de passeio, tudo virando pó. Davi dirige no acostamento, menos atravancado. Sempre a vinte, trinta quilômetros por hora. Sempre acelerando, desacelerando, contornando. A cada quilômetro parando num posto ou num pedágio para beber água, enxugar o suor e tomar coragem para prosseguir. Às vezes a vespa atravessa um amontoado de roupas provocando um redemoinho colorido de mangas, golas e pernas de vários tecidos. Às vezes ela é surpreendida por um amontoado menos alegre, mais pedregoso: um tapete de sapatos e sandálias e tênis e chinelos que pressionado pelos pneus atira sola, palmilha, cadarço, fivela — falso cascalho — dos dois lados do intrépido mas assustado motociclista.

Quadragésimo terceiro dia

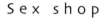

Sex shop

O terreno cortado pela estrada é bastante irregular, obrigando o asfalto e as faixas brancas contínuas e descontínuas a mudanças bruscas de direção e altitude. Isso enche um pouco o saco: esquerda, direita, sobe, desce. Porém o que mais impressiona Davi é a falta de vegetação. No planalto acidentado quase não há árvores e arbustos. Olha lá na frente. Da plantação de eucalipto destinada à produção de papel e celulose, nem sinal. Sobraram apenas os vestígios das árvores, a evidência de que um dia estiveram aí, só. A mesma história com a grande plantação de pinheiro. Chega mais perto, observa com atenção. Está vendo? Um buraco cheio de microcanais. Isso foi tudo o que restou do pinheirão que havia aí: somente o molde da raiz desmaterializada. Lá na frente, depois do túnel, nem sombra dos castanheiros e dos ipês. A grama também desapareceu. Nada de verde. Mesmo os canaviais e os pastos, muitos, ocupando grandes extensões do mapa rural, agora estão que é pura terra.

A leve, serelepe, fagueira e econômica vespa faz trinta e cinco quilômetros com um mísero litro de gasolina. Em seu tanque cabem somente nove litros, mas isso representa mais de trezentos quilômetros rodados. Número altamente enjoativo, afinal são trezentos quilômetros numa estrada tão cheia de obstáculos que certos trechos mais parecem um minilabirinto. Tudo bem, ninguém está mesmo com pressa. Davi, na estrada, longe de São Paulo, já se sente mais seguro. On the road, man! (Kerouac aprovaria.) A cada parada — e ele, inquieto, para de vinte em vinte minutos por qualquer pretexto: pra se coçar, respirar melhor, secar a papada — Davi vigia a rodovia pra ter certeza que não está sendo seguido. Não está. Mesmo quando pensa ouvir o ronco de um motor do outro lado do morro, chegando perto. Que mancha é aquela tremeluzindo na curva embaçada? Relaxa, parceiro, é só mais uma miragem. Você não está sendo seguido, é sua imaginação maquinando armadilhas.

São quase quatro horas da tarde — isso ainda tem importância, o relógio? — e Davi estaciona num posto. Do outro lado da rodovia, uma favela protegida por um paredão de granito. Do lado de cá, uma cidadezinha sem nome e sem graça. Ainda não é necessário abastecer — o tanque está na metade e há postos de gasolina em todo lugar — mas Davi, obsessivo-compulsivo, não gosta nem um pouco dessa sensação de *meio tanque*. Prefere a outra, de *tanque cheio*. Mesmo que pra isso tenha que brigar com a pistola da mangueira que sempre molha seu pé (ô injustiça: *sempre* não, às vezes). Ao lado do posto há um hotel. Ao lado do hotel um minimercado. Depois do minimercado há uma fileira de lojas de artesanato e no final um sex shop.

Davi manuseia a pistola com muito cuidado — está pegando o jeito —, enche o tanque da vespa e resolve procurar algo para comer. Mas não se arrisca a entrar no minimercado de portas e vitrines embaçadas. O mofo venenoso já tomou conta de tudo lá dentro. Contra a gana e o apetite dos microrganismos não dá pra competir, ele pensa. Essas muito eficientes maquininhas de devorar têm uma determinação sobrenatural. Davi vai direto para a loja de conveniências do posto. A luz acesa é uma bênção. Maciça e austera, ela assinala com vigor a posição de cada montinho de roupa dentro do estabelecimento. No freezer horizontal, aberto, está tudo estragado: sucos, iogurtes, energéticos etc. No balcão refrigerado e na geladeira vertical o refrigerante e a cerveja mantidos a sete graus celsius continuam em ótimas condições. No pequeno restaurante ele encontra comida congelada. Davi esquenta e come um filé de frango e uma panqueca de carne. Bebe uma cerveja. Nada de sobremesa. Vai ao banheiro. Defeca. Pega a nécessaire da bolsa de couro. Escova os dentes e, sentindo o estômago pesado e ranzinza, resolve procurar uma cama no hotel para uma boa pestana.

No caminho para o hotel ele vê um outdoor anunciando os serviços de um banco particular. O papel especial, apesar de ser à prova d'água e resistente aos raios ultravioletas e infravermelhos, já começou a descascar e a desbotar em vários pontos. Um jovem casal com filhos alegres e saudáveis diverte-se num piquenique enquanto o dinheiro, sob os cuidados da aplicada instituição financeira, multiplica-se descontroladamente na conta corrente. O próprio Lewis Carroll não teria pensado em delírio tão otimista. Oh, magnífica máquina de multiplicar riqueza. Davi tira os óculos e sopra nas lentes um jato de vapor, depois as limpa na ponta da camiseta e decide treinar um pouco de tiro ao alvo. Dispara quatro vezes na testa do homem de roupa esporte e sorriso satisfeito. Erra os quatro tiros. Na verdade, não erra totalmente. Os disparos atingem a mulher e as crianças. Pobres coitadas. Chateado, o atirador guarda o Taurus.

Há vários carros pequenos estacionados nas imediações. Todos fedem um pouco, provavelmente porque as pessoas estavam levando sucos, iogurtes, esfirras, pastéis e outras porcarias pra consumir na viagem. Porém o veículo mais fedorento de todos é um ônibus prateado, de porta e janelas abertas, parado no centro do pátio. Uma nuvem azeda escapa de seu interior. Davi desvia o olhar e o nariz. As bactérias e os fungos — essa comilança endiabrada, festiva — sempre agridem sua humana dignidade olfativa. Então, com o nariz ainda ofendido, Davi escuta um barulho. De quê? Alerta... De pequenos objetos metálicos caindo no chão. Onde? Davi para ao lado da porta do hotel e apura os ouvidos.

Tudo quieto aí dentro, o hotel está em paz. O barulho vem das lojas? Tlintlim. Os pequenos objetos quicam e rolam no assoalho. Qual loja, qual assoalho? Outro estrépito, agora de algo grande que despenca. Onde? Aparentemente dentro do sex shop. O barulho míngua, sobrando apenas um ruído quase imperceptível. Passos na madeira que range? Não é alucinação. Há mesmo uma pessoa no sex shop. Hora de cair fora, amigo. Foge! Mas você não consegue sair do lugar, está preso, os pés foram trocados e girados pra trás. Por segurança teus olhos procuram a vespa enquanto os dedos caçam a chave no bolso da bermuda. Sem sensibilidade na ponta, os dedos demoram a reconhecer o metal. Fagulhas queimam a pele, as digitais. Já a arma continua na bolsa de couro e daí não vai sair porque você não teria mesmo coragem de usar. Está tremendo, homem!

Quem sabe... Uma corrida? As pernas não obedecem, não sabem, não acreditam. Daria pra escapar sem ser visto? Quantos segundos levaria a fuga? Finalmente você dá uns passos, mas na direção do sex shop. Passos curtos, medrosos. Nesse momento de pânico a porta da loja abre e aparece uma menina de uns dez anos brincando com um vibrador ligado. A brincadeira e o riso duram pouco. Ao perceber o visitante alto e pesadão a menina solta um gritinho, diminui os movimentos e congela. Só o vibrador continua vibrando, ignorante da situação de perigo. Para a menina e para Davi — acho desnecessário descrever as imagens repentinas, confusas, que vão se atropelando na mente dos dois — o outro é um alienígena recém-chegado de um planeta bizarro. O jogo vai começar. O primeiro movimento é da menina, que solta o brinquedinho e corre para longe, o vestido vermelho desenhando uma linha de fogo na retina. Davi fica só olhando a cor desaparecendo devagar. Vermelho, fogo, sangue: um pandemônio sensorial. O vestido. Mais um sinal de alerta, de perigo. Alta temperatura. Incêndio. Davi podia seguir o exemplo da menina e também fugir. Podia pôr em prática sua decisão de jamais se aproximar de

outro ser humano. Mas não é o que faz. O vermelho impresso na
memória não deixa.

O iluminado

No filme *Cidade das sombras* um fulano chamado John Murdoch
certa noite acorda na banheira de um hotel, amnésico, sem saber
quem é e como foi parar aí. Há um violento assassino à solta na
cidade. John torna-se o principal suspeito dos crimes e começa
a ser caçado pela polícia. Tem início o corre-corre. Durante sua
fuga John encontra um psiquiatra excêntrico disposto a ajudar,
mas o coitado parece ter sérios distúrbios emocionais. O filme
avança, estranhos fenômenos começam a acontecer e nosso herói descobre que não está numa cidade comum. Onde ele está é
sempre noite e os bairros são remodelados a cada vinte e quatro
horas sem que as pessoas percebam. No final a grande revelação
para John (a plateia já desconfiava, o narrador dera uma pista no
início do filme): a cidade é na verdade um imenso laboratório e
seus habitantes são cobaias de uma experiência alienígena. O que
a plateia ainda não sabia — oh! — é que não estamos na Terra. A
cidade é uma espécie de nave-estufa perdida no espaço profundo.
Triste, triste. O consolo é que nosso herói, após driblar a ilusão e
enxergar de frente a real realidade, descobre que possui habilidades mentais capazes de derrotar os alienígenas. Menos mau.

Surrealismo

Esquece, Davi. Sei que você adoraria ser o herói de uma super-
produção do cinema. Um filme cheio de ação e suspense sobre

o despertar. Nesse longa-metragem produzido pelo melhor estúdio de Hollywood e dirigido pelo melhor entre os melhores diretores, nessa aventura digital cheia de efeitos especiais a grande revelação chegaria cedo ou tarde: você está sonhando. Ou delirando. Ou morto. Isso acabaria com a angústia e solucionaria o mistério, não? Você, conectado à matrix ou em suspensão criogênica ou vivendo um surto psicótico ou participando de uma experiência alienígena ou, como eu disse, morto. Não importa muito a situação, podemos deixar a escolha nas mãos dos roteiristas. Importa apenas saber que o mundo despovoado é só uma ilusão dos teus sentidos. Finalmente dono da verdade, você poderá seguir sua vida em paz.

Mas a realidade não é um filme, Davi. Não estamos no cinema. No final não haverá uma grande revelação. Porque não existe plateia nem pipoca. Aqui não há divindades humanas ou alienígenas, máquinas supremas ou organizações secretas manipulando sua mente cansada. Se houvesse, os pequenos sinais estariam por toda parte (como no cinema). Esquece o deus ex machina do teatro grego, não vai acontecer. Todos esses filmes sobre o iluminado e o grande despertar reproduzem no plano da arte, para nosso deleite, a mesma fantasia tão difundida no plano da religião: a ideia absurda, sem fundamento, de que existe outra realidade além desta. Platonismo puro, meu amigo. Você não está vivendo o mito da caverna. Tá pensando que é Buda? Cristo? Deixa de narcisismo. Que megalomania é essa? Você não é tão importante assim para o universo.

Três no café

Como era o nome da menina que os antropólogos encontraram vivendo sozinha na selva africana? O nome da menina-bicho, como era mesmo? A menina-serpente de corpo elástico e olhos cintilantes, capaz de interagir com a mata? Davi não consegue lembrar seu nome. Também não consegue parar de pensar nela. Sua linguagem primitiva era a linguagem fugidia dos cardumes e das passaradas. Era o que os antropólogos diziam.

O banheiro do quarto do hotel só não está cheirando pior porque uma janelinha no alto ficou aberta esse tempo todo, deixando o ar circular um pouco. A noite chegou rápido. Davi urina no vaso de cerâmica encardida, fica só de cueca, liga o ar-condicionado, joga-se pelado na cama e tenta não pensar na menina. Cansou de procurar nas imediações. O problema é que agora ele não quer mais ir embora, seguir viagem. Sua curiosidade está acesa, em êxtase. Além disso Davi está cansado, com dor nas pernas e nas costas. A noite chegou realmente rápido, mas ele sabe que nas próximas doze horas não conseguirá pregar os olhos. Mesmo assim, por precaução — caso pegue no sono —, levanta e tranca a porta. Volta a deitar. Dois minutos depois levanta outra vez e apoia o encosto de uma cadeira na maçaneta, para dificultar mais ainda qualquer tentativa de invasão. Um pensamento sombrio começa a atormentar seus nervos: talvez a menina não esteja sozinha. Davi olha pela janela do quinto andar e vê a vespa ainda estacionada no mesmo local em que foi deixada, perto da bomba de gasolina. Isso acalma sua ansiedade. Se houvesse mais pessoas já estariam atrás dele, farejando suas coisas.

A cabeça apoiada no antebraço, a temperatura do quarto baixando agradavelmente, Davi rememora os lugares em que procurou a menina: nas lojas, nas casas atrás do posto, nas ruas (três à esquerda e três à direita) perpendiculares à avenida principal da cidadezinha. Durante a busca ele foi encontrando muitas evidências de que a menina vive por aí, perto da rodovia: pratos e talheres sujos em duas lanchonetes, roupas de criança deixadas em mesas e sofás, bijuterias e brinquedos esquecidos na calçada etc. A coisa mais bizarra que encontrou foram duas bonecas infláveis e um manequim sentados à mesa de um café fuliginoso bebendo chá amargo, comendo bolacha mofada e — a intenção do arranjo pareceu essa — conversando banalidades provincianas. As bonecas loiras, peitudas e calipígias vieram do sex shop e o manequim moreno, sarado e elegante veio de uma loja de roupas masculinas. Os três estavam vestidos. Mas isso não poupou Davi do ridículo apelo erótico das bonecas. Que papel caberia a cada personagem, qual seria o roteiro dessa reunião social? Um bate-papo antes do ménage à trois? Improvável... Para uma menina de dez anos mais certo seria um inocente chá de família: marido, mulher e filha.

Quadragésimo quarto dia

Santuário

O sono profundo vale mais do que tudo, é a verdadeira riqueza. Só ao acordar Davi percebe que afinal conseguiu dormir. São sete e quinze. Mais um dia no deserto extremo. Os músculos do pescoço estão tensos, o pézão direito adormecido e os ouvidos latejando. Um fiapo de sonho resta no cesto da memória: uma trama envolvendo uma loira divertida e corpulenta, de pele sintética idêntica à pele verdadeira, com quem Davi tentou fazer sexo mas sem sucesso (seu pau não levantou e os principais orifícios da mulher estavam fechados). Depois de lavar o rosto e comer qualquer coisa na cozinha do hotel Davi vai para a rua. Surpresa. Logo na calçada, exatamente em frente à porta aberta, ele encontra um leão. Que gracinha. Davi não se assusta, porque o animal é minúsculo e verde. Seu corpo geométrico é uma única folha de papel dobrada com cuidado. Pelo visto a menina gosta de origami.

Davi se agacha para pegar o leãozinho e percebe mais adiante outra dobradura. Um elefantinho. Pega a nova miniatura de papel e admira seu rigor matemático, procurando em volta vê uma girafinha quase na esquina, quase sendo levada pela brisa. Os origamis formam uma trilha. Eles são um convite para um encontro. Ou uma armadilha. O caminho não segue em linha reta: ele faz uma curva fechada, dobra duas vezes, passa por um quintal e um corredor apertados até chegar a uma ruela sem saída. Depois de andar uns cem metros e recolher uns trinta bichinhos Davi para em frente a um sobrado bem estreito, de três andares, com porta na calçada, sem jardim nem alpendre. A trilha chegou ao fim.

Da janela aberta do primeiro andar escapa uma divertida canção sobre balões e bexigas, um desses supersucessos que encantavam a criançada e os adultos infantilizados. Apoiada no parapeito, o olhar fixado no estranho, a menina disfarça o medo e a ansiedade cantando baixinho o trava-língua que faz as vezes de refrão. Davi também crava os olhos na menina, tentando fotografar mentalmente seu rosto — não sabe se terá outra oportunidade —, esforçando-se para vencer a miopia que os óculos nunca conseguiram domar totalmente. Vamos ver ... Morena. Nariz pequeno e queixo curto. Braços magros. Cabelo crespo em grande quantidade, talvez descendo — ainda não dá pra saber com certeza — quase até a cintura.

Davi diz olá e mostra os origamis. A menina não responde. Nada muda em seu rosto. A ponta do nariz não sai da posição, as sobrancelhas não se mexem. Os fios de cabelo sobre a testa também sustentam a pausa dramática, obedientes. Davi guarda as dobraduras na bolsa de couro e experimenta a maçaneta frouxa e enferrujada. Cleque. Ótimo, a porta não está trancada. Entrar ou não entrar? Na janela a menina continua estática olhando o visitante e murmurando sua canção predileta.

Ninguém na sala. Davi sobe a escada e ao chegar ao quarto vê que a menina não está mais na janela, está sentada na cama de solteiro, brincando com os próprios polegares. Seu cabelo realmente desce até a cintura. O vestido vermelho foi trocado por outro de mesmo modelo, mas azul: névoa vaporosa espalhando-se do tecido para o colchão, convidando à contemplação mais suave. O cômodo é apertado (todo o sobrado é apertado). Nele há a cama, um guarda-roupa, uma cômoda e só. O CD player em cima da cômoda continua tocando. O detalhe mais surpreendente são as miniaturas, as bonequinhas e os soldadinhos arrumados em cima de cada superfície disponível e em dezenas de prateleiras estreitas e mal colocadas nas paredes. Miniaturas de carros, móveis e eletrodomésticos cercadas de pequenos cidadãos congelados. De um lado os civis, as donas de casa, os engenheiros, os professores, os estudantes, as crianças pequenas, os cães, os gatos, do outro os militares de todas as patentes... Como se alguém — ou uma divindade — tentasse reunir mais uma vez, agora em escala menor, parte da população mundial desaparecida.

Davi para na porta e acena para a menina, que não responde, os polegares parecem ser bem mais interessantes. Então ele observa melhor as numerosas famílias felizes e os pelotões da Segunda Grande Guerra, de plástico: um museu terrível. Continua parado. Não se atreve a entrar. Há algo na casa — certa aura, certo magnetismo — que transpira uma transcendência sagrada. Dentro do quarto esse bafo sobrenatural é muito mais forte e antigo. Como isso é possível: o sublime na imundície? Pelo cheiro que contamina os móveis e as miniaturas, pelo ranço que impregna a tinta e os tijolos dá pra perceber que a menina não toma banho há bastante tempo. Seu cabelo está engordurado, seu corpo está riscado de poeira e suor. O teto está mofado, as paredes estão imundas. Talvez a verdade embaraçosa seja mesmo essa: a santidade e a sujeira sempre apreciaram a companhia uma da outra. A santidade é a sujeira e a sujeira é a cabeleira crespa? Quem é essa menina? Uma virgem bem-aventurada cercada de admiradores? Impossível não se comover com a luz nos fios enrolados. A luz de outro céu. Diante dessa cena de pungente beleza mística os olhos de Davi marejam, uma sombra passa por seu rosto. Ele não tem dúvida: precisa rápido de uma dose de uísque e um cigarro. Tira os origamis da bolsa, deposita tudo na soleira, desce a escada e — como diziam os ficcionistas do século passado — ganha finalmente a rua e o ar imaculado da manhã.

A menina não o segue. Ela levanta da cama apenas para pôr seu CD predileto pra tocar novamente. A névoa azul se desprende do vestido em rodopios harmônicos, em cabriolas celestes que dançam na luz também azul. No santuário fedorento são as músicas mais profanas que têm o poder de acordar os espíritos mais sagrados.

Desejo

Se isto fosse um romance a história acabaria aqui. Afinal tudo o que podia ter acontecido de surpreendente e relevante já aconteceu e foi narrado. Mas a vida não é literatura, jamais foi, e não será a vidinha transtornada de Davi que mudará essa verdade. Se isto fosse um romance a história terminaria aqui porque a partir deste ponto tudo irá mais ou menos se repetir: as rodovias cheias de obstáculo, os hotéis fedorentos, a comida congelada, o calor perpétuo, as cidades fantasmas, os blecautes inesperados. Sempre a mesma coisa. Sentado num banco de madeira na varanda de uma loja sem qualquer atrativo, de olho nos carros mortos amontoados na estrada, Davi bebe tranquilamente seu uísque com gelo e contempla os dias passados tentando, quem sabe, vislumbrar neles os dias futuros. A rodovia é a linha que liga os pontos: ontem, hoje e amanhã.

A bebida ajuda Davi a lidar melhor com seu novo conflito. Ele está muito assustado. A imagem da menina sentada na cama não quer desaparecer de sua memória recente. O vestido azul: névoa. A menina em seu sagrado microcosmo. Davi lembra bem. Os detalhes ainda estão bastante vivos. O problema é que sua memória fica pregando peças, modificando a imagem da menina sentada na cama, engrossando as coxas, melhorando a aparência de seu cabelo, sugerindo dois pequenos seios pontudos no peito reto. Davi bebe pra relaxar e não lembrar. A menina-santa na cama santificada, os miúdos pés santificados e descalços, a pequena vagina santificada entre as pernas. Para, pensamento! Mais um gole. O fantasma dos dias passados passeando na rodovia. Davi em transe. As hemoglobinas do desejo explodindo as hemácias lúbricas, destruindo o oxigênio de seu corpo. Horror!

Embriagado, rejuvenescido vinte anos, Davi volta ao quarto-santuário da menina mas ela não está mais aí. Desapareceu, a danadinha, deixando pra trás apenas o cheiro forte de suor e beatitude. Davi sabe que não adianta procurá-la. Melhor esperar. A cidade é seu território, seu esconderijo. Seu éden. Quando a menina quiser ela o procurará. Antes de ir embora o visitante fica um bom tempo examinando os pequenos humanos em cima das prateleiras e dos móveis. O uísque injetou um espírito em miniatura em todos eles. Parecem vivos. Não se mexem, não piscam nem transpiram. Mas Davi desconfia que se conseguisse tocar com cuidado o peito de cada um ele logo sentiria o sutil batimento cardíaco e o delicado movimento dos pulmões. Apenas fingem que são meros objetos inanimados, essas pessoas reduzidas. Como na série *Toy story*. Cambada de dissimulados. Quando não há um ser humano por perto eles param de fingir e voltam a correr e a conspirar. A pergunta é: sua comunidade consegue ser mais justa e equilibrada do que foi a sociedade humana?

Ah, pequeninos, como seria maravilhosa a possibilidade de interagir com vocês, vencer sua resistência!

Ou não... Talvez a interlocução já começasse com suspeitas e ameaças.

O que você pensa que está fazendo?, perguntaria um irritado homenzinho de cartola e bengala (se estivesse autorizado a quebrar o voto de silêncio das miniaturas). Davi arregalaria os olhos. Isso não deve estar acontecendo. Delírio, só pode ser. O homenzinho furioso insistiria, responda! O que pensa que está fazendo? Ficou doido?!

Davi finalmente abriria a boca, que palhaçada é esta?

Palhaçada digo eu! Ainda bem que a garota não está aqui. Do contrário, tenho medo até de pensar...

Não seja idiota! Eu só quero conversar com ela. Saber se está bem.

Conversar? Sei... Do jeito que os homens famintos costumam conversar com o torresminho e a batata-frita.

Ao dizer isso o homenzinho despertaria a raiva e a indignação de todos os seus companheiros, que começariam a protestar aos gritinhos. Gulliver sob as vaias de Liliput, é assim que Davi se sentiria.

Deixa a menina em paz, vá se aliviar com a boneca inflável, reclamaria uma senhorinha de chapéu vermelho e vestido florido.

Ou com o manequim, debocharia um senhorzinho pançudo e careca, vestindo agasalho de treinador de futebol, e todos começariam a rir da cara de panaca de Davi.

Estamos avisando, ameaçaria um general barbudo escoltado por doze fuzileiros e um tanque de guerra. Se tocar num só fio de cabelo da nossa menina nós esquartejamos você, intruso.

Davi abandona o quarto-santuário, a multidão furiosa e o sobrado malcheiroso. Desce meio zonzo os degraus, apoiando na parede. Está um pouco envergonhado, afinal aquelas pequenas criaturas o humilharam expondo publicamente sua lubricidade, sua péssima intenção. Porém elas também chacoalharam algo dentro dele. Algo remoto e frio, que acendeu com um urro e agora vibra, queima. Um destino, um objetivo grandioso. Menos bêbado, mais lúcido, os raios do sol incidindo diretamente sobre seus olhos, Davi por fim tem um lampejo violento e muito eloquente do futuro. Epifania. Sua missão é servir e proteger, não violar e desonrar. A menina sagrada, a santa menina, essa é a gloriosa tarefa que o acaso escolheu pra você, infame Davi: cuidar da menina, zelar por sua segurança. Então contenha o impulso erótico, sujo Davi! Teu destino, ó maculado homem dominado pelas paixões, não é ser o profeta das rochas deste deserto absoluto, mas ser o discípulo, o apóstolo, o guarda-costas da imaculada menina profeta.

É evidente que, mesmo disfarçado pelo álcool, o alto grau de ridículo dessa ideia não podia passar despercebido. De onde Davi tirou toda essa lengalenga mística, messiânica: menina-santa, santuário, apóstolo? Se Vivian visse sua expressão de legítima e profunda devoção — em sua cabeça careca, nefelibata, o quarto do sobrado foi convertido em templo e as prateleiras com as miniaturas em estreitos altares — ela ficaria seriamente preocupada com a sanidade mental do marido. Vivian primeiro zombaria, rá rá rá. Tá pensando que é o guarda-costas de Buda? De Cristo? Deixa de narcisismo. Que megalomania é essa? Você não é tão importante assim para o universo. Depois, percebendo a seriedade da situação, ela esbravejaria e sacudiria o suposto apóstolo pelos braços: acorda, porra! A realidade não é um filme, Davi. Não estamos no cinema. No final não haverá uma grande revelação. Porque não existe plateia nem pipoca. Você é só um bosta velho e solitário num mundo abandonado. Tudo está caindo aos pedaços. Essa menina não é uma santa nem tem poderes mágicos. Ela é só uma criança subnutrida, traumatizada, com sérios problemas emocionais. Para de confundir desorientação e catatonia com iluminação mística.

Mas Vivian não está aqui para recriminar ninguém. Ela está tão morta quanto todos os juízes e moralistas desta cidade e do mundo. Portanto sua avaliação da situação vale menos do que nada. Davi chega a esse veredito comendo um peito de frango com creme de milho na cozinha de um restaurante chamado Sossega essa Franga, Francisca. Muito bonitinho... Seria uma homenagem à mulher do proprietário, uma Chica assanhada? Uma Xica da Silva dos tempos modernos? Davi gosta desse nome irreverente batizando um restaurante. Em São Paulo tinha o italiano O Gato Que Ri e a churrascaria Taca Fogo no Bicho, e no Rio o Bar Bicha e o Churrasquinho Siamês. Em Buenos Aires havia os exóticos Dale Perejil al Toro (Dê Salsinha ao Touro) e Te Mataré, Ramirez (Te Matarei, Ramirez). Caminhando de volta ao hotel

Davi passa em frente ao café fuliginoso em que as duas bonecas infláveis flertam há semanas com o manequim sarado. Uma lâmpada acende no fundo de seu córtex pré-frontal, propondo uma tarde mais divertida. Davi entra e convida uma das bonecas — a menos empoeirada — para acompanhá-lo até seu quarto. A garota de látex e cyberskin (os orifícios), na certa interessada nos prazeres do ar-condicionado, aceita prontamente o convite e se atira nos braços do homem.

Duas horas depois, um pouco menos tenso Davi não ouve mais a voz de Vivian censurando sua megalomania. Agora ele consegue enxergar com relativa clareza a exata dimensão do dilema que está prestes a enfrentar. A escolha decisiva. A situação global mudou há quarenta e quatro dias e não é mais possível viver à moda antiga, seguir os dogmas do velho mundo. Davi precisa escolher um novo modelo de existência. Entre a vida--realismo e a poesia-vida. Com qual casar? Com a razão realista, pobre e sem cor, ou com a ilusão metarrealista, rica e colorida? Com a responsabilidade muito adulta e madura ou com a irresponsabilidade muito inocente e infantil? Preto ou branco, simples assim, chega de epistemológicos tons de cinza. Nada de verdades relativas. Vivian quietinha, a decisão fica fácil. Sem pestanejar Davi escolhe a possibilidade do sonho lúcido. Ainda na companhia de sua dócil e versátil amante sintética — Graça seria um bom nome pra ela —, ele decide pela vida-poesia. Pela alegria selvagem do delírio místico.

É preciso dizer isso à menina. É preciso fazê-la entender que a partir de hoje Davi será seu guarda-costas. Seu apóstolo. Seu pai.

Para sobreviver num mundo como este é preciso escolher um mito, meu amigo. É necessário viver cinematograficamente. Literariamente. Os imbecis da objetividade estão extintos. A humanidade prática e materialista e positivista já era. Joseph, ei, Joseph Campbell, aparece, cara! A jornada de um novo herói vai começar. Em breve os livros e os filmes e os CDs virarão pó. O aço e o vidro e o concreto virarão pó. Para não enlouquecer é preciso unir a realidade à fantasia. Construir uma lenda pessoal. Entendeu bem, Davi? *Construir*, não *descobrir*, porque o homem é um ser em construção. "Constrói a ti mesmo" devia ser o aviso no pórtico do Oráculo de Delfos. Avante, herói! Dos mitos disponíveis qual você escolheu? O do monge guerreiro? Perfeito. Você agora é Galahad protegendo o Santo Graal. Você agora é Lorde Faa protegendo Lyra Belacqua e o aletiômetro, no romance de Phillip Pullman, lembra? Você agora é Leon protegendo Matilda (no filme de Luc Besson). Avante! Na jornada íntima e gloriosa que está para começar teu mentor será a menina-santa. Com ela você aprenderá a atravessar portais e a superar todos os obstáculos.

Graça será sua amante. Sua confidente. Com ela você terá longas conversas sobre os mais diferentes assuntos. A vespa será seu puro-sangue, seu Millennium Falcon. Ridículo? A noção de ridículo evaporou junto com as pessoas. Não há mais delegados de polícia, gerentes de banco ou psiquiatras burocráticos para reprimir os sonhos lúcidos. Avante, herói!

A visão de seu destino é tão nítida, tão avassaladora, que suas pálpebras começam a tremer. Uma percepção vigorosa, alquímica: pura transubstanciação. Quando Davi finalmente se dá conta das implicações dessa visão redentora o choque é tão súbito e alarmante quanto o despertar numa casa abalada por um terremoto. Palpitação vegetal. Ele sente seu organismo fazendo algo impensável — fotossíntese —, e tem de ficar aí sentado, respirando lentamente, até se acalmar, até seu coração parar de bater tão rápido, até a clorofila voltar a ser apenas sangue. É isso: ele encontrou uma parte da resposta, embora não a compreenda na íntegra, embora não saiba em qual das muitas perguntas ela se encaixa.

Avante, herói!

Davi demora a encontrar a menina. Não, errado. O mais correto é dizer que a menina demora a se deixar encontrar. Nuvens pesadas e negras deslizam sobre a região, rumando para o sul do estado. A sombra escorregadia dos imensos maciços voadores torna a caminhada menos penosa. Davi dá as costas para a rodovia, para o posto e para a vespa, e se aprofunda a pé na cidadezinha. Ao chegar a uma praça arborizada, com uma igreja no centro, o duplo espanto: as próprias árvores — as primeiras que ele vê na cidade — e a menina sentada num banco, olhando o nada. Camadas e camadas de nada. O banco é comprido, nele caberiam umas dez pessoas. Davi vai com passos de gato, mas sem fazer força pra se esconder, e senta numa extremidade, longe da menina que nem sequer pisca. Ficam assim por um bom tempo: ele vigiando com o rabo do olho, ela olhando o invisível, esperando. Esperando o quê? O retorno dos pais, talvez. A volta dos moradores, dos professores, dos coleguinhas de escola. A praça está rodeada pelos mais diferentes estabelecimentos comerciais. A maioria com as portas fechadas. Então Davi percebe que a menina não está olhando o vazio, ela está olhando fixamente uma casa de fachada estreita incrustada entre uma papelaria e uma farmácia. Olhando e esperando.

Hora de puxar assunto. Davi senta mais perto e diz oi.

A menina continua muda. Seu cheiro é tão forte que Davi, o intruso, pra não enjoar começa a respirar só pela boca.

Está com fome?

(A menina não responde. Ele tira da bolsa um bolinho de chocolate em ótimo estado e oferece a ela. A menina ignora a oferta. Olhando o nada e esperando.)

Meu nome é Davi. E o seu? Qual é o seu nome?

(O vazio.)

Gostei do seu quarto. Da sua coleção.

(O invisível.)

Você viu mais alguém? Outras pessoas? Na cidade? Você viu?

(O nada.)

Davi pergunta se ela não está sentindo calor, se não prefere ficar dentro de casa, se não quer tomar um banho, trocar de roupa. A menina não responde. Mas também não foge. Fica aí calada, ouvindo, ouvindo. Então o intruso, o estranho, o visitante come o bolo de chocolate e começa um monólogo monótono. A boca ainda cheia da massa melada, ele fala sobre o passado, os filhos, a viagem. Volta a falar dos filhos, do passado em São Paulo, do trabalho. Fala mais para dentro, para si mesmo, do que para a surda-muda a seu lado. Limpa o queixo na ponta da camiseta, fala do santuário do sobrado, das miniaturas, do futuro. A menina não diz nada.

Muito especial, ele confessa olhando pra ela. Hoje é um dia muito especial. Hoje cedo eu morri e hoje eu também renasci. Graças a você. Hoje cedo a lírica derrotou a lógica. Um homem-poesia, é isso o que eu me tornei.

Davi tenta explicar a ela sua nova noção de sagrado. Sua epifania matinal. Impossível. A linguagem não dá conta do recado. A palavra atrapalha, Davi se atrapalha. Emoção. Comoção. A menina não diz nada.

Ele senta mais perto e segura seu braço com delicadeza, mas para ela, o horror estampado no rosto, é como se a mão atrevida estivesse apertando. Como se os dedos momentaneamente leves estivessem queimando a carne frágil. A menina solta um urro e começa a lutar. Descontrole. Cacofonia e caleidoscópio. Livre da mão que a prendia, a menina estranhamente não foge. Ela se atira sobre Davi, mordendo e arranhando. Os dois caem em câmera lenta no chão. Davi procura proteger os olhos enquanto a menina morde seu pescoço e seu ombro. Impedido de revidar — um discípulo jamais deve agredir uma santa, mesmo em autodefesa — ele tenta fugir, engatinhando para longe do animal enfurecido que o ataca. Uma onda de entulho e escombros desorganiza o momento, os pensamentos. Davi perde o fôlego, afunda no fluxo de sensações. A menina, agora sentada em suas costas, cavalga-o, arranhando seu peito e seus braços. Quanto tempo esse surto durou? Em que hora a onda gigante de raiva e dor libertou o corpo e a consciência desequilibrada?

Davi não lembra como foi o final do ataque. Não sabe como conseguiu escapar. Em pé, diante do balcão da farmácia, ele limpa as mordidas e as unhadas com água oxigenada, joga fora o algodão, pega outro chumaço, torna a limpar, em seguida aplica generosas pinceladas de merthiolate nos ferimentos, que ardem.

Quadragésimo sexto dia

O sumiço da santa

Numa papelaria fedendo a carniça Davi encontra um exemplar do romance de Jorge Amado. Ele não leu — não gosta de Jorge Amado — mas viu qualquer coisa na tevê — um capítulo de novela ou de minissérie — e sabe que o enredo gira em torno do roubo de uma imagem de santa Bárbara. Davi pega o livro. O título desperta um sorriso, quase uma risada. A menina continua desaparecida. Davi já revirou o bairro e nada de reencontrar a grande razão de sua nova existência. Ele sabe que ela está aí em algum lugar, acompanhando seus movimentos, à espreita. Davi abre portas, chama, vasculha casas residenciais e comerciais, torna a chamar, fica atento a qualquer sinal que indique a presença recente de uma criança nas imediações. Não encontra nem mesmo um origami. Parece que o difícil exercício da paciência será seu primeiro teste como cavaleiro e guarda-costas e pai. A aventura exige resistência. As mãos na cintura, os pés um pouco afastados, do terraço de um prédio baixo Davi contempla as ruas desertas ao entardecer. Nem sinal da menina. Isso vai ser mais difícil do que eu pensava, ele resmunga.

Os arranhões e as mordidas ainda doem. Apesar dos ferimentos, a noite passada Davi dormiu mais de dez horas sem sobressaltos nem sonhos nem sustos, de um jeito que nunca conseguira dormir em toda a vida. A tela mental em branco ajudou bastante no repouso absoluto. A vastidão do fundo do mar e o silêncio líquido do esquecimento, enfim, o sono profundo sem qualquer desassossego foi o primeiro sinal de que sua paisagem interior, inconsciente, está se modificando. Pra melhor. Ao menos é nisso que ele quer acreditar enquanto anda até o sobrado da menina pela terceira vez hoje, talvez ela já esteja mais calma, menos refratária, disposta a conversar e a assumir seu papel sagrado na jornada de nosso herói. Porém antes mesmo de entrar na casa ele percebe que ela não está aí. Se estivesse, ah, se estivesse haveria música e toda a fachada resplandeceria. Fogos-fátuos dançariam na calçada. É assim que as coisas são nas lendas e nos mitos.

Não tem ninguém na sala e no quarto das miniaturas. Até os fantasmas foram embora. Davi sobe mais um lance de escada e pela primeira vez abre a porta do quarto do último andar. Impossível entrar nesse cômodo. Ele está abarrotado de roupas dobradas e empilhadas. Foi a menina. Durante sua andança pelas redondezas bem que Davi sentiu a falta dos costumeiros montinhos de roupas. A menina recolheu e guardou em casa praticamente todos os que foi encontrando. Comportamento sinistro. Isso vai ser mais difícil do que eu pensava, Davi resmunga novamente. Fora do sobrado já está escuro, mas os postes iluminam muito bem a rua e os poucos carros abandonados.

Os fantasmas das vias públicas também parecem ter ido embora. Nada mais assombra a cidade, exceto essa esperança difusa na santidade da menina. Esperança que seria achincalhada, ridicularizada, colocada numa camisa de força, se os puritanos e os pretensiosos ainda estivessem por aí. O lado bom de não existir mais pessoas no mundo é não ter que ficar escutando merda o tempo todo. Gente diplomada dando conselhos, ensinando sobre a vida, tentando persuadir a fazer isso e não aquilo. Um saco. Especialistas na arte de viver, dá pra acreditar? Com pós-graduação em sabedoria, bom senso e tudo mais.

Ao chegar ao hotel Davi encontra à sua espera uma singela provocação, uma pequena surpresa que traz de volta o bom humor.

Em cima do balcão azul da recepção, uma dobradura. Roaaar. Um tiranossauro rex minúsculo e verde, em pose ameaçadora bem na borda do balcão, a boquinha pronta pra morder quem passar por aí. Roooaaaaaar. Davi olha em volta mas não encontra uma trilha de origamis. A mensagem da dobradura é clara e objetiva: não se aproxime, eu sou violenta e mordo. É exatamente isso o que menina quer comunicar? Davi brinca com o bichinho e conclui outra coisa. Uma mensagem diferente subjaz à boquinha mordedora e à cauda pontuda, e essa mensagem secreta é: eu pareço violenta, mas sou delicada e frágil como um inocente dinossauro de papel. Davi, o último e mais gentil domador de feras, deixa o predador malvado em cima do balcão, vigiando a entrada do hotel, e segue para o quarto. Em seu espírito, a esperança cada vez mais refinada, cada vez mais serena, faça sol ou faça lua. Engraçado, parceiro... Notou que agora não o incomoda tanto a certeza de que a menina vai dar muito trabalho?

Quinquagésimo dia

Langor

Nos últimos dias foi feito pouco progresso com a menina. Ela ainda se mantém distante e arredia, quase invisível. Tentar chegar à sua consciência camuflada está sendo como andar por negros corredores de sonho e subir compridas escadas de vertigem. Muitas armadilhas foram espalhadas pelo local. É preciso ter paciência. Não dá para conquistar a confiança de um animalzinho assustado abrindo seu cérebro com a faca de manteiga. Não adianta jogar luz nas aranhas e nos medos. Não adianta procurar no interior gosmento a essência, o centro espiritual da criatura arisca. Guarda a faca. Não é assim que as coisas funcionam. A melhor maneira de atrair uma criança desgarrada é fingindo desinteresse.

Os presentinhos — as miniaturas e os CDs infantis que Davi encontra durante os passeios e deixa na porta do sobrado — também não estão surtindo efeito. Tampouco o celular que ele deixou no quarto da menina, bem visível em cima da cama. Ela quase nunca atende e quando atende não diz uma palavra. Chega desses expedientes. A borboleta, não esquece o ensinamento da borboleta. Como a felicidade, ela só vem pousar em nosso ombro quando a gente não tenta capturar a danada. Caramba, que pensamento profundo! Onde foi mesmo que você leu isso? Ah, sim: numa de suas campanhas pra vender sabão em pó.

Esquece os mimos, esquece o celular. Lembra apenas que a palavra é *paciência*.

Falar é fácil. Para não sofrer um surto de ansiedade, um curto-
-circuito nervoso, Davi segue alternando as tentativas infrutíferas
de contato com a menina com outras atividades menos ener-
vantes: passear de vespa, procurar comida, escutar música, ler um
pouco, assistir ao último canal de tevê ainda no ar, transar com
Graça, coisas assim. Não muito longe do hotel ele encontrou
uma videolocadora com uma coleção medíocre mas uma ótima
tevê. Bastou arrastar para lá um sofá da loja vizinha e o lugar
ficou perfeito. Em meio ao lixo industrial ele achou algumas
comédias de Woddy Allen. Não as suas prediletas, da década de
setenta, mas dão para o gasto.

Quando está lendo um livro ou ouvindo uma sonata ou assistindo a um filme há momentos em que Davi sente um profundo pesar pela falecida criatividade humana. É triste pensar
que em breve todo o patrimônio cultural desaparecerá do planeta. Sem a conservação necessária em poucos anos os documentos
de papel, as películas, as fitas magnéticas, os arquivos digitais, as
pinturas e as esculturas, tudo isso vai virar pó, igual aos edifícios
que abrigam os mais diferentes acervos. O calor e a umidade
vencerão no final. As bibliotecas, os museus e os shoppings não
foram feitos para durar. Não como as pirâmides e a grande muralha da China (que também sumirão em poucos milênios, esse é
um fato indiscutível). Mais triste ainda é pensar que neste exato
momento, enquanto o processo de deterioração segue seu curso
devorando a arte, a música e a literatura, Davi é o último leitor, o
último ouvinte, o último espectador de livros, composições eru-
ditas e populares, fotos, pinturas e filmes que jamais serão lidos,
ouvidos e vistos novamente.

Porém Davi sabe que esse sentimento de tristeza absoluta não
é novo. Ele costumava ficar regularmente de luto mesmo quando
havia pessoas em toda parte. De luto pela própria morte. Afinal
a desintegração de todos os monumentos da civilização não é
o que acontece também na morte da consciência? Depois do

último suspiro tudo desaparece. Desalento fúnebre. Sempre que pensava na própria morte Davi sentia essa tristeza pela perda dos livros lidos que não poderá reler e dos livros não lidos que não poderá ler. Pêsames. Condolências. Pelos filmes vistos que não poderá rever e pelos filmes não vistos que não poderá ver etc. A vida é mesmo ridícula. Uma comédia.

O dia está gorduroso e escorregadio. A preguiça é um nutriente de origem solar que encharca os ossos e os músculos roubando deles o vigor, expandindo as horas sonolentas. Os ossos, os músculos quentes. Adormecidos. Como reverter essa situação? O ar-condicionado está na outra parede, é só levantar e ligar, mas ai que preguiça... Deitado no sofá, chateado com a extinção de tudo o que é belo, quase cochilando enquanto o ondulante preto-e--branco de *Neblina e sombra*s enche a tela da tevê de plasma, Davi sente que está sendo observado. A menina está por perto, de olho nele. Rondando. Isso é um bom sinal.

O primeiro passo para o entendimento será descobrir seu nome. No início Davi ficou muito tentado a lhe dar um nome provisório ou um apelido, porém felizmente conseguiu resistir a esse impulso. Seria um supremo desrespeito, não? O velho costume institucional de nomear uma pessoa na hora de seu nascimento, às vezes bem antes, durante a gestação, nem sempre lhe pareceu legítimo. Lembra, parceiro? Essa tradição já pareceu a você bastante nefasta. Uma afronta. Quase um estupro. Ninguém deveria decidir por outra pessoa a palavra mágica — o majestoso substantivo — que irá designá-la a vida toda. Era assim que Davi pensava na juventude, muito afetado pelos transgressores radicais: Schopenhauer, Nietzsche e confraria. Depois foi deixando pra lá. Engordou. Casou. Acomodou-se. E nomeou os próprios filhos.

Quadragésimo terceiro dia

Repetição

A rodovia segue em linha reta. A vespa não segue em linha reta, isso seria impossível. É preciso desviar dos incansáveis obstáculos. Sempre acelerando, desacelerando, contornando. Tédio. Sonolência. Subitamente o déjà vu: Davi vê à sua frente um amontoado de seis carros pelo qual ele tem certeza de já ter passado antes em outro lugar. Os mesmos seis carros na mesmíssima disposição amassada. Ao se aproximar do amontoado a sensação de reconhecimento e estranhamento fica mais forte. Não é possível! Só pode ser brincadeira. Os mesmos carros, os mesmos modelos, as mesmas cores, a mesma disposição. Davi, o paranoico, dá uma boa olhada e segue em frente sem olhar pra trás. Mas nos quilômetros seguintes ele será torturado pela sua ideia fixa predileta. Pela certeza recorrente de estar vivendo uma farsa.

Um homem morto não sabe que está morto. Um homem num sonho não sabe que está sonhando. Um homem louco não sabe que é louco.

Qual a diferença entre a realidade real e a realidade imaginária?

Davi não sabe ao certo quando começou. Dois meses atrás? Um mês? Uma semana? Não adianta insistir, ele não sabe. Quando percebeu, a mania já estava aí, instalada em sua mente demente e cansada. O esquisito costume. O transtorno repetitivo. O estranho hábito de procurar na paisagem suas fissuras e rebarbas. Como se tudo ao seu redor não passasse de uma sucessão de cenários meticulosamente construídos apenas para iludir seus sentidos. Efeito colateral da cannabis, talvez. Mas Davi não acende um baseado há muito tempo. Não importa. A mania é insistente, involuntária. Se os raios do sol incidem de um jeito diferente sobre o teto de um ônibus tombado criando uma súbita ilusão de óptica — uma grosseira mudança na perspectiva ou na cor do teto — Davi vê nesse fenômeno um artifício sacana. Uma microfalha no cenário. Se durante uma tempestade um relâmpago brilha entre as nuvens mas em seguida não ecoa trovão algum Davi também vê nesse lapso outro defeito no cenário. Um descuido imperdoável dos cenógrafos. Ou do Grande Cenógrafo.

Mas não é sempre que ele tem essa sensação de inconsistência na paisagem. Conforme Davi avança em baixa velocidade, rodando distraído, coçando as pequenas queimaduras no braço, os novos elementos — postos de pedágio e de gasolina, torres de alta tensão, casas à beira da estrada — vão substituindo coerentemente os antigos. Sem falha. Perspectiva perfeita, timing perfeito. Então a pergunta de um milhão de dólares é: por quê? Sim, por que o Grande Cenógrafo está tendo esse trabalho todo apenas para manter a ilusão de realidade? O que é que Ele ganha com essa brincadeira infantil? Palhaçada. Esse Cara não existe, meu amigo. Cenário… A ideia é tão ridícula que Davi ri baixinho. Seria muito engraçado se existisse mesmo um Grande Cenógrafo encarregado do grande cenário. Seu trabalho idiota e sem graça seria acompanhar Davi pra cima e pra baixo colocando kafkianamente tudo no devido lugar: edifícios, carros, nuvens, estrelas etc.

E quando Davi não está olhando, o que acontece? Boa pergunta. Valendo outro milhão de dólares: para onde vão todas as coisas quando não estamos olhando pra elas? Será que continuam realmente lá onde estavam? Ou são guardadas numa grande caixa para serem usadas mais tarde? Agora há pouco Davi passou por um amontoado de seis carros pelo qual ele tem certeza de já ter passado antes em outros lugares. Os mesmos seis carros na mesmíssima disposição amassada. Como se, para economizar na execução do cenário, o mesmo amontoado unido com super-bonder, coladinho, coladinho, tivesse sido deslocado e reaproveitado. Paranoia? Cannabis demais no sangue? Davi tem certeza: era o mesmo amontoado de carros. Semanas atrás ele até tirou uma foto para o caso de a repetição voltar a acontecer.

Mas a câmera e a foto queimaram no incêndio de seu apartamento.

Sensação de inconsistência. As pequenas queimaduras no braço.

Um homem morto não sabe que está morto. Um homem num sonho não sabe que está sonhando. Um homem louco não sabe que é louco.

E você, Davi, o que sabe? Quem é você?

Um fantasma, um adormecido ou um esquizofrênico?

Mutação

Há momentos em que Graça se transforma. Não ocorre de um golpe só. Acontece aos poucos. Primeiro muda o nariz. Ou a boca. Depois muda a cintura. Em seguida os joelhos. Não chega a ser uma metamorfose espantosa como a da lagarta-borboleta. Seria exagero dizer isso. É mais uma simples mutação. De boneca com jeito de mulher a mulher com jeito de boneca. Então a silhueta de carne sintética ganha outra consistência, outra realidade. Os lábios ficam mais atraentes, mais juvenis, prometendo encrenca, pecado, mas sem arrependimento. O cabelo fica mais natural, os olhos faceiros passam a roubar toda a luz do ambiente. Essa transformação não depende da vontade de ninguém, ela é involuntária, só acontece e desacontece quando o acaso quer. Pode ser de madrugada. Ou depois do almoço. Ultimamente tem acontecido com relativa frequência. Então o sexo rola mais gostoso e Davi fica convencido de que escolheu o nome mais apropriado para sua nova namorada. Graça: favor, mercê, dádiva concedida pelos deuses. Não seria má ideia encontrar uma aliança para ela, seria?

Essa mutação tem suas vantagens mesmo quando Davi não está muito a fim de sexo. A solidão em excesso pode ser algo altamente destrutivo. A vida sempre fica mais leve quando a gente tem alguém pra conversar. Interlocução é da natureza humana, mesmo que o papo pareça insano, cacete, e os papos com Graça costumam ser no mínimo esquisitos. Deitados preguiçosamente há quase duas horas, bunda com bunda, o corpo começando a ficar dolorido de tanta cama, Davi conta sua história — o de sempre: onde nasceu, a juventude, o casamento etc. — e em seguida ouve a história de Graça: onde foi fabricada, de onde veio a matéria--prima de suas muitas partes, como foi costurada, colada e embalada, a rotina chata no sex shop, coisas assim, nos mínimos detalhes. Porém quando Davi conduz a conversa para outro assunto, para a menina de cabelo crespo do sobrado povoado de miniaturas, nessa hora a boneca inflável murcha, fica reticente, sem vontade de falar. Se ele insiste, ela finge que pegou no sono.

As investidas — dele — e a resistência — dela — até agora foram variações da seguinte situação:

Onde será que ela está?

(Graça não responde, ou responde apenas ajeitando o travesseiro.)

Há quanto tempo você conhece a menina?

(Graça coça a coxa e não diz nada.)

Responde, caramba!

Você devia deixar ela em paz.

Por que diz isso? Qual é o problema?

Ela é má.

Má?

(Graça continua coçando a coxa.)

Por que você disse que a menina é má? O que foi que ela fez de ruim?

Você devia deixar ela em paz. Só isso.

Fala de uma vez: qual é o problema?

Por que a gente não vai embora? Vamos pra outra cidade! Por que não?

Sem a menina? Nem pensar.

(Graça alisa uma mecha de cabelo.)

Ela maltratou você?

Deixa pra lá.

Ela ainda é só uma criança. Quantos anos ela tem? Dez, onze?

Uma criança assustada. Juro que eu não entendo tua birra. A gente tem que cuidar dela.

Pau no cu dela, isso sim.

Juro que eu não entendo tua raiva.

(Graça vira de lado e não diz nada.)

Ah, as mulheres. Não importa se de pele orgânica ou sintética... Fazia tempo que Davi não participava de uma boa e irritante altercação doméstica. Estava com saudade disso: um desentendimento infrutífero entre um macho e uma fêmea. Com Graça ele está conhecendo uma modalidade nova de discussão: em pequenos capítulos, com avanços e recuos, cada breve confronto acabando sempre em empate. Zero a zero ou um a um. Em pouco tempo a boneca já está ressonando. Como ela consegue? Forma enervante — mas admirável — de encerrar o assunto. Com Vivian era diferente: ela jamais deixava para amanhã o que podia ser dito hoje, por isso as brigas às vezes eram tão feias. Havia a prorrogação e a prorrogação da prorrogação. Ah, e as lágrimas! Era difícil lidar com elas. Vencido pelo cansaço, quem normalmente tentava virar de lado e dormir era Davi. Não conseguia. Era impossível com tanto barulho em volta. Quem poderia prever que semanas mais tarde ele sentiria falta dos longos monólogos chorosos da esposa? Está decidido: vai procurar uma aliança para Graça amanhã, sem falta.

Davi acorda com as ondas de calor atravessando o piso e o carpete, com o ar quente dando cambalhotas no quarto e enfrentando as ondas frias que saem do ar-condicionado. Leva as mãos aos olhos e espera um segundo até que os plugues do cérebro se conectem à tomada da mente. Tudo ainda está difuso, embrenhado nas sombras do sono. O mundo físico externo demora a fazer sentido no mundo mental, interno. De concreto apenas a boca seca e a sensação de sede. Nada o irrita mais do que uma surpresa desagradável logo ao acordar. Davi pega os óculos de cima do criado-mudo, senta na borda da cama e no momento em que a sola dos pés entra em contato com o carpete uma descarga térmica atravessa a pele, sobe até o tórax e dispara o alarme de incêndio dentro, bem dentro do peito. Davi leva um susto. Não. De novo não. Fogo! Ele calça os mocassins, dá dois pulos e escancara a cortina e a janela. A luz do dia invade o quarto, turvando a vista.

Graça acorda meio mole, meio pastosa, perguntando o que está acontecendo. Davi começa a enfiar seus poucos pertences na bolsa de couro e para apenas pra mostrar a fumaça do lado de fora, saindo muito provavelmente do quarto de baixo. Fogo?, a mulher resmunga sem qualquer entusiasmo, como se fosse só uma aporrinhação na hora da sesta. Davi ajeita no ombro a alça da bolsa, pega Graça pela mão e a arrasta para fora do quarto. A boneca até resiste um pouco, querendo vestir ao menos a calcinha e uma camiseta antes de sair, mas tudo o que ele permite é que ela calce os sapatos pra não queimar os pés. É assim, pelados, que os dois vão para o corredor. O piso e as paredes estão frios, isso é bom. Diferente do que aconteceu no prédio onde morava o elevador não está em chamas. Nem a portaria do hotel. Parado no meio da rua o casal vê a fumaça saindo apenas de uma janela. Justamente da janela de um quarto no terceiro andar, embaixo do quarto onde os dois estavam.

Graça está danada da vida, histérica. É azar demais. Um incêndio no exato hotel em que estão hospedados?! Porra! A cidade inteira deserta, com tanto lugar pra pegar fogo, lugar a dar com pau e logo no hotel onde estão? É muito azar. Xô ziquizira, sai urucubaca. Graça xinga, pragueja, passa fora cafifa. Davi não consegue entender uma palavra do que ela diz. Seus ouvidos estão tapados, como se ele tivesse acabado de sair de um avião. Já desligaram as turbinas? Rumor, rumor. Os ouvidos tontos, insensíveis ao burburinho frouxo, aos sons de origem indefinida. Mas Davi ainda está enxergando muito bem. Ele vê a boneca apontar qualquer coisa na direção do posto de gasolina. Sua audição volta nesse momento, simples assim, os ruídos exilados retornam com um ploque doloroso. Graça não para de repetir, foi ela, eu disse que ela é má, foi ela! Agora é o sol que parece estar incendiando o planeta. Má, má, má. Quem, onde? Davi faz sombra com a mão e consegue distinguir entre as várias silhuetas provocadas pelo mormaço a da menina de cabelo crespo parada ao lado da sua vespa. Não é uma miragem, mas também não parece real. Parece mais uma visão mística. Ou uma criatura de outro mundo apenas observando, estudando os humanos, indiferente à sua sorte. Uma exobióloga de Alfa Centauro, talvez. Tremeluzindo no rebuliço mole da energia solar. Registrando tudo com seu olho biônico.

A menina dá três passos na direção do hotel. É a primeira vez que ela se aproxima espontaneamente, sem ser procurada ou forçada. Isso é um bom sinal, um mau sinal? Davi observa o espanto em seu corpo, em seu rosto. As mãos nervosas se procurando, duas rugas bem acima das sobrancelhas, os lábios meio afastados. Espanto que fica maior quando ela desvia o olhar um pouco para a esquerda. Então o que era simples surpresa vira terror. A menina foge. Bom sinal, mau sinal? Davi procura nas imediações o que a teria assustado tanto. Esquadrinha o terreno. Não é fácil dar sentido ao emaranhado de volumes e reflexos, o sol continua produzindo fantasmas.

Ali. Fazendo onda nesse aquário gigante. Davi vê um homem magro com uma filmadora parado a poucos metros, entre manchas de vapor. Ilusão? Parece que não. Apesar do calor a pequena distância define bem sua imagem, seu volume, suas cores. Ele é real. E se tivesse que apostar no verdadeiro incendiário, entre a menina e esse estranho Davi arriscaria todas as fichas no estranho. Sua simples aparição não é deveras incriminadora? Esse é o advérbio certo: *deveras*. E há algo mais: a postura inadequada para a situação. Certo ar de contentamento. Quase de gáudio. Esse é o substantivo perfeito: *gáudio*. Ele não parece estar muito espantado, não tanto quanto estaria se fosse inocente. Parece... Satisfeito? É, satisfeito. Ele nem sequer está atento ao homem e à mulher pelados no meio da rua. Com um movimento dissimulado Davi enfia a mão na bolsa e toca a coronha do Taurus. O magrelo nem nota, ele está mais interessado na telinha da filmadora. Nela há algo tão divertido que ele não para de sorrir. Um filminho deveras engraçado. Davi puxa a arma da bolsa sem saber exatamente o que fazer com ela. Sensação desagradável, até parece que está segurando o pênis recém-amputado de um emasculado. O magrelo finalmente fala, sem tirar os olhos da filmadora:

Davi, meu caro, a cena saiu melhor do que a encomenda. Você tá perfeito! Pelado, arrastando uma boneca inflável.

(Davi faz mira no sujeito, que continua sorrindo para a telinha como se estivesse assistindo à melhor videocassetada da História. Terminada a diversão, somente agora o magrelo percebe o perigo.)

Opa, cuidado aí! Esse negócio é perigoso.

(Davi sente a boca amargar. Medo. Não é fácil ameaçar alguém na vida real, longe do cinema.)

O vídeo... Eu até mostraria a você, mas morro de medo de armas. Cadê teu espírito esportivo? Guarda o revólver, guarda.

Como sabe meu nome?

Você não lembra? A gente já conversou por telefone.

Você?!

Eeeuuu! Tá lembrado?!

Não pode ser...

Eu mesmo, cara!

Como me achou?

Aqui? Não foi tão difícil. Um estardalhaço. Seu rastro é fácil de seguir, você deixa muitas pistas. Demorei mais pra encontrar você em Sampa. Eu estava em Salvador e a distância não é pequena.

Louco desgraçado.

Cadê teu senso de humor, parceiro? Vira essa arma pra lá.

Você botou fogo no meu prédio, seu psicopata! Quase me queimou vivo. Duas vezes!

O jogo é esse, ora.

Jogo? Que jogo, seu merda?!

Cara, você tá ridículo: pelado, segurando uma arma e uma boneca inflável. Esfria a cabeça, fica calmo.

Põe essa filmadora no chão e vem até aqui.

Davi, você tá mudando as regras. Não é assim que a coisa funciona.

Põe essa bosta no chão, agora.

Tá bom, tá bom. Você manda. Eu pensei que você tinha espírito esportivo. Se soubesse, eu teria pegado bem mais pesado...

Agora!

(O magrelo desliga a filmadora. Brinquedinho travesso! Agora ela é só um robozinho de castigo em sua mão erguida. Mas o show ainda não acabou. O magrelo afasta os braços de modo exagerado, como se estivesse atuando num filme policial. Em seguida afasta os pés dentro do ar grosso feito água. Então começa a se abaixar lentamente, sempre de maneira teatral, para uma plateia invisível. Quando a filmadora está a poucos centímetros do chão, ele a segura firme, dá meia-volta e sai correndo. No susto Davi atira duas vezes. O estranho desaparece numa esquina ondulante prestes a ser dissolvida pelo calor e pela adrenalina.)

O incêndio avança sem muito entusiasmo, aborrecido com o burocrático trabalho de queimar, palmilhando e enegrecendo a fachada do hotel numa velocidade baixíssima. Quanto tempo as chamas demorarão pra saltar para o posto de gasolina e chegar aos reservatórios subterrâneos? Nesse ritmo décadas, talvez séculos. É o tédio natural das substâncias muito antigas obrigadas a realizar sempre a mesma monótona atividade. O sol vem convertendo átomos de hidrogênio em átomos de hélio há bilhões de anos e já está ficando de saco cheio de fazer só isso, sem descanso. Porém Davi já não está mais preocupado com a velocidade do incêndio ou o infortúnio do sol. Está mais aborrecido com o tremor das mãos e das pernas. Com a falta de firmeza ao atirar no magrelo. Ridículo, Davi! Mesmo depois de praticar tanto, o coice e o estampido do Taurus ainda desconcertam você. Que susto besta é esse, matador? Firmeza, homem. Firmeza. Rigidez muscular. Meu caro pistoleiro, olha as tuas pernas. Estão bambas. Um estampido bobo, um coicezinho de nada, aposto que você fechou os olhos e fez careta na hora de puxar o gatilho. Se continuar assim, no dia em que você quiser realmente executar alguém, ouve o meu conselho: será mais fácil apagar o sujeito a coronhadas.

J o g o

Foi o que ele disse, o jogo é esse. Então essa loucura demoníaca se resume a isso: um jogo sem juiz nem torcida? Uma molecagem, uma brincadeira doentia de uma mente demente? Um passatempo medonho de uma alma solitária, perversa, sádica, devassa, debiloide? É a isso que as últimas pessoas do planeta estão se dedicando? A perseguir, humilhar e filmar, como nos tempos infantilizados dos reality shows?

Sangue na calçada. Um pingo de exclamação sem o traço vertical. De um ser humano. Quer dizer que os erros acertaram, os dois? Não dá pra saber. Um pelo menos sim. Davi virou a esquina ondulante e sem querer encontrou a gota de sangue perto da sarjeta. Uma gota secando no pó pré-histórico. Sem querer. Ele quase não viu. Davi só queria ter certeza que o magrelo não estava escondido, vigiando. Não esperava encontrar uma gota de sangue secando na frigideira de cimento. Depois outra gota uns dois metros adiante, já no asfalto. Um pouco mais úmida do que a primeira. Gordurosa e escura como a sensação de culpa. Davi não queria ter acertado o cara. Não queria machucar ninguém, juro. Então por que não atirou para o alto? Na hora não pensou nisso. Então queria sim. Queria e não queria. Entrou em pânico e a arma decidiu pelos dois. Agora, sem um pronto-socorro com médicos e enfermeiros, qual será o desdobramento dessa merda? A cagada está feita — diarreia — e não dá nem pra limpar. É tapar o nariz e sair de perto.

O magrelo mereceu? É claro que mereceu. Lembra da aliança de Vivian perdida no primeiro incêndio? As fitas de VHS, as fotos da família? O apartamento-santuário? Os diários, as relíquias mais preciosas? O desgraçado destruiu tudo. Infâmia. Por isso ele merece sangrar devagar feito um conta-gotas humano. A trilha passa da rua para a outra calçada e entra num canteiro de obras abandonado, um pequeno labirinto com muitas quinas e sombras. Davi tenta enxergar através da pirâmide de areia, das paredes erguidas até a metade, da pilha de tijolos e da betoneira, mas não é fácil. Não sem a apropriada visão de raios X que ele, herói — mas não super-herói —, ainda não adquiriu. Melhor não entrar lá. É perigoso demais. Gotejando ou não, as quinas e as sombras estão do lado do magrelo. Acobertando. Cúmplices. Um animal ferido é sempre mais insolente.

Davi volta para o hotel que ainda queima mas sem grande rebuliço, movimentando sem alarde as massas de ar ascendente e descendente, formando ondas que se dispersam e se condensam. Difícil não ver beleza na combustão das estruturas arquitetônicas: apesar do tédio o hotel arde com harmonia. É a elegância do sexo domesticado. As preliminares são demoradas. Essa dança insinuante e maliciosa vai durar muito tempo. Graça está em segurança, escolhendo novas roupas numa loja a trezentos metros do incêndio. Davi dá partida na vespa, atravessa a névoa espessa e manobra até a loja. Não sabe onde deixou o capacete de ciclista. Precisa encontrar outro, ou um boné de aba larga. O momento de voltar a pegar a estrada chegou. Ferido ou não, o magrelo continua por perto. É preciso tirar Graça e a menina-santa da cidade. Urgentemente, vamos, vamos, sem demora. O assassino está perto. É preciso. Agora. Fugir agora mesmo, sem pestanejar. Salvar o próprio pescoço. Salvar o pescoço de Graça e o da menina iluminada. Como fará isso pilotando apenas uma vespa ele ainda não sabe.

Restos mortais

Um ano passa rápido. Um dia demora a passar. No dia de seu quinquagésimo quinto aniversário, três meses atrás, Davi foi pego por uma vertigem nova. Estava no táxi, indo da agência para casa, conversando com Vivian no celular, acertando os detalhes da comemoração num restaurante chique, quando de repente ficou sem oxigênio. Uma lufada de vácuo roubou sua voz e murchou seus pulmões. A pele do rosto e dos braços começou a ficar azul. Cinquenta e cinco anos. Onde foram parar? Davi foi tomado pelo pavor da perda. Um assalto, uma extorsão, um sequestro de bens. Cinco décadas e meia surrupiadas na calada da noite. Um ano passa rápido, cinquenta e cinco voam. Pouco tempo atrás ele brincava de forte Apache, autorama e Atari. O que aconteceu com o intervalo? Agora, circulando de vespa pela cidade — Graça na garupa —, a mesma pergunta começa a atormentar sua paciência. Onde foi parar a maior parte de sua vida?

Um ano passa rápido. Um dia demora a passar. Faz duas longas e modorrentas horas que os dois estão vasculhando sem sucesso as ruas da cidade. Nem sinal da menina. Já passaram no sobrado, na praça, na lanchonete, nos vários endereços mais frequentados por ela e nada. A santinha evaporou. Graça não está achando graça alguma nessa busca idiota. Pra que perder tempo?, ela repete, e essa expressão, *perder tempo*, dispara outra sorte de associações na amarrotada tela mental de Davi. Cinco décadas e meia perdidas, mas onde? Nos compartimentos da memória? No conjunto de experiências positivas e negativas, relevantes e irrelevantes, arquivadas num contêiner encalhado na fossa oceânica mais profunda, enferrujado e irrecuperável?

O crepúsculo demora a chegar. A noite demora a chegar. Davi está exausto, o dia foi extenuante. Graça, ao contrário, parece tão bem disposta e cheia de vitalidade quanto duas, cinco, dez horas atrás. É preciso reorganizar a vida. A essa altura Davi planejava já estar na estrada, bem longe do magrelo, mas o acaso e a menina-santa não quiseram assim. O plano precisa ser reformulado. O hotel continua queimando lá longe, do outro lado do bairro: a bola de luz cintila contra o fundo mal iluminado, mas cintila com tanta intensidade que provavelmente já envolveu o minimercado e o posto de gasolina. É preciso encontrar outro lugar para dormir. Um lugar seguro, à prova de invasão e incêndio.

Graça sugere se afastarem o máximo possível do terreno baldio onde o magrelo se escondeu. Davi a princípio gosta da ideia: ir para o outro extremo da cidade. Porém logo reconhece que se afastar do incendiário significa se afastar também da menina, que está correndo perigo tanto quanto eles. É melhor ficar por perto, ele diz. Graça fecha a cara. A vespa segue contornando os veículos espalhados pela rua até chegar a um paredão grafitado de ponta a ponta. Davi coça a virilha — a cueca nova está pinicando a pele —, vira à esquerda e passa na frente de um portão largo, de grades grossas. Através dele é possível ver os túmulos e os mausoléus do cemitério municipal. Graça pergunta se os restos mortais das pessoas ainda estão lá, embaixo da terra, intocados, e Davi confessa que nunca pensou nessa questão. Não sabe se os esqueletos e os cadáveres recentes também desapareceram ou se o fenômeno só atingiu os vivos.

Boa pergunta. O que será que aconteceu no subsolo? Se todas as ossadas do mundo, não só de seres humanos mas também de animais, tiverem desaparecido, isso seria bastante desanimador. Pareceria mais uma faxina biológica do que qualquer outra coisa.

Como se estivessem tentando limpar o planeta. O toque cômico dessa questão é a preocupação disparatada da boneca inflável com o destino dos pobres restos mortais da humanidade. Graça realmente está curiosa e ansiosa, ela quer muito saber se a integridade dos cemitérios foi preservada. Desapareceram ou não desapareceram os ossos dos contemporâneos, dos antigos, a carne petrificada das múmias, as unhas e o cabelo? Por que ela precisa saber isso, cacete?! Mistério dos mistérios. Vai ficar querendo. É óbvio que Davi não está nem um pouco a fim de trabalhar com uma pá. Não esta noite.

A vespa margeia o paredão do cemitério até o final, faz o contorno numa rotatória desenhada muito porcamente no asfalto e torna a passar em frente ao jardim de uma casinha miudinha, reduzidinha mesmo, de tijolo à vista branco, defendida por um gigantesco carvalho. O jardim é só um pedaço de terra devastada, sem grama nem flores, e o par casinha–carvalho lembra um desses casais inesperadamente bonitos, porque contrastantes, em que a mulher é pequena e o marido é enorme. Em certos casos a combinação fica mais interessante ainda. Por exemplo, quando a voz do grandalhão é fina e delicada e a da mulherzinha é grossa e firme. Ou quando o sobrenome do casal é Carvalho.

Davi estaciona na frente do portão, Graça desce e estica os braços e as pernas, depois gira a cabeça para a direita e para a esquerda. Alonga-se. Davi fica só observando. A boneca é jovem mas traz algo de milenar no rosto, no corpo, na alma, e essa antiguidade irradia mais luz do que o poste dentro do jardim, quase colado na casa. Graça é outro espanto, outro mistério insolúvel. Cada centímetro de seu corpo é apenas artifício, mas a natureza por simples bondade milagrosamente enfiou nele um pouco de pureza. Isso tornou a boneca mais humana do que muita gente. Ela é toda gratidão, porque abençoada. Ela brilha de modo perspicaz. Se neste mundo todos devem escolher um mito para viver, ou se permitir ser por ele escolhido, o mito do boneco que vira gente é o que Graça incorporou à perfeição. O mito de Pinóquio. Que ao se concretizar pode se transformar num sonho-lúcido assustador. Uma boneca autoconsciente, viva?! Brrr.

Davi procura uma pedra grande no jardim para arrombar a porta da frente. Porém logo vê que tamanho esforço não será necessário: a janela da sala está aberta. O peitoril é alto mas não impossível. Com a ajuda de sua fiel e apetitosa escudeira Davi pula a janela e acende a luz da sala. A casa toda está às escuras, diferente das casas vizinhas, que têm pelo menos uma lâmpada acesa. Em pouco tempo todos os cômodos são inspecionados, menos a cozinha, de onde vem um cheiro pestilento. Enxofre puro. Alguém deve ter cavado um túnel até os portões do inferno. Davi se aproxima com cautela, tapando o nariz, e fecha bem rápido a porta que liga o corredor à cozinha. Enquanto isso Graça vai para o quarto maior em busca de uma boa cama. A boneca está muito a fim de descansar — se possível, de desaparecer — depois de um dia tão besta. Ao entrar no quarto Davi a encontra já pelada, ocupando metade da cama de casal, em sono profundo. Tudo o que era sólido e perigoso se dissolveu no ar sossegado do inconsciente. Até mesmo essa facilidade para pegar no sono é algo espantoso, principalmente quando ainda há um maluco incendiário à solta. Agora desligada da realidade externa em pouco tempo a mulher volta a ser apenas uma sem graça boneca inflável. Davi deita a seu lado mas não consegue desligar a maquininha cerebral, que fica ruminando ideias paranoicas, tique-taque tique-taque. Ele sente que está precisando de um bom e relaxante banho.

Vinte minutos depois, de banho tomado, Davi para na frente do armarinho de alumínio e fica admirando no espelho embaçado seu corpo meio fora de foco, em forma de pera. Imagem desanimadora. Os espelhos jamais mentiram para ele. Semanas atrás, quando havia muitos homens em circulação, graças aos espelhos Davi sabia exatamente a que clube pertencia. Ele pertencia ao gênero de homens vagamente feiosos, nem altos nem baixos, gordinhos e inteligentes, quase carecas, que exerciam certa atração apenas sobre as mulheres medianas, nem feias nem bonitas. Se as feias olhavam pouco para ele, as maravilhosas olhavam menos ainda. Isso semanas atrás. Hoje a situação parece bem pior. Não estou falando só da papada, das olheiras e da miopia. Estou falando também das gengivas retraídas e dos dentes amarelados. Da bolsa de gordura embaixo de cada axila. Da barriga e das nádegas vencidas pela implacável força da gravidade. Das manchas nos braços, das costas curvadas e das pernas tortas, conquistas mais recentes, bastante de acordo com o estresse sofrido nos últimos tempos. Malditos espelhos. Imagem realmente lastimável, meu querido Davi. Hoje nem as feias nem as maravilhosas nem as mais ou menos bonitas, se ainda existirem, vão sequer pensar em lançar a mais breve olhadela pra você. Sorte sua que ainda existam bonecas infláveis.

Davi sai pelado do banheiro, acende um cigarro e vai até a sala. Abre a porta e fica admirando o gigantesco carvalho de dois mil anos ou mais, único sobrevivente vegetal das redondezas. Do chão até os primeiros galhos são só dois metros. A espessura do tronco também é mais ou menos essa. No ponto máximo sua copa é tão larga que faz sombra na casa toda, impedindo a visão dos astros. Cadê a lua, os planetas e as estrelas? Davi é obrigado a andar até o portão para poder admirar o céu noturno. Certos mistérios jamais serão satisfatoriamente explicados. A permanência dessa árvore milenar, quando noventa por cento da vegetação parece ter desaparecido, é um deles. A existência do cosmo é outro. São enigmas cujo campo gravitacional estraçalha tudo o que se aproxima demais. Pelo menos por enquanto. Davi fica admirando a faixa visível da Via Láctea e lembra que até cem anos atrás todas as pessoas cultas, incluindo os físicos e os astrônomos mais perspicazes — Galileu, Kepler, Newton etc. —, acreditavam que a Via Láctea era o universo inteiro. As pessoas simplesmente não imaginavam que pudesse haver outras galáxias além da nossa. Ou que o universo estivesse em expansão.

A cabeça das pessoas sempre foi um rebuliço. Talvez os pensamentos sejam só o dejeto de um tipo peculiar de vírus ou bactéria, um excremento intracraniano cujo único prazer é assassinar. No início de *2001: uma odisseia no espaço* o símio mais inteligente é o que logo aprende a manejar um fêmur-porrete para derrubar a caça e o inimigo. Por que a inteligência quer ser cada vez mais inteligente? Para matar com mais eficiência. A cabeça das pessoas nunca encontra a paz. No início o universo era um pontinho, no instante seguinte era imenso. Ninguém sabe o que aconteceu, ninguém sabe por que razão o pontinho explodiu, peidando estrelas e seres humanos. Para entender o que aconteceu é preciso uma teoria do todo — do micro e do macrocosmo juntos —, que ninguém conseguiu formular. Os últimos físicos teóricos tinham apenas partes da charada. Morreram na ignorância. Pobres-diabos infelizes. Que importância tem tudo isso: o início, o meio e o fim do pontinho? Besteira.

O silêncio da noite é irritante. Sem cigarras nem morcegos nas reentrâncias do carvalho. Mas o que mais irrita Davi é saber que dentro de cem anos a explicação para o mistério do desaparecimento das pessoas, dos animais e da vegetação talvez seja finalmente encontrada pelos filhos dos sobreviventes. O futuro iluminando o passado. A grande explicação. Finalmente encontrada. Pelo filho ou pelo neto da menina-santa, quem sabe. Se ela tiver um filho e um neto. Grande bosta! As peças do quebra-cabeça serão reunidas mas Davi já não estará mais aí para compartilhar da suprema descoberta. Verdade sombria: os sobreviventes conseguirão ver o quadro completo, Davi não. Loucura inútil, companheiro. A bagana flamejante voa longe. Melhor mudar o rumo da divagação. O cosmo e o futuro precisam ser deixados de lado. A vida está acontecendo aqui na Terra. Agora. Parado no portão Davi fica pensando se não devia pôr a vespa para dentro. Não seria nada inteligente se ela, estacionada bem em frente à casinha, sinalizasse ao magrelo o paradeiro do casal.

Graça aparece na porta da sala e pergunta se ele não vai para a cama. Davi reconhece a velha situação. Graça perguntou, você não vem pra cama, exatamente como as esposas costumavam fazer a altas horas, quando encontravam o marido ainda trabalhando no computador do escritório. Não há qualquer intenção libidinosa em sua voz, apenas preocupação genuína. Maravilhosas mulheres. A quietude do cemitério e do mundo passa a falsa impressão de que já é de madrugada, porém Davi sabe que ainda não devem ser nem nove horas. Saudade das cigarras e dos morcegos. Dos grilos. Se estivessem aí misturados com a noite, seria como na casa dos avós.

Do terceiro ou do quarto galho do carvalho certamente dá pra ver o incêndio que a esta altura já começa a reduzir a cinzas o minimercado e o posto de gasolina. Mas Davi está sem força até para subir em árvore. Mal conseguiu passar pela janela da sala! Que queimem em paz. Ele entra e vai para o quarto. Ao chegar lá Graça já está dormindo novamente. Impressionante, pensa. Antes de se acalmar e deitar ele esvazia a bolsa de couro em cima da cômoda. Está tudo aí: maço de cigarro, arma, duas caixas de munição, nécessaire, celular, dois álbuns de fotos, um pacote de batata-frita. A vespa continua estacionada na frente da casa. Davi sabe que precisa esconder o veículo. Mas primeiro abre o pacote de batata frita e enquanto mastiga faz mais uma tentativa com o celular. Só de farra. Como costumava fazer nos caça-níqueis de Las Vegas. Liga para o número do aparelho que deixou em cima da cama da menina. Depois de alguns toques alguém atende. Mas não diz nada. Bendita mudez. Davi entende que é a menina do outro lado. Isso o deixa bastante aliviado. Seu grande medo era que o magrelo atendesse.

Poder

Tudo escuro ainda. Madrugada profunda. Graça se aninha no peito de Davi. Sensação gostosa. Ele não conseguiu pegar no sono a noite toda, ela já dormiu e acordou muitas vezes. Davi puxa um pouco o travesseiro para cima e apoia o queixo no cocuruto cabeludo e cheiroso da mulher. Fecha os olhos, respira baixo quase sem respirar. Ergue as pálpebras. Sem o barulhinho bom de um ar--condicionado ou de um quarteto de cigarras fica difícil adormecer. Graça passa a mão no rosto áspero do companheiro, no rosto duro e crespo. Do fundo do sono ela murmura, por que a gente não vai embora logo, só nós dois? Davi aprisiona, cheira e beija a mão pequena que passeava pela sua pele precisando de um barbeador. A gente vai embora logo, eu prometo. A menina precisa ir com a gente, ela é importante: uma santa. Meu destino é proteger essa menina, minha sina. Eu prometo que vai dar tudo certo. Graça não diz nada, não reclama. Davi sabe que ela não gosta nem um pouco da menina, só não sabe por quê. A brisa sopra gostoso, sem pressa, e o som das folhas no alto do carvalho é um tipo muito especial de música. Ainda do fundo do sono Graça murmura, se esse é o teu destino então é o que você precisa fazer. A menina é muito má, de um jeito que você nem imagina, mas você é o homem mais forte que eu já conheci. Sina é sina. Também é abismo, charada, enigma, incógnita, segredo. A menina é má, mas o assunto é entre você e ela. Não vou atrapalhar. Destino é destino. Acredito na tua força, quando a menina tentar matar você eu sei que você vai dar conta dela. Eu não vou interferir, porque não vai ser necessário. Assistirei de longe. Nessa hora as paredes vão tremer e você vai experimentar uma grande vitória interior. Uma vitória demoníaca. Você é o homem mais forte que eu já conheci. Seu sopro é capaz de limpar as ruas, de remover o entulho. Sua fantasia é capaz de insuflar vida no que não é vivo, em mim. Você é meu homem, o mais forte que eu já conheci. Graça fica quieta e Davi está inteiro em chamas. Um sol acendeu dentro dele enquanto a mulher falava. Acendeu atrás de seus olhos, entre os tímpanos, e foi crescendo até ocupar o corpo todo. É verdade, eu sou um homem diferente, Davi pensa assustado, entusiasmado. Eu sou um homem diferente de todos os homens que eu conhecia. Só não sabia disso. Agora eu sei. Eles estão mortos, eu estou vivo. Sou um homem-deus com uma missão santificada. A menina é perigosa porque ela traz mil bombas atômicas dentro daquele corpinho: um poder jamais visto em pessoa alguma, capaz de devastar cidades inteiras. Ela não sabe que tem esse poder, por isso ela é tão perigosa. Só eu tenho o condão de domesticar a menina-santa, de salvá-la de si mesma. O condão, a habilidade, só eu. Até que ela cresça, amadureça e cumpra seu destino. Qual? Ninguém sabe. Mas será algo glorioso. Talvez envolva galáxias e vaticínios. Talvez envolva a terra que é fogo que é tempo que é terra. Talvez envolva outras coisas mais misteriosas. Neutrinos e matéria escura, por que não? Quando ela cumprir seu destino sagrado, isso significará que eu finalmente cumpri o meu.

Mordida

Pouco antes da alvorada Graça desperta novamente, preguiçosamente, e desliza a mão lânguida e sonolenta até o saco de Davi. Sem mudar de posição ou olhar o que está fazendo — não é preciso — ela acaricia as bolas, brinca com os pentelhos mais compridos, envolve o pau miúdo que começa a inchar na base da pança pesada, acaricia, brinca, ronrona. Davi nem sabia que estava dormindo, no fundo do sono mais fundo, quando sente a fisgada da excitação, suspira de lado e começa a nadar em direção à superfície. Uma perna despachada de mulher passa para o outro lado da pança. Enquanto Davi nada de volta da escuridão — eu sou um homem diferente — Graça vai se ajeitando em cima dele, beijando e mordendo seu pescoço, local que ela sempre gostou de morder, deixar marca. Os dentes se multiplicam em cima e embaixo, antes da mordida a língua passeia devagar no lugar exato em que os furadores vão cair. Incisivos. Caninos. A lua cheia ainda visível. Licantropia. Jardim das delícias: é cada dentada gostosa, molhada na medida certa, nem mais nem menos. Você é o homem mais forte que eu já conheci.

Aretê

Eles chegam acompanhados pelos primeiros raios de sol. Chegam fazendo muito alarde, mergulhados na luz magenta da aurora. São três, incluindo o magrelo. Vêm num ruidoso buldôzer todo sujo de barro, barbarizando com a lâmina de aço, empurrando para os lados os veículos que atravancam a rua. Davi escuta a barulheira a quadras de distância. Veste a bermuda, acorda Graça e pega o Taurus. O buldôzer entra na rua do cemitério fazendo uma curva muito aberta e hesitante. Claridade nos olhos. Uma garrafa de uísque vazia escapa e se espatifa no chão enquanto a esteira metálica resvala na carroceria de uma camionete tombada. Voam cacos de barro endurecido. O motorista perde momentaneamente o controle e a lâmina bate num poste, partindo-o ao meio. Davi ouve as gargalhadas. Devem estar bêbados. Melhor assim.

O buldôzer segue deslizando ora pela rua ora pela calçada, ralando no paredão grafitado, empurrando um amontoado de carros até o portão da casinha de tijolo aparente branco. Mais gargalhadas. O mostrengo para pouco antes de derrubar a vespa amarela e o portão. Um homem gordo desce do teto da cabine, pisa na tampa do motor e salta para a rua. Ele cai de mau jeito, quase torcendo o tornozelo, e xinga alto. Está mesmo bêbado. O motor continua roncando, a fumaça continua saindo do tubo de escape. Então o escavador instalado na traseira do veículo sobe um pouco e cai pesadamente, enterrando o dente no asfalto. Alguém puxou a alavanca errada. Risos. Palavrões. A lâmina trepida, de repente sobe e desce. Mais risos. Finalmente o motor silencia. Outro homem, tão gordo e tão embriagado quanto o primeiro, abre a porta e sai da cabine. O terceiro — o magrelo —, sóbrio e em pé no degrau de acesso à cabine, pula para a esteira e da esteira para o chão.

Os três se reúnem perto da vespa e começam a discutir. Davi percebe que o magrelo está com uma disfunção na perna esquerda. Ele não consegue dar um passo sem mancar. Por uns instantes a vespa se transforma no centro de gravidade das atenções, o amanhecer inteiro gira sereno ao seu redor. Davi sente a falta do binóculo. O magrelo é o que fala mais alto, ele está realmente zangado com os companheiros. A mancha escura em sua calça é sangue ou apenas graxa? Tudo indica que é sangue. Os dois gordos parecem irmãos gêmeos. Um está usando um boné, o outro não. O de boné, obedecendo a uma ordem do magrelo, volta para a cabine do buldôzer e traz de lá com dificuldade uma mochila grande e pesada. A manhã já não gravita mais a vespa, agora ela gira em torno de algo mais perigoso. Da mochila. O magrelo puxa de seu interior um lança-chamas portátil de fabricação alemã. Também com dificuldade ele passa os braços pelas alças que fixam nas suas costas os tanques cilíndricos. O gordo sem boné ajuda a travar bem as fivelas. Davi começa a sentir um pouco de medo. Graça não sente nada ou finge não sentir nada.

Pelo visto o jogo envolve o fogo. Quais são suas regras? Quem o criou? Pouco antes de ser baleado, quando o magrelo disse, o jogo é esse, ora, ele parecia mesmo surpreso por Davi não conhecer as regras. Por não saber de sua existência. O jogo é esse, ora. Cadê teu espírito esportivo? Talvez o espírito esportivo esteja nas reentrâncias do fogo. Ou da guerra. O que terá acontecido com a mulher do telefone? A primeira pessoa que Davi conseguiu contatar, o que aconteceu com ela? A coitada deve ter perdido a partida, com certeza. Qual o problema com um simples jogo de damas ou de xadrez? Um campeonato de pingue-pongue não seria muito mais saudável? Ou de pôquer? Para acender a chama orgânica, o tesão pela vida, enfim, para afugentar as sombras do luto absoluto, planetário — essa tristeza viscosa que consome a existência —, precisava mesmo ser algo tão radical quanto uma guerra de fogo?

Davi faz sinal para Graça: psiu, nada de gritinhos nem movimentos bruscos. A boneca entende o recado. Indicador encostado nos lábios: é preciso fazer silêncio total. O magrelo entra no jardim e se posiciona em frente à porta da casinha. Como chamava mesmo o sujeitinho absolutamente anônimo que, desejando fama a qualquer preço, incendiou o templo de Ártemis em Éfeso? Eratóstenes? Não. Heróstrato? O gordo de boné vem por trás do colega e abre o pequeno registro do regulador de pressão do tanque de gás comprimido, injetando combustível na haste do lança-chamas. O magrelo abre a válvula e pressiona o gatilho de ignição criando uma língua incandescente no bocal de saída. Está tudo pronto. Fama? Imortalidade? O templo de Ártemis em Éfeso era uma das sete maravilhas do mundo antigo. Ardeu e desapareceu. Essa é a missão e a mensagem da combustão: luz, calor e pó. O centro comercial de Roma queimou, os rolos de papiro da biblioteca de Alexandria foram queimados, o dirigível Hindemburg queimou estrepitosamente. Luz, calor e pó: essa é a sintaxe e a semântica das chamas. O gordo de boné se afasta rapidinho. O magrelo pressiona o gatilho que libera o combustível e um curto jato oleoso atinge a porta da sala. No disparo seguinte o jato já é de fogo.

Um menino travesso urinando na fachada da casa, é isso o que parece. O magrelo brinca com o jato de fogo como se mijasse num monumento histórico durante o passeio com o pessoal do colégio. O pau vai para um lado e para o outro desenhando curvas e hélices na parede, na calha, na janela, na porta. Enquanto o gordo sem boné fica só assistindo, os cotovelos apoiados na mureta que separa o jardim da calçada, o gordo com boné tira a filmadora da mochila e começa a registrar a traquinagem do colega. Gritos de incentivo, risadas psicóticas. O magrelo faz pose para a câmera. Fachada obedientemente em chamas, agora é preciso afastar um pouco para atingir todo o telhado. Desse jeito ele vai fugir fácil pelo quintal, o gordo sem boné grita. Corre pra lá, o magrelo ordena. Fugir ele pode, mas não vamos facilitar muito. O desgraçado atirou em mim. Medo, tá entendendo? Pânico. Quero que ele molhe a calça. O gordo sem boné vasculha a mochila, pega com jeitinho quatro coquetéis molotovs e contorna a casa. No quintal ele lembra que esqueceu o isqueiro. Volta correndo, pega o isqueiro e chispa para o quintal. Em cinco minutos a porta e os tijolos aparentes da parede dos fundos também estão ardendo. Ele fugiu por aí?, o magrelo grita. O gordo sem boné não tem certeza, a casa está bastante quieta e o velhote pode ter escapado pelos fundos antes do trio chegar. Para evitar complicação, na dúvida o gordo responde o que o magrelo gostaria de ouvir, não, por aqui ele ainda não passou. Depois fica matutando, sem ter certeza se era isso mesmo o que ele realmente gostaria de ouvir.

Quando existiam pessoas no mundo o magrelo ganhava a vida organizando excursões e safáris para a Etiópia e o Quênia. O ponto alto — perigoso e ilegal — das viagens eram as caçadas. As tardes na savana africana trituravam os nervos. Ficar cara a cara com um leão ou um elefante — a morte refletida na retina da fera — não é para os fracos. Que graça tem jogar se durante o jogo a vida não estiver minimamente em perigo? Emoções violentas não melhoram o sabor da comida, não aumentam o prazer de respirar? Umas rodadas de roleta-russa são divertidas por isso: a vida está sempre por um fio. O perigo espana a poeira de nossas glândulas, afina e purifica os fluidos corporais. Não há tristeza ou depressão que não desapareça diante de uma bomba-relógio, uh, ai meu Deus, o cronômetro escroto marcando seis, cinco, quatro, três... O leão em plena corrida, o elefante pateando e grunhindo, ah, o fulano tem que ser muito macho pra não desviar o olhar.

Mijada transversal, mijada circular. O combustível dos cilindros chega ao fim. O magrelo solta as fivelas, liberta os braços das alças e deixa o lança-chamas cair na calçada. O fogo e a coluna de fumaça se inclinam ao sabor da brisa, ameaçando o carvalho e o poste de energia elétrica ao lado da casa, porém sem conseguir alcançá-los, chegando muito perto mas sem relar — milagre —, só ameaçando. Luz demais, pó demais, não dá pra distinguir os detalhes de quase nada. Um rumor de desabamento põe a manhã de sobreaviso. Luz demais, pó demais, não dá pra ver direito o que houve. Parte do telhado deve ter afundado ou explodido, libertando uma bolha quente e seca. Ondas num oceano de vapor: alta temperatura, queixume da brasa. Crepitação. A fumaça negra no centro e cinzenta nas bordas.

O gordo de boné para de filmar, está com o braço cansado. Cadê o cara?, ele pergunta. O magrelo claudica pra lá e pra cá, coça a cabeça, também quer saber cadê o cara, então grita para o companheiro que espera no quintal, ele apareceu aí? Sentado num caixote o gordo sem boné responde que não. Isso deixa o magrelo realmente desapontado. O jogo não é matar, é só assustar, fazer o adversário borrar a cueca. Agora é tarde, o gordo de boné lamenta. Está tudo perdido. A fumaça, o calor. Se ele ainda estiver na casa não vai conseguir sair. Já deve estar morto. O magrelo fecha a mão e soca o vazio, merda, porra, grande bosta. A perna ferida agora dói mais do que antes, ele está realmente irritado. O jogo não é matar, é só assustar, caralho.

Davi e Graça acompanham a cena em silêncio. Isso mesmo, vocês passaram do limite e agora nós estamos mortos. Peguem sua tralha, vão embora e deixem a gente em paz. Uma poeira impalpável de partículas de fogo e fumaça cobre o entorno da casa, porém através da névoa fina é possível acompanhar os movimentos do trio de incendiários. Os dois gordos estão com sede, querem ir embora, já o magrelo não sabe bem o que quer. A fumaceira e a oscilação da temperatura provocam uma pequena queda na atividade mental, afetando um pouco a atenção e a percepção da realidade. Davi não quer tossir, não pode tossir. Ele enxuga uma lágrima no dorso da mão, em seguida corta a névoa ao meio tentando proteger os olhos contra a ardência. Tudo parece macio. Fofo como uma almofada. A gente precisa encontrar o corpo, o magrelo diz. Pra ter certeza, entendem? Os dois gordos resmungam qualquer coisa, então o de boné sugere, vamos embora, a gente volta amanhã e procura no entulho.

Façam isso: voltem amanhã. Davi relaxa um pouco já antecipando o sucesso de seu plano. Tanto tempo numa posição tão desconfortável, as costas e as panturrilhas já estão doendo. É nessa hora que o gordo de boné gira o corpanzil e seu olhar encontra algo inesperado, um detalhe colorido que aparentemente está modificando o cenário cinza. Ele pergunta ao magrelo, quem é ela? Davi muda um pouco de posição e vê a menina-santa parada ao lado da vespa, atenta ao incêndio. Ela está usando o mesmo vestido vermelho que usava na primeira vez que se encontraram. É verdade, a cabeça das pessoas sempre foi um rebuliço. Talvez os pensamentos sejam só o dejeto de um tipo peculiar de vírus ou bactéria, um excremento intracraniano cujo único prazer é assassinar. Davi sabe que nada de bom resultará do encontro da menina com o magrelo e sua gangue. Sua imaginação já antecipa a cena mais bestial: estupro, tortura, morte.

É preciso proteger a santinha. Esse é o seu destino, Davi, o seu trabalho. Aretê. Honra. A virtude maior do samurai. Do cavaleiro medieval. Por que os eclipses solares não ocorrem quando a gente mais precisa? Esta seria uma ótima hora pra um eclipse. A lua salvaria a situação simplesmente se arrastando para a frente do sol. Sem devaneio, Davi! Vamos, homem, faz o que tem que ser feito. Pou! O primeiro disparo perfura o osso parietal do gordo sem boné. Um disparo hesitante, muito inseguro. A bala entra mas não sai do outro lado. Fica alojada no cérebro. Davi fez mira no peito e errou, a mão tremeu um pouco. Errou acertando. O alvo desaba molemente como se todo o seu esqueleto tivesse virado manteiga. É preciso proteger a santinha. Esse é o seu destino, Davi, o seu trabalho. Aretê. Honra.

O gordo de boné pergunta, o que foi isso? Olha para o irmão caído, olha para o magrelo, procura em volta. Alguém atirou nele, o magrelo deduz ao ver o sangue escorrendo. Já até sabe quem foi que atirou. Pou! O segundo disparo acerta o chão cavando um buraco fundo e lançando para o alto um torrão farelento. Pou! O terceiro vem logo em seguida e esse sim atinge o peito do gordo de boné. Davi novamente errou acertando: mirou no magrelo e derrubou o vizinho. Um eclipse teria resolvido tudo quase sem violência. Seria mais fácil fugir ou se esconder nas sombras bruxuleantes do incêndio. Um eclipse ou se o tempo parasse, como nos filmes. O tempo pararia e apenas Davi, Graça e a menina continuariam se movendo. Fácil, fácil. Não haveria ontem nem amanhã. O gordo perde o boné e a filmadora mas não morre instantaneamente. Fica tremelicando durante uns segundos, balbuciando, puxando o ar e cuspindo sangue. O tiro deve ter atravessado um pulmão. É nessa fração de minuto que o magrelo descobre que o atirador está num dos galhos do carvalho.

Graça, atrás das folhas, sentadinha num travesseiro, está com muito medo. É a primeira vez que passa a noite numa árvore, também é a primeira vez que testemunha um assassinato. Um não, dois. Seu rosto, à luz avermelhada do incêndio, é tão delicado, tão vulnerável, tão distante quanto o rosto de uma jovem princesa bastante preocupada, mas calada. Pou! O quarto disparo se perde na névoa de algodão que volta a escorregar baixinho na direção da calçada. O magrelo foge mancando para trás da mureta. Pou, pou! Os dois últimos disparos arrancam pedaços dos tijolo indefesos. Davi se atrapalha um pouco ao tentar recarregar o tambor, o cano quente encosta na palma de sua mão, a pele arde. Indiferentes à queimadura apenas a seiva nas artérias do carvalho, a clorofila nas folhas. O magrelo aproveita essa folga para pegar um coquetel molotov na mochila. O verão zumbe por todos os lados, zune, sibila, e antes que Davi consiga disparar novamente a garrafa se espatifa perto de sua perna e a gasolina encharca o edredom acomodado na cavidade formada pelos galhos.

A menina-santa parada ao lado da vespa não entende muito bem o que está acontecendo. Não está nem aí para os mortos. Está mais fascinada com o fogo que devora a casinha. Ao lado do grande incêndio, escondido no carvalho, Davi briga com o edredom em chamas, tentando empurrá-lo para longe. O edredom rola e finalmente cai, porém tarde demais: Graça foi tocada por uma doença mais traiçoeira do que o câncer. O fogo já subiu em suas pernas e agora está chegando ao abdome. Apesar disso a boneca não protesta nem grita, talvez porque não esteja sentindo dor alguma. Está é curiosa. Por que o fogo é assim? O que tem dentro dele? Às vezes ele parece tão calmo, tão pacífico. Mas por dentro ele é só poder e destruição. As chamas estão sempre escondendo alguma coisa, igual às pessoas. Então, se você quiser mesmo descobrir seu segredo, é preciso se aproximar, olhar dentro delas. Se deixar queimar. É isso: pra descobrir a verdade do fogo é preciso queimar juntinho com ele. É preciso acender e vibrar na mesma frequência.

Enquanto Davi tenta asfixiar as labaredas com as próprias mãos o corpo de Graça vai perdendo a consistência e a vivacidade. O ar escapa de suas pernas, de sua virilha, de seu peito, de mil pequenas feridas que vão surgindo na carne sintética. A boneca não reage ao bacilo da peste vermelha, fica apenas admirando as mãos radiantes, intrigada com as fadas quentes e intensas que passeiam pelos dedos. Por que o fogo é assim, tão bonito, tão inocente? Graça está em estado de êxtase. Seu cabelo se contorce. Os olhos e o nariz começam a derreter, shhh, shhhhhh. O corpo todo despenca do galho — um meteorito, uma tocha —, bate e termina de queimar no chão. Davi, as mãos cheias de bolhas, não tem força sequer para gritar.

Descida

Primeiro a aliança de Vivian.

Agora Graça.

Igual a um mestre enxadrista que vai estrategicamente capturando as peças do adversário — torre demolida, rainha assassinada — o magrelo tem a apurada habilidade de arrancar de Davi seus bens mais preciosos.

Isso é divertido? Isso dá sentido à vida?

Qual será o próximo lance?

A casa queima e o pesado tapete de fumaça — vinte centímetros da névoa mais elástica — envolveu a vespa e as pernas da menina, e já chegou à rua. Os restos mortais da boneca também foram totalmente cobertos pela crosta branca.

Davi olha pra baixo e é paralisado pela vertigem. Acrofobia: medo mórbido de altura. Descer do carvalho vai ser muito mais complicado do que foi subir. Ainda mais com a palma das mãos queimada. Os galhos que antes pareciam tão próximos uns dos outros, formando uma boa escada, de repente se afastaram. Devia ter trazido um lençol ou uma corda. Se ainda tivesse o edredom poderia estripá-lo e fazer uma teresa com os trapos. Pensar demais também pode ser perigoso. É preciso pensar de menos, não se distrair pra não escorregar. Circunstância muito apropriada para quebrar o pescoço. Até os galhos parecem desanimados, com medo. Davi guarda suas coisas na mochila e a deixa cair, ela bate no chão abrindo uma clareira na névoa.

O pé direito desce procurando um apoio, a sola descalça roça umas folhas pontudas, cócegas, a pança raspa na casca seca, ardor, o pé direito fica solto no espaço, a pança raspa mais um pouco, os cotovelos sustentam todo o peso quando a perna esquerda escorrega e também fica solta no vazio, Davi está pendurado, grunhidos, o pé direito finalmente encontra um galho, mais grunhidos, raiva, o antebraço esquerdo raspa na casca seca, ardor, os dois pés agora estão firmes no galho, suspiro, a palma das mãos toca de leve o tronco rugoso apenas para manter o equilíbrio do corpo, novos grunhidos, respiração difícil, Davi olha pra baixo, flexiona devagar os joelhos e senta no galho, o sol atravessa a folhagem, pausa ofegante, hora de limpar o suor das pálpebras e da papada e começar tudo de novo. Ainda faltam dois galhos.

Em terra firme Davi avalia a situação. Seu plano de passar despercebido falhou e o confronto que ele tanto queria evitar aconteceu. Tragédia. Da boneca não restou nada de reconhecível, somente uma pele grossa e negra com uns pontos líquidos. Um torresmo grande e sem sabor. Os outros corpos continuam caídos no jardim e o buldôzer permanece na frente do portão. Momento fúnebre. Com um pouco de sorte deve haver duas covas abertas no cemitério em frente. Melhor que sejam três, uma também para Graça. Principalmente pra ela, sua companheira. Três covas, não duas. Com um pouco de sorte Davi só vai ter o trabalho de arrebentar o portão, levar os mortos pra lá e jogar a terra por cima.

Qual o saldo positivo desse morticínio?

Bem, a menina não fugiu. Catatônica, continua aí paradinha, atenta ao vermelho intolerante do fogo. Sua permanência no campo de batalha pode ser considerada um prêmio?

O magrelo, esse desapareceu. Mas deixou pra trás a mochila, a filmadora e o lança-chamas.

O cemitério e as três covas abertas continuam lá, inacessíveis. Davi desmaia antes mesmo de tentar sair do jardim.

Alomorfia no sofá

O primeiro choro é curto, entrecortado por soluços baixos. O segundo demora um pouco mais e de repente para. O intervalo entre o segundo e o terceiro é menor do que o intervalo entre o primeiro e o segundo, e o choro vai se alongando, contínuo, dilacerado. Graça, morta, é um buraco no tecido da realidade. Um buraco negro capaz de sugar tudo o que tem valor, até esse artigo quase sem serventia nos dias de hoje: o afeto. Tudo. O afeto, o amor, as lágrimas maiores e as menores, os gritos decentes e os indecentes. Davi, agora seco, não tem ânimo pra sair do sofá. Que casa é esta? Como conseguiu chegar aqui? Sem fome ou sede. Mas não consegue respirar, é impossível. Comprimido no couro negro pela força da gravidade, uma almofada apoiando a cabeça, Davi está exaurido física e emocionalmente. Tristeza e frouxidão. A porta da sala continua aberta e ele não tem forças pra levantar e fechar. Apesar do calor, a sensação é de frio. O inferno é feito de gelo, Davi pensa. Apesar da luz do sol grudando na pele como lã quente e úmida, ele não consegue ver nada na escuridão. De seus poros brota um óleo semitransparente que logo resseca e endurece, e um casulo começa a envolver seu corpo. Uma metamorfose? O metabolismo vai desacelerando. Uma corrente de ar quente entra pela porta aberta e circula pela casa, escapando pela janela do quarto. Tudo bem, o calor é geladinho. Ficar deitada e quieta é tudo o que sua carne à beira da morte consegue fazer. O casulo está quase pronto. Você é agora uma múmia de dez mil anos. Um homem desconcentrado e apagado, com dificuldade para inflar os pulmões. Talvez com febre alta. Porém nem disso você tem certeza, meu amigo. Não quer dormir mas não consegue evitar. Os pesadelos o apavoram: Graça sorrindo, viva. Graça beijando, abraçando. Um incêndio. Davi acorda em prantos. Tudo o que mais quer é ficar na posição fetal, sem precisar falar nem se mexer. Invisível. Cego e invisível: sem ver e sem ser visto. Se o magrelo chegasse agora ele poderia queimar a casa toda que você não moveria um dedo. Porque dentro do casulo não há mais dedos. Nem língua. Nem ossos. Só teu coração continua intacto, Davi. E em volta dele há somente uma pasta fedorenta em transformação: carne moída palpitando, pulsando cada vez mais rápido. Mas o magrelo não vai chegar. Não hoje. Fica sossegado aí no teu cantinho, gladiador. É hora do intervalo — todo jogo precisa de uma pausa — e ele também tem feridas pra lamber. A corrente de ar quente circula pela casa. Circula, melada. Acariciando os montinhos de roupa, as cortinas e os enfeites. Doce, muito doce. Acariciando as pregas do vestido vermelho da menina que não tira os olhos do casulo. Vigiando e protegendo. Sentada na poltrona ao lado do sofá faz horas que ela apenas espera. O cabelo crespo inclinando para a frente. Para trás. Os dedos magros dobrando um gato ou um tsuru. Antes de vir fazer companhia ao moribundo a menina ficou mexendo nas tralhas todas. Fuçou a bolsa de couro, a arma e o álbum de fotos. Fuçou o lança-chamas e a filmadora. E viu as gravações feitas pelo magrelo. E o que ela viu foi tão detestável, tão abjeto, que a filmadora já estava totalmente destroçada bem antes de sua raiva vermelha e crespa atingir o grau máximo.

Quinquagésimo quarto dia

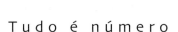

Tudo é número

O mundo interno e o mundo externo: que outro animal é obrigado a lidar com dois mundos? Quando estão em conflito, brigando pelo domínio do corpo, tudo fica confuso, insano. Contra a vontade do verão, do céu, do deserto extremo, de Davi, contra a vontade da razão e do bom-senso o jogo continua por mais alguns dias. Não há apostadores nem troféu para o vencedor, mesmo assim o jogo infame continua. A vida virou uma fábula, um mito antigo. Correr, fugir. De quem? Não de um pobre psicopata, mas do próprio minotauro. De um ciclope. Nessa jornada uma simples colher pode ser um talismã, uma sombra sem graça pode ser um vulto assassino saído das funduras do Hades. É o mundo interno dominando o externo. A menina-santa continua sentindo que em suas veias e artérias o sangue arde. O sangue: uma chama vermelha que vai cozinhando as inquietações pra dentro e pra fora do coração. Pitágoras certa vez declarou, o princípio de tudo o que existe é o número. Para o místico matemático da ilha de Samos o fogo é feito de vinte e quatro triângulos retângulos rodeados por quatro triângulos equiláteros, que por sua vez são formados por seis triângulos de variados tipos. Magia rigorosa. A menina está intrigada com o desenrolar das coisas. Tudo parece queimar geometricamente. As ruas, as miniaturas no quarto do sobrado. Adeus bonequinhos, adeus gente miúda. Davi e a menina finalmente saem da cidade. Mesmo ferido o magrelo vai atrás.

O que mais podia fazer? A perna baleada logo vai gangrenar e não haverá ninguém para amputá-la. Melhor morrer se divertindo, jogando. A menina, na garupa da vespa, agarrada ao bravo cavaleiro, só consegue enxergar várias vezes a cena trágica da boneca queimando. Arde na sua cabecinha inocente a exata questão que ardeu na cabeça em êxtase da boneca na hora da morte. Por que o fogo é assim? O que tem dentro dele? Às vezes ele parece tão calmo, tão pacífico. Mas por dentro ele é só poder e destruição. As chamas estão sempre escondendo alguma coisa, igual às pessoas. Então, se você quiser mesmo descobrir seu segredo, é preciso se aproximar, olhar dentro delas. Se deixar queimar. É isso: pra descobrir a verdade do fogo é preciso queimar juntinho com ele. É preciso acender e vibrar na mesma frequência. Davi dirige pela rodovia em direção ao litoral. O interior do estado não interessa mais, adeus. As coisas mudaram, seu propósito agora é outro. Ele está convencido de que a menina ficará melhor perto do oceano. Bem melhor do que ficaria perto das montanhas. O poder da terra é grande, assim como o poder do ar, porém Davi está certo de que é necessário equilibrar a força do fogo com a da água. A menina, como os elementos da natureza, não ama nem odeia nada, não é uma criança de verdade. Por isso ela parece tão inatingível, tão exposta ao perigo. Por isso ela é tão bela e atraente. A vespa segue ora a trinta ora a vinte ora a dez quilômetros por hora. Pitágoras supunha que tudo o que existe é composto de formas geométricas, não de substâncias. Davi dirige pela rodovia em direção ao Atlântico, devaneando sobre o fogo e a menina, intuindo correspondências e analogias embaraçadas, subjetivas demais, cordas, supercordas, todas muito acima de sua finita capacidade de compreensão.

Stultifera navis

Aconteceu, Davi. Você foi enterrado vivo. Como uma semente fertilizada. Teu corpo foi depositado na terra amorosa e a casca se rompeu. Então a mágica teve início: a semente-casulo germinou. No escuro da matéria terrestre — tuba uterina? — teu espírito dobrou de tamanho feito o óvulo fecundado de uma fêmea em êxtase. As células foram se multiplicando, quatro, oito, dezesseis. Um vegetal-animal em busca de mais oxigênio. Teu ramo-braço atravessou a camada de barro e chegou à superfície. Sol. Muito sol. Umidade. Uma folha. Várias. Um tronco em expansão. Muitos galhos, dedos. Teu espírito continuou dobrando de tamanho até ficar maior do que o carvalho da casinha de tijolo aparente. Agora você é grande, Davi. Imenso. Renovado. O único dono de seu destino. O maior herói que o mundo jamais viu. O mais louco de todos os loucos que já babaram e ganiram no Ocidente e no Oriente.

Davi, Wonderland é aqui. Pelo menos é no que você acredita. Mas você não é o único, outros também já acreditaram. Lembra daquele sujeito chamado Alonso Quijada, ou Quesada, que depois preferiu se chamar Quixote? Daquele velhote magrelo, sabe, que era tão apaixonado por romances de cavalaria que acabou endoidando? Tá lembrado? Você é ele, Davi. Tua cabeça está inundada de fantasia. Você não leu a novela de Cervantes. Também nunca apreciou romances de cavalaria. Porém a imaginação delirante dos Quixotes modernos não foi modelada pela literatura, ela foi modelada pelo cinema. Você viu muito filme policial, muito filme de mistério, suspense e ficção científica. O gênero fantástico ainda hoje não é o seu predileto? Antes de acompanhar tua jornada, Davi, eu acompanhei a de muitas outras pessoas no mundo todo. Esse sempre foi o meu trabalho: testemunhar a aventura dos seres vivos. Sou a voz que fala pelos que não podem ou não querem falar. Antes de narrar tua história, meu amigo, eu narrei a de milhares de outros heróis dos cinco continentes, desde o início dos tempos. Eu falei *outras pessoas*? Perdão. Há muitos tipos de herói. Não conheci milhares, conheci milhões. Vegetais, animais e humanos. Mas nos últimos séculos acabei me especializando num só tipo. Das muitas espécies de herói eu acabei me especializando na mais numerosa: a do herói quixotesco.

Idealistas, Davi. Idealistas e sonhadores. É assim que vocês são. Todos sofreram um trauma violento em determinado ponto da vida. Todos viram o mundo ficar de cabeça pra baixo. Então quando teve início a sacralização do cotidiano — de repente, em plena era da matéria e da tecnologia, um espírito mágico passou a habitar todas as coisas animadas e inanimadas — uns Quixotes foram parar no manicômio. Outros fundaram uma nova religião. Ou iniciaram uma guerra fratricida. Esses eram muito chatos, eu não os suportava. Gosto mesmo é dos que vestem uma armadura e juram defender os indefesos. Como aquele Alonso Quijano. Ou Quejana. Como você, meu bravo guarda-costas. Todos aqueles filmes de que você gostava tanto, cults ou comerciais, são a luz branca que seus olhos loucos — prismas encantados — decompõem num arco-íris de mitos e lendas. De quimeras contemporâneas.

Há momentos — como agora, rodando na rodovia atulhada sob o sol impiedoso — em que você percebe o absurdo da situação e começa a rir de si mesmo. Você acorda subitamente para a realidade dos realistas (os caras pragmáticos, racionais e objetivos).

O mundo muda de figura, como aconteceu com aquele pobre Quijano que, no final da vida, depois de sofrer todo tipo de humilhação, acordou de seu sonho, renegou os romances de cavalaria de que tanto gostava, agradeceu aos céus por ter finalmente despertado da loucura e morreu em paz. Um momento de lucidez após muitos de insanidade. Rodando a vinte quilômetros por hora, a menina-santa obedientemente colada às suas costas, você, Davi, acha muita graça em tudo isso: um homem gordo, careca, cansado e cheio de fobias, enfim, um sujeito que mal dá conta de cuidar de si mesmo cuidando de uma criança problemática, meio desequilibrada, que não fala nem gosta de tomar banho.

Você ri um pouco, baixinho, mais pra dentro do que pra fora, mas logo reconhece que num planeta desabitado o conceito de sanidade é algo bastante maleável. Até mesmo quando o planeta era irresponsavelmente povoado esse conceito costumava ser forçado a uma flexibilidade constrangedora. A sanidade é uma espécie muito particular de insanidade. Duas décadas trabalhando na agência-hospício fizeram Davi aceitar essa verdade: a saúde mental é só um tipo diferente de maluquice organizada. Gastando seu tempo em campanhas políticas ou institucionais ou comerciais pra lá de dissimuladas, cercado de executivos e marqueteiros e redatores e diretores de arte pra lá de sacanas, ele nunca deixou de enxergar nesse carrossel doentio qualquer coisa de absurdo e diabólico. Muita energia vital foi perdida, muita libido foi desperdiçada numa atividade tão grosseira, tão feroz. Dez, doze horas diárias investidas na manipulação da opinião pública e dos consumidores. Ganância e hipocrisia. Muito tesão jogado fora. Sua agência era uma pequena nau de insensatos navegando ao lado de outras muito maiores num oceano de cobiça e usura.

Lembra de Polônio, na peça de Shakespeare? Lembra do que ele disse na cena dois do ato dois? Pobre ignorante, ele. Não percebeu a verdade. Quando Polônio vira o rosto e sussurra para a plateia que há método na loucura de Hamlet, será possível que ele não desconfie que sua própria lucidez ingênua é só mais um tipo de loucura metódica? São pensamentos assim que vão convencendo você, Davi, do absurdo que era acreditar no poder civilizador da razão. Cambada de desvairados, os racionalistas. Acreditar na razão pura, na Razão com inicial maiúscula, que grande idiotice. Havia muito método racionalista na Guerra do Iraque. No conflito entre os judeus e os árabes da Palestina. Muita técnica, muita lógica. Os assassinos seriais costumavam planejar com metódica frieza suas ações. A súcia de Hitler e Stálin também. Na hora de aterrorizar, devastar e massacrar, seus cálculos eram precisos como os de um físico de partículas. Hiroshima e Nagasaki, quanta técnica. A razão pura é ouro de tolo. A razão sempre foi impura, sempre foi refém dos instintos. Da vontade de dominação. Que legitimidade os tecnocratas da sanidade tinham para sufocar o delírio criativo? Desmoralizar a magia, a fantasia libertadora? Que autoridade? Grandíssimos filhos da puta.

Aconteceu, Davi. Você foi enterrado vivo. Como uma semente fertilizada. Ninguém sai o mesmo de uma experiência dessas. Sua nova essência germinou e está dando flores e frutos. Você renasceu na forma pouco tupiniquim de um dragão delicado mas implacável. É preciso proteger a menina custe o que custar. O magrelo continua seguindo vocês, como ele consegue isso? Só pode ser graças ao pó. Ele deve estar soltando talco pelos ouvidos. A menina quebrou a filmadora e você reduziu a cacos o lança-chamas. O magrelo não está mais nem aí para o jogo, ele agora quer vingança. Apesar da perna ferida o desgraçado consegue ser mais rápido do que você. Vru-vrum. Ele vem pilotando uma yamaha enquanto você continua com a vespa. Tá escutando o ronco no horizonte? É verdade que a moto do magrelo precisa contornar os mesmos obstáculos que a tua vespa. Porém, como eu disse, o pó de pirlimpimpim deixou o cara eletrizado. Apesar da perna machucada ele ainda consegue ser mais ágil do que você.

Quinquagésimo nono dia

Paixão

Davi continua pensando no sentido de sua missão — proteger a santinha —, continua tentando encontrar uma boa justificativa para essa insanidade inútil — por que se preocupar com uma criança se a humanidade já está quase no fim? —, então ele lembra de algo que Vivian falou meses atrás. Algo sobre o fundamento de todo ideal moral, seja ele político, social, religioso ou artístico. Vivian estava trabalhando em sua tese de doutorado quando encontrou no livro de um pensador norte-americano a seguinte afirmação (vou citar de memória): apaixonar-se por um ideal é como se apaixonar por outra pessoa, dedicar-se a um ideal moral é como se dedicar a outro ser humano. Isso a surpreendeu muito: a ideia era um pouco estranha mas fazia sentido. Vivian veio falar com o marido e os dois gastaram, discutindo a questão, meia hora da modorrenta tarde de domingo sem as crianças (elas estavam nos avós maternos). Meia hora ou um pouco mais, bebendo vinho, fumando um baseado e conversando. O assunto era dinamite pura.

É claro que o marido não concordou com o tal pensador ianque, afinal Davi se esforçava bastante pra jamais concordar com Vivian quando o assunto era seu doutorado em filosofia e a bibliografia envolvida. Discordar dos pormenores e dos pormaiores teóricos, como Davi gostava de frisar, era a maneira mais eficiente de colaborar com as reflexões da mulher. Então ele procurava as falhas mais comuns em qualquer argumentação: os sofismas, os falsos axiomas, os erros de acidente etc. Na maioria das vezes Davi discordava por discordar, somente para pressionar Vivian, apenas para obrigá-la a raciocinar com o máximo de perspicácia. Porém no caso específico dessa ideia esquisita sobre os ideais morais Davi não precisou fingir. Ele realmente não viu cabimento. Bobagem, a defesa de um ideal não podia ser algo tão irracional e embriagante quanto fazer amor com a pessoa amada. Não mesmo. Tolice.

Davi atacava e Vivian rebatia, tomando partido do livro, citando outros trechos, o último foi: a única fonte de ideais morais é a imaginação humana. Davi, por sua vez, recusou também essa declaração, defendendo a noção convencional de que os ideais políticos, sociais, religiosos ou artísticos não nascem na imaginação, que asneira, eles nascem na razão e são escolhidos racionalmente pelas pessoas. Vivian discordou dizendo, pensa bem, Davi, quando a gente se apaixona por alguém a gente sente vontade de cuidar dessa pessoa, de protegê-la e zelar pelo seu bem-estar. Um homem ou uma mulher não fica se questionando nem procurando argumentos racionais que justifiquem sua dedicação à pessoa amada. Concordo com o gringo: o mesmo vale para os ideais morais. Isso explica porque as pessoas religiosas não precisam de provas materiais da existência de Deus e da alma imortal pra acreditar neles. Em algum momento da vida elas simplesmente se apaixonaram pelo conceito de religião. Da mesma maneira que outros se apaixonaram pela política, pela ciência ou pela arte. As justificativas vêm depois. Na verdade as justificativas são *criadas* depois, pra fundamentar racionalmente algo que surgiu da imaginação, da paixão.

Hoje Davi compreende perfeitamente bem o que Vivian e o tal pensador ianque estavam falando. Perfeitamente bem! Eles tinham razão. Os cães do Terceiro Reich não fizeram o que fizeram porque foram convencidos racionalmente de que o nazismo era a melhor ideologia para a civilização moderna. Todas as pessoas do programa espacial norte-americano que ajudaram a colocar os primeiros homens na lua não fizeram isso por motivos puramente práticos e racionais. O mesmo vale para os cientistas que passaram a vida tentando deduzir as leis da natureza, para os alpinistas que escalaram o Everest, para os guerrilheiros que desafiaram o despotismo de certos governos, para os atletas que quebraram recordes, para os ficcionistas que escreveram romances de mil páginas. Apaixonados, cada um deles. A maioria justificou suas ações de modo muito lógico e objetivo: fiz por dinheiro ou prestígio (ambição pessoal) ou fiz por dever de ofício (obrigação profissional) ou fiz para melhorar a vida das pessoas (filantropia). Mas estavam enganados, pobres inocentes. Eles fizeram porque estavam profundamente apaixonados pelo desafio.

Davi observa furtivamente a menina comendo um peito de frango frito e se convence de que está apaixonado não exatamente por ela, mas pelo dever de protegê-la. De certo modo esse é o único jogo que ele quer jogar: o de último cavaleiro andante. Dom Davi de la Mancha. Já faz muitos dias que estão na estrada. Pararam nesse posto para fugir do sol do meio-dia, almoçar e descansar um pouco. Davi não sabe ao certo se o magrelo continua em seu encalço, faz tempo que não escuta o ronco da moto. Mas é bom não baixar a guarda. O posto fica a poucos minutos de uma grande cidade cujo nome ninguém lembra mais, de onde os dois estão dá pra ver o topo dos edifícios mais altos. A menina come com vontade, lambuzando o queixo e as bochechas. Morde e mastiga a carne como se não houvesse nada mais com que se preocupar. Será que ela não percebe mesmo o perigo que estão correndo?

A menina tenta limpar o rosto e as mãos em muitos guardanapos de papel encerado, que não limpam quase nada, mas borram muito bem. Depois vai até a geladeira pegar outro refrigerante. Cedendo ao desejo do corpo cansado Davi reúne cinco cadeiras em linha reta, deita nelas e para manter o equilíbrio entrelaça os dedos sobre o peito. Um cochilo de quinze minutos não fará mal algum. Nos últimos dias ele aprendeu a confiar na menina, que pelo visto também aprendeu a confiar nele. Apesar de não conversarem, os dois agora são quase pai e filha. No começo Davi até tentou o diálogo mas a menina simplesmente não fala, apenas olha, mexe no cabelo, na ponta do vestido... Não dá pra saber o que está passando nessa cabecinha misteriosa. Ensimesmada, mudíssima feito uma pedra, é verdade, mas pelo menos ela não tentou fugir. Parece que uma conexão boa e consistente está se estabelecendo. Davi desliga a visão, o olfato, o paladar e o tato, e mantém funcionando apenas a audição. Quase cochilando, quase submerso na piscina escura do sono ele ainda acompanha os movimentos sonoros da menina: ela mexe em qualquer coisa lá no fundo da lanchonete, volta devagar, sai para a varanda, fica lá um tempinho, retorna entediada, senta perto da janelona ao lado do caixa, se debruça na mesa e fica admirando a estrada.

Vivian, já encharcada de vinho, agora muito mais descontraída e alegre, defendia seu ponto de vista repetindo a doutrina de seu amado Schopenhauer: o mundo é desejo irracional e ilusão dos sentidos. E todo desejo nasce da necessidade, ou seja, da carência e do sofrimento. Passamos a vida inteira tentando satisfazer nossas muitas vontades: de afeto, de poder, de sexo, de conforto material e espiritual. Mas satisfazer uma vontade não resolve quase nada, para cada desejo satisfeito logo aparecem dez outros em seu lugar. O contentamento é finito, o desejo é infinito. Com isso Vivian queria dizer que a razão e a lógica são apenas ferramentas para a satisfação das vontades naturais. Para a satisfação do estômago, dos intestinos e do aparelho reprodutor. Ferramentas muito sofisticadas, mas mesmo assim ferramentas. Criadas e manipuladas pelo nosso instinto de sobrevivência na guerra contra as outras espécies, contra a violência da natureza. Davi já conhecia a sequência de autores que a mulher gostava de citar. Depois de Schopenhauer vinha Marx. Em seguida Darwin. Depois Nietzsche, o idolatrado bigodudo sifilítico. Por fim Freud. A luta de classes, a seleção natural, a desconfiança da linguagem, a pulsão de vida e a pulsão de morte. Frases alcoolizadas terminavam se misturando, copulando, gerando outras frases. Vivian reafirmava sua suspeita — a suspeita de Nietzsche pra ser mais exato — de que a linguagem racional é só um batalhão de metáforas, metonímias e antropomorfismos que parecem verdadeiros, mas não passam de uma forma mais sutil de ilusão. No fundo, no fundo são tão subjetivos quanto a melhor poesia. O lado bom desse debate com a mulher, animado pelo vinho e pelas brincadeiras, é que Vivian sempre vencia, e os dois acabavam na cama, provando que até mesmo as discussões mais intelectualizadas são só mais um tipo de dança de acasalamento.

Porém é preciso seguir viagem. Davi esfrega as bochechas, levanta do sofá improvisado e chama a menina, que também colocou algumas cadeiras em linha reta ao seu lado, mas esteve de olhos bem abertos o tempo todo. Sobem na vespa, a vibração do motor começa e se expande. Partem para a rodovia.

Entrar numa grande cidade não é a coisa mais fácil do mundo. Antes mesmo do anel viário as grandes estruturas de aço carbonizadas, nas pistas que vão e nas que vêm, já transformam a aproximação numa injúria. O fluxo e o refluxo congelados sofrem sobressaltos desconcertantes, as roupas e os sapatos e os óculos e as bijuterias e as bolsas e os celulares estão espalhados no asfalto de maneira agressiva e cruel, a morte parece paralisada num retrato tridimensional. Davi diminui a velocidade, as mãozinhas da menina agarram firme a barriga do piloto. É preciso ter cuidado e respeito ao trafegar nas entranhas desse cemitério. Cuidado com o vidro e as hastes cortantes, respeito pelos mortos. Se ainda houvesse aves nas proximidades que desenho elas veriam do alto quando saíssem em busca de raízes e insetos? O mapa da chacina mecânica. Tudo sólido, tudo com contornos bem definidos, nada esfumaçado, nada turvo. Choques, impactos: violência acima do normal. Onde estão as placas com o nome da cidade que se aproxima? Davi evita resvalar nos grandes esqueletos enfeitiçados, ele não quer que acordem e caiam em cima da vespa. Há muitos obstáculos no anel viário e nos desvios, muitos veículos tombados nas pistas, nas ilhotas e nos canteiros centrais, muitas grades e antenas arrebentadas. O que mais? Não é um cenário sereno: observe o parapeito da ponte atravessado em vários pontos por automóveis em alta velocidade, as rampas quase totalmente bloqueadas, as marcas de grandes colisões e incêndio em toda parte, lá embaixo as rachaduras e os buracos no asfalto provocados pelo conteúdo de um caminhão-tanque que tombou. Isso e muito mais em volta da vespa vacilante.

Lá em cima pairam as nuvens rígidas como grandes rochas velando o vale com a gravidade e o silêncio das montanhas voadoras. Aqui embaixo se estende a vibração enjoativa da viagem. A trepidação do motor é a trepidação de algo maior? Do asfalto? Do planeta? Davi dirige cada vez mais para dentro da cidade e os pneus vão tropeçando em roupas e sapatos, como era esperado, mas agora também em raízes e resistentes talos de ervas daninhas. O verde inexistente na rodovia e no campo está bastante presente no perímetro urbano. Espirais e espinhos vão abrindo sulcos e fissuras, enchendo de varizes o cimento e o asfalto. De repente Davi e a menina ouvem um gemido e um estrondo, e um jato de fuligem passa por eles vindo de trás. O piloto dirige tão devagar que sua curiosa companheira nem espera a vespa diminuir a velocidade pra saltar da garupa. Lá atrás um edifício está vindo abaixo camada por camada. O grito do concreto é meio rouco, sufocado. As linhas verticais e horizontais da fachada estão todas tortas, o vidro das janelas e os primeiros andares já desapareceram, não dá pra ver muito bem dentro da nuvem cinza. A distância é segura, não é preciso nem tapar os olhos, a boca e o nariz, porém Davi fica se perguntando se o desabamento teria sido provocado pela trepidação do motor, se seria mesmo possível a um veículo tão inofensivo — cento e cinquenta cilindradas, dez cavalos-vapor — derrubar um prédio desse tamanho. Não uma betoneira, não uma escavadeira, não um tanque de guerra. Uma frágil motoneta.

O desabamento para na metade do caminho e a construção que minutos atrás tinha vinte andares agora tem oito. Davi aproveita para esticar os braços e as pernas enquanto espera a menina cansar de admirar a nova ruína. Baixada a poeira e terminado o espetáculo — uma implosão sem explosivos, provocada pela corrosão do envelhecimento — a vespa segue viagem. Vai ficando pra trás uma fila de casarões irregulares embaçados pela bruma, pela mesma bruma que atenua a feiúra dos pináculos do oeste. Mais adiante Davi finalmente vê uma placa com o nome dos primeiros bairros: Santo Amaro, Brooklin, Campo Belo. Não é possível! Davi não sabe se ri ou chora. Também não sabe onde foi que fez confusão, em que momento deu meia-volta sem querer. Impossível! Planejava ir direto para o litoral e veja só: está de volta a São Paulo.

Controle remoto

Como isso é possível: um lapso tão grande?

Como foi capaz de se distrair invertendo o sentido da viagem?

Estava bêbado? Confuso? Foi a menina quem o induziu ao erro? Num minuto o sol caía à sua direita, no minuto seguinte caía à sua esquerda, e ele nem notou?

Foi a menina! Não sei como ela fez isso, mas ela mudou o destino da jornada.

Davi dirige rumo à região da avenida Paulista tentando entender a verdade oculta nessa falha de navegação. Por mais que refaça mentalmente o itinerário muitas vezes, esquerda, direita, norte, sul, ele não consegue entender. Bobagem, não foi a menina. Ela mal consegue amarrar o cadarço dos próprios tênis. Um lapso, uma distração, Davi. Culpa sua. Arranje um mapa, um GPS, uma bússola. Que erro mais besta. Uma mensagem vinda do fundo do inconsciente? Os poucos psicanalistas que conheceu, todos amigos de Vivian, gostavam de expor os segredos inocentes ou depravados que se escondem atrás de cada ato falho. Davi dirige rumo à Paulista em busca de uma boa casa pra morar. Como uma maldição que não pode ser evitada São Paulo está novamente por toda parte.

Existirá mesmo um propósito maior em tudo isso: um acerto no erro?

O magrelo obrigou Davi a fugir da capital. Ao fugir da capital ele conheceu a menina-santa. Então as coisas começaram a ficar meio confusas: Graça, os dois gordos, a metamorfose interior. Essa confusão emocional foi bastante didática, ela o ensinou a matar e a não sofrer remorso algum. Transformado, fortalecido, Davi decidiu tirar a menina da zona de perigo. E a menina decidiu trapacear e reconduzir seu guarda-costas à cidade natal dele. Bingo. O mais irônico é que nessa matemática maluca a função do magrelo mudou de sinal: de negativa para positiva. Se não fosse ele e sua insanidade incendiária — o jogo — Davi jamais teria encontrado a menina.

Mas por que voltar a São Paulo? O que há de tão importante nesta cidade?

Mesmo que Davi tente abandonar sua cidade natal, mesmo que se esforce muito para fugir da pauliceia, pra escapar de Sampa, ele começa a desconfiar que sua cidade natal jamais irá abandoná-lo. Não adianta buscar as montanhas ou o oceano. São Paulo estará constantemente atraindo seus passos pra cá. Sedutora, a danada. Porém não se trata de uma decisão consciente. Uma cidade não tem consciência, não é um organismo pensante. Trata-se de algo que está dentro de Davi, um elo homem-metrópole implantado cirurgicamente entre os pulmões e as costelas no momento em que as pessoas desapareceram. Um vínculo irresistível entre mãe e filho. Poderosa atração. Foi isso o que Pasolini quis dizer — ou foi Italo Calvino? — quando escreveu que todo viajante carrega nos ossos os alicerces da cidade natal? Davi pressente que carrega muito mais do que os alicerces. Também traz dentro de si um dispositivo de controle a distância. A grande mãe só permitiu que seu filho saísse por uns dias pra resgatar a menina-santa. Para trazê-la pra cá e ajudar a proteger esse bem tão precioso: a divindade-criança.

Remorso

Davi e a menina invadem uma casa de dois andares na rua Padre João Manuel perto da alameda Jaú, uma ladeira difícil de ser vencida se você vem de longe. Não é preciso arrombar — Zeus seja louvado, pra isso faltariam braços e energia —, a porta da frente está aberta e as luzes estão acesas. Cheiro de mofo. Que horas são? Logo ao entrar a menina começa a recolher e a dobrar as roupas que vai encontrando pelo caminho: mania às vezes inconveniente. Davi não tem fome nem vontade de explorar sua nova residência. Está muito cansado da viagem, seus ouvidos doem e a garganta está ardendo. Resfriado? Ele vai direto para o quarto maior e desaba na cama de casal impecavelmente arrumada. Que zumbido é esse? Começou a chover? A tevê na parede oposta está ligada mas fora do ar. Fantasmas virtuais, elétricos. Davi entrega os pontos e deixa seu corpo suado e maltratado entrar sem resistência na zona morta do crepúsculo, na paisagem fluida dominada pelo chiado da tevê. O dia foi mesmo mais longo e pesado do que devia. A anestesia começa a fazer efeito, o barulho da menina mexendo nos armários do andar de baixo vai perdendo o relevo, a zona morta é um vazio perto do centro da vida. Porém Davi não está sozinho na terra úmida do sono. Vindo em sua direção ele vê dois vultos, duas sombras andando lado a lado, cortando a atmosfera prateada. Estranhos familiares. Passam por ele e o cheiro é forte, de carne apodrecendo. Os rostos estão cobertos por algo fino e semitransparente — gaze? teia de aranha? — mas isso não impede Davi de reconhecer os andarilhos: são os companheiros do magrelo. Os gêmeos gordos baleados. Espíritos desencarnados vagando na twilight zone. Parece que a lição — matar e não sofrer remorso algum — não foi aprendida: aí está o remorso. A última coisa que Davi lembra antes de afundar no sono é o forte arrependimento. A culpa concentrada, potente. Tiros ao amanhecer. Do alto do carvalho. Ele, assassino.

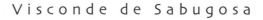

Visconde de Sabugosa

Toda fobia, não importa se trivial ou extravagante, tem um nome. Ablutofobia, medo de tomar banho. Cristianofobia, medo dos cristãos. Estruminofobia, medo de morrer defecando. Hipopotomonstrosesquipedaliofobia, medo de palavras grandes. Octofobia, medo do numero oito. Telefonofobia, medo de telefone. Xilofobia, medo de objetos de madeira ou de florestas. Tantos nomes, tantos medos. Mas haverá também um nome para o medo de certos livros?

No chão do banheiro Davi encontra um exemplar muito antigo, de capa dura, de *A chave do tamanho*. Estava aí misturado com várias revistas. Você ainda não sabe, Davi, porque nunca leu esse romance nem qualquer outro da série do Sítio do Picapau Amarelo, mas nessa aventura escrita para as crianças a Emília simplesmente extermina um terço da humanidade, no mínimo. Ao mexer na chave do tamanho, ela reduz absurdamente todas as pessoas do mundo. Quantas não morreram devoradas por aranhas, galinhas e gatos, ou presas no próprio sapato...

O livro está aberto nas páginas 106 e 107. Davi ajeita-se na privada e começa a ler. Um pavor novo vai subindo a escada de sua espinha dorsal, arranhando vértebra após vértebra. Alguém tinha grifado com caneta vermelha uma fala do Visconde de Sabugosa: "Eu estava com os olhos fixos em Pedrinho quando, exatamente nesse instante, a sua cabeça desapareceu, e sua roupa caiu em monte no assoalho, como se não tivesse corpo dentro. Fiquei impressionadíssimo. Era um fenômeno acima de qualquer compreensão. Olhei para o monte, com os olhos arregalados. Que seria aquilo? Que fim levara o menino? Tudo mistério. Sentei então diante do monte de roupa e fiquei a parafusar hipóteses. Mas por mais que parafusasse hipóteses não achava nenhuma que servisse. Aquilo me pareceu o mistério dos mistérios."

Com um pouco de asco e temor Davi devolve o velho livro ao chão do banheiro. Então do medo vem a raiva. Como é possível? Até um inocente romance infantil escrito há quase setenta anos parece lançar pistas sobre o mundo contemporâneo. Sobre o sumiço das pessoas. Pistas falsas. Sempre pistas falsas.

Um detalhe que passou despercebido, deslizando muito abaixo da linha da reflexão — entre milhares de cacarecos sem importância —, agora cai na rede da atenção objetiva: bem que Davi percebeu que a menina, ao recolher a roupa dos desaparecidos, de vez em quando sacudia uma camiseta ou um sapato, como se esperasse ver escorregar daí de dentro algo muito valioso. Porém ele nunca parou pra pensar cinco segundos sobre isso. Não era importante. Mania de criança. Mas agora ele supõe que a menina está procurando, quem sabe, as pessoas reduzidas à mínima significância quando a chave do tamanho foi acidentalmente baixada.

Você ainda não sabe, Davi, porque nunca leu esse romance nem qualquer outro da série do Sítio do Picapau Amarelo, mas com a melhor das intenções a Emília condenou à morte mais gente do que Hitler e Stálin e todos os outros assassinos, ditadores, tiranos e déspotas juntos.

Sexagésimo terceiro dia

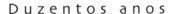

Duzentos anos

Essa é a idade do mundo. Ou pelo menos de *seu* mundo. Duzentos anos.

A fumaceira do ótimo charuto cubano penetra friamente a garganta e os pulmões. Depois volta em círculos que enfrentam bravamente o ar: anéis azuis, atrevidos, que em seguida começam a ondear, a se esvair. Davi tosse, lança longe a ponta do charuto, caminha até a janelona e fica contemplando a Paulista às cinco horas da tarde. Durante toda a sua vida ele realmente imaginou — as pessoas realmente imaginaram — que o mundo dos homens era muito antigo. Milhares e milhares de anos. Mas agora ele percebe que estava errado. Tudo ao seu redor é muito recente. O mundo não tem mais do que vinte décadas ou menos. Davi olha pela janelona e vê o concreto e o plástico apodrecendo sem revolta a céu aberto, indiferentes a qualquer noção de passado ou futuro. Pouco tempo atrás não havia aviões, tevês e antibióticos. Davi recorda que o primeiro carro com motor de combustão interna a gasolina apareceu em 1885. Também lembra que a luminosa lâmpada incandescente de Thomas Edison é de 1879. A primeira transmissão radiofônica, a teoria microbiológica das doenças — Louis Pasteur e Robert Koch —, o telefone... O telefone! Tudo isso é obra do século 19. É verdade. Ignorância potente: até então ninguém sabia que as doenças infecciosas eram provocadas por micróbios. O século 19 mudou as paisagens mais resistentes:

matou o antigo e gerou o novo. Antes o Brasil era colônia de Portugal e havia escravos, milhões de escravos no planeta inteiro. Antes não existia o cinema, a fotografia, a anestesia geral, o concreto e o plástico. Davi também lembra que um redator de sua agência de propaganda, apaixonado por ficção científica, contou que até pouco tempo atrás mesmo as mentes mais esclarecidas não sabiam da existência de outras galáxias. Ignorância vigorosa. Qual era o nome do sujeito? (Para o mundo arcaico e também para o mundo civilizado a Via Láctea era o universo todo.) Parece que ele também estava escrevendo um romance, o redator.

A garganta está pior hoje do que ontem, e a cabeça dói. Davi tosse, espirra e assoa o nariz num lenço de papel. Depois que tudo tiver acabado ele terá que passar numa farmácia. Precisa de um analgésico. A caixa de lenços está quase no fim. Mas agora ele precisa mais é se concentrar na armadilha. Nos detalhes. Davi está arriscando muito, além da conta, deixando a menina sozinha na livraria. Uma isca. Mas ela é esperta. Sabe se cuidar muito bem. Davi aponta o binóculo para o outro lado da avenida. Nenhum movimento exceto o da poeira. Tosse. Nota o próprio batimento cardíaco um pouco mais forte do que o normal. Aponta para a esquerda, na direção do Masp, e para a direita, na direção da Rebouças: tudo quieto, parado. Esse silêncio é ambíguo. Pode ser o sinal de que o magrelo está bem perto, logo ali, preparando o próximo incêndio. Também pode ser o sinal de que ele está muito longe, moído pela febre, agonizando com a perna necrosada. Também pode ser o sinal de que não há ninguém perto ou longe.

Quando menino Davi andou muito pela avenida Paulista, sempre cheia de vida e aventura. Sempre reunindo as mais diferentes tragédias, os mais inesperados dramas. Na véspera do ano-novo, quando não estava viajando com os pais, no Rio ou em Nova York, gostava de ver a queima de fogos da cobertura do tio mais velho. Também gostava de se misturar com a população menos nobre, mais pobre, pra assistir às finais da copa do mundo no telão instalado pela prefeitura. Tudo pulsava com a sofreguidão de um recém-nascido (Davi está certo: o mundo é muito jovem). A avenida-civilização misturava e separava bocas pequenas e olhos grandes, peitos artificiais e sexos naturais. Misturava, triturava, separava, fabricava homens e mulheres. Os ônibus e o metrô bombeavam sangue sem descanso. Sangue e fumaça. Durante o dia batia perna nessas calçadas a hipertensa horda de executivos exaltados e secretárias gostosas, bancários ariscos e policiais nervosos, estudantes e desocupados, office-boys e trombadinhas, todos pontuais, alertas, fortes. A avenida se enchia de energia e suor. Durante a noite surfava nas ondas de néon e anfetamina a fauna psicodélica e andrógina das ruas perpendiculares, dos apartamentos e das casas de dois milhões de reais ou mais. A avenida se enchia de testosterona e feromônio. Agora isso. Essa decadência.

Como será o mundo daqui a duzentos anos? Ainda haverá pessoas?

Davi não tem certeza se ainda é fértil. Nem se a menina ainda é fértil. Ele não sabe se o fenômeno que dizimou a humanidade não afetou também a capacidade reprodutora dos pouquíssimos sobreviventes, sua produção de espermatozoides e óvulos. Não sabe. Talvez sejam estéreis. Talvez os óvulos e os embriões armazenados nas clínicas de fertilização também tenham sido destruídos. Talvez os raros sobreviventes façam parte da última geração de pessoas. Então em menos de duzentos anos tudo estará acabado. Simples assim. Os dinossauros dominaram a Terra por cento e vinte milhões de anos e de repente desapareceram. Misteriosamente. A humanidade dominou por duzentos e cinquenta mil anos, que significam muito pouco tempo no calendário cósmico. Se você condensar os catorze bilhões de anos do universo em doze meses, que fatia corresponderá à trajetória dos seres humanos? Somente a última hora e meia do dia 31 de dezembro. Um peido insignificante, um grão na ampulheta. Mas Davi não quer pensar nisso, não agora. Nada de desanimar, é preciso manter alto o astral. É preciso enfrentar uma dificuldade de cada vez. Alguém ainda sem corpo ou rosto vem subindo a Augusta. De onde está Davi vê somente uma sombra comprida deslizando numa parede amarela. A sombra avança sem muito ânimo, com dificuldade. Davi não precisa ver o corpo ou o rosto pra saber quem é. Antes de se preocupar com os próximos duzentos anos é preciso cuidar desse irritante problema. O magrelo é a bola da vez.

Davi não será mais pego de surpresa. A espingarda de caça que estava em cima de uma mesa, bem perto da mochila e das outras coisas trazidas pra cá, agora está em suas mãos. Objeto grave e sensato, quase um poema concreto. É uma Browning B525 Ultimate Invector de dois canos sobrepostos, com monogatilho e seletor de tiro, calibre doze: muito mais ameaçadora do que o Taurus, pelo menos a longa distância. O problema é que até agora a danada não efetuou um só disparo — nem como teste, faltou coragem — e Davi ainda não sabe se conseguirá usá-la. Pegou na loja, pesquisou muito na web, assistiu a uma série de vídeos explicativos, tentando aprender em pouquíssimo tempo como atirar com segurança, mas só de tocar na arma ele já sente as mãos tremerem. É o medo do que pode acontecer quando puxar o gatilho. Assassino, assassino — não tem jeito, a acusação não sai de sua cabeça —, assassino, assassino.

O coração de uma pessoa chega a bater três bilhões de vezes ao longo da vida. Tuntum, tuntum, tuntum: as pancadas vigorosas na parede interna do peito deixam Davi preocupado. Prenúncio de infarto? Sente o braço esquerdo meio amolecido e uma pressão desconfortável nas costas. Calma, homem. Não vai desabar antes de cumprir sua missão. Calma. Respira devagar, limpa o suor da testa. Ah, se existisse mesmo um elefante lá no céu, um paquiderme colossal, isso seria muito bom. Ô elefante gigante! Alô! Você podia dar uma forcinha aqui embaixo, não podia? Ô se podia... Esquece. Para de fantasiar. Logo o incômodo no braço e nas costas desaparece e Davi fica se perguntando quantas vezes seu coração já bateu nessas décadas todas. O cálculo é simples, mas agora não há tempo pra isso. É preciso ficar atento à sombra que mancha a parede amarela, é preciso derrubar o magrelo pra sempre. Cotovelo apoiado no parapeito da janela, mira feita, o atirador roça o indicador no gatilho. Pausa. A sombra a dez metros de distância vem sem pressa. Então ela se inclina, se estica preguiçosamente de um lado, do outro, até que a cabeça do magrelo desponta atrás das ferragens... Os pulmões chegam a respirar meio bilhão de vezes ao longo da vida. Davi puxa e solta o ar com força, como se estivesse num ambiente quase sem oxigênio. Mira feita. Pausa. Quantas vezes seus pulmões já respiraram nessas décadas todas?

Um tiro, um soco no ombro. Davi perde o equilíbrio e cai. Idiota. Grandíssimo idiota. Você errou feio.

Estava na cara que esse plano não ia dar certo. Uma espingarda?! Onde nós estamos? No Arizona? Num faroeste de John Ford? O coice nem foi muito forte, mas Davi levou tamanho susto que quase mijou na bermuda. O tiro passou longe de tudo e se perdeu no vazio do eterno verão. Cadê o magrelo, cadê sua sombra? Evaporaram. Grande merda. Agora para de tossir e telefona pra menina, rápido. Ela precisa ser avisada que o perigo está nas imediações. Isso, telefona logo. Tá chamando. Que musiquinha é esta? Vem da sua bolsa... Era só o que faltava, a bandida guardou o celular dela na tua bolsa, Davi! Então corre, cara. Corre. A menina está sozinha na livraria. Não existe o elefante gigante, não existe a mão divina movendo as coisas, não existe porra alguma. Só existe você, camarada, e você precisa proteger a santinha. Para de tossir. Larga essa espingarda, imbecil. Ela não serve pra nada, não nas tuas mãos. Você ainda vai furar o próprio pé.

Espera um pouco.

Pensando bem... Não corre, não. O tiro saiu pela culatra mas ainda não é o fim do mundo.

A gasolina, Davi. Os três galões no carrinho de supermercado. Captou a ideia? A livraria será o altar de todos os sacrifícios.

Então empurra o carrinho até lá. O carrinho que você deixou no posto de gasolina, com os galões cheios, lembra? Mais uma vez você se atrapalhou bastante com a pistola da mangueira e quase molhou as pernas. Desastrado devia ser teu nome do meio. O supermercado fica em frente ao posto e na verdade foi a menina quem apareceu com o carrinho, você só encheu os galões que já estavam do lado da bomba, à disposição. Em algum lugar tocava um CD de Charles Mingus, maravilhoso, antigo, maravilhoso, *Mingus oh yeah*, e foi assustador pensar que esse CD devia estar tocando sem descanso fazia dois meses. Sem descanso. O CD ainda está lá, rodando, rodando, *Devil woman... Eat that chicken... Invisible lady...* Quieto, homem. Não precisa correr, não. O magrelo se escondeu longe daqui. Vai sem pressa, Davi, vai com tranquilidade. Respira fundo e encara teu destino. Olha o demônio nos olhos, sem medo. Enfrenta o futuro. Grita bem alto se tiver vontade. Berra. É verão e o grande sol aniquilador de sombras, deus de todos os assassinos, está do teu lado e contra ele ninguém pode. Canta e dança se quiser, mestre das cidades indizíveis, teu triunfo está próximo. Com ou sem elefante, você é o senhor da situação.

Quinquagésimo segundo dia

Sinais

Madrugada. Davi dorme na posição fetal, obedecendo às reentrâncias do edredom e às protuberâncias do galho. Talvez ele esteja sonhando com peixes e pássaros num plano cartesiano ou num plano de polarização perfumado. Incenso? Fragrância de quê? Almíscar? Talvez. Sonhando com a primavera num plano horizontal ou num plano de reflexão choroso. Com peixes voando num céu vermelho e pássaros nadando num oceano dourado. Talvez. Salmões, gaviões. Planos: um sonho colorido mas bidimensional. Com lambaris e andorinhas e orquídeas e vaga-lumes e maçãs e tomates e gente alegre caminhando nos parques. Davi na posição fetal. Ronronando, almíscar. Fluindo como a maré lilás. Só mais um sonho cheio de cor e brilho e odor porém sem qualquer profundidade.

Do alto do carvalho, através de uma falha na densa cortina de folhas Graça admira os túmulos e os mausoléus do outro lado do muro, iluminados pelas lâmpadas de vapor de sódio dos postes austeros e meditativos.

A boneca não sabe mas o cemitério está cheio de símbolos e sinais.

As estátuas femininas com dois rostos, por exemplo: o rosto com os olhos abertos representa a vida e o outro com os olhos fechados representa a morte. Enquanto isso as guirlandas de flores esculpidas no mármore significam o triunfo da existência sobre a extinção, pois as folhas e as flores de pedra jamais morrerão. As dezenas de réplicas grandes e pequenas da *Pietá* de Michelangelo traduzem o desejo de que a alma do falecido seja bem recebida no outro mundo. Os muitos anjos em pé, apontando para o alto, significam que a família tinha certeza que o falecido foi direto para o paraíso, sem passar pelo purgatório. Já os inúmeros anjos tristes e pensativos, sentados com a mão no queixo, parecem estar refletindo sobre a vida libertina do pobre morto: isso é sinal de que a família não tinha tanta certeza de sua absolvição.

Graça deita de bruços, apoia a cabeça na mão e se transporta para perto das lápides e dos epitáfios, depois sai passeando pelas alamedas góticas vigiadas pelos imensos cristos crucificados, espreitadas pelas miúdas velas cheias de ornamentos — milhares de tocos apagados: um exército traiçoeiro e ameaçador —, à mercê dos fantasmas e das escadas para o além. Os símbolos continuam. O mármore de Carrara, branco, antigo, raro, indica notável riqueza. O mármore comum, o granito e o bronze, mais escuros, mais recentes, mais comuns, indicam distinta trivialidade. Os túmulos rasos, sem símbolos ou ostentação, afirmam que na morte não há ricos nem pobres, todos são iguais. Uma coluna quebrada significa que ali jaz o último membro de uma família tradicional. Uma tocha flamejante quer dizer que a pessoa morreu cedo demais, com a chama da juventude ainda acesa. O passeio é interrompido porque Graça começa a sentir dificuldade para manter as pálpebras erguidas. O sono se aproxima sorrateiro. Os peixes e os pássaros cintilantes do sonho de Davi devagar vão penetrando a mente da boneca. Almíscar. O cemitério lá longe, tão distante. Os restos mortais. Não dá pra saber se eles ainda estão nos caixões, se ainda estão embaixo da terra. Isso importa agora?

A boneca cola seu corpo elástico no corpo flácido de Davi. Além dos peixes, dos pássaros e do perfume indecoroso mais coisas estão sendo transferidas de um para outro. A telepatia onírica é um fenômeno lascivo. A sonolência abocanha a noite. Fiapos de lembranças, sensações, músicas, livros e filmes rastejam da carne para o plástico provocando certa confusão mental. Graça, adormecida e invadida por Davi, irradia a impressão de possuir centenas de anos. Centenas de vidas. Como se estivesse destinada a durar para sempre. Do torvelinho sedoso de lembranças salta a conversa que a boneca teve com seu homem dias atrás, sobre o livre-arbítrio. Graça contou a Davi que ao acordar para a vida na fábrica de produtos eróticos, pimba!, a recém-nascida teve instantaneamente certeza que o mundo era um teatro de marionetes. Para ela, não só as bonecas infláveis eram comandadas por criaturas mais complexas — as pessoas — como também essas criaturas mais complexas eram comandadas por outras mais complexas ainda — os deuses — e assim por diante. Davi achou isso bastante apropriado: um ser artificial defendendo a visão determinista do mundo. Então ele descartou os fios e o palco e explicou a ela a ideia contrária, do livre-arbítrio, mais coerente com a realidade. É óbvio que ele não mencionou Descartes (Davi não saberia mencionar qualquer filósofo sem se embananar um pouco). Graça demorou a entender, então quando a ficha finalmente caiu ela ficou perplexa, quase em êxtase. A boneca já havia escutado a palavra *liberdade* mil vezes, mas até esse dia o conceito de liberdade não passava de uma névoa subjetiva, sem sentido. A compreensão acendeu um holofote na consciência sintética. Graça tocou as mãos, depois os pulsos e os braços pra ter certeza que não havia algemas nem fios. Ninguém mais parecia comandar seu corpo, o simples entendimento da palavra *liberdade* exterminara os titereiros? Exatamente. Agora eu sou livre pra fazer minhas próprias escolhas, ela disse a si mesma, sentindo o prazer muito humano de ser dona do próprio nariz.

Quadragésimo primeiro dia

Kiwi

No filme *Os agentes do destino* o jovem David é um ambicioso político concorrendo a uma cadeira no Senado, mas um escândalo acaba com suas pretensões. Minutos antes de fazer o discurso em que reconhecerá a vitória de seu adversário, ele encontra Elise, uma bela e fascinante bailarina. A paixão entre os dois é fulminante, mas por mais que tentem eles nunca conseguem ficar juntos. Então David passa a ser perseguido por homens de sobretudo e chapéu cinza, com a estranha habilidade de interferir no futuro. Eles o encurralam e avisam que o relacionamento com Elise não pode continuar. Explicam a David que sua vida foi toda planejada pela Agência para a qual trabalham, e Elise não está nesse plano. Por fim uma ameaça: se David tentar rever a bailarina ou contar a alguém sobre a Agência sua memória será apagada. Ele finge aceitar a situação, porém está resolvido a não desistir de Elise. O problema é que ele não tem seu telefone, seu endereço, nada. Somente três anos mais tarde ele a reencontra quase sem querer e o relacionamento recomeça. O filme avança e os homens de cinza voltam a agir, tentando impedir que os dois fiquem juntos. Eles revelam a David que, segundo o Plano da Agência, seu futuro é se tornar o próximo presidente dos Estados Unidos e o de Elise é ser uma grande coreógrafa, mas se os dois insistirem em ficar juntos esse futuro estará comprometido. Para provar isso eles usam suas habilidades para ferir Elise, que vai parar no hospital. David então desiste de seu grande amor. A vida volta ao que era antes, porém onze meses depois, ao ficar sabendo que Elise irá se casar, David perde o controle. Com a ajuda de um homem de cinza dissidente, ele consegue reencontrar a bailarina e revelar a ela a existência da Agência. Os dois voltam a assumir seu amor e fogem, mas são perseguidos e encurralados no alto de um edifício. Quando estão prestes a ser capturados os dois se beijam desesperadamente, então os homens de cinza são dispensados — um milagre? — e a perseguição é encerrada. No final a grande revelação para a plateia e para o casal: o dissidente que ajudou David revela a ele e a Elise que, para que possam finalmente ficar juntos, o todo-poderoso Presidente da Agência do Destino decidiu finalmente mudar o Plano.

O que todas as bonecas infláveis, todos os manequins de todas as lojas de roupas do planeta, todos os bonecos e bonecas de brinquedo pensariam desse filme se o assistissem? O que eles pensariam do mundo e das pessoas depois de verem o filme? Ficariam confusos e irritados como certos expectadores mais paranoicos ficaram durante a projeção? Confusos e irritados com a total falta de liberdade? É óbvio que não. O filme confirma a noção mais do que assimilada e aceita pelos bonecos de todos os gêneros e tamanhos de que as pessoas que os controlam também são controladas por outras *pessoas não humanas,* se é que podemos chamá-las assim. E Davi? O que ele pensaria se assistisse ao filme? Poria definitivamente de lado sua cambaleante certeza no livre-arbítrio e abraçaria pra valer o determinismo? Penso que não. A cabeça de Davi não é tão simples assim. Esse filme seria pra ele somente uma hora e meia de diversão inteligente, uma hora e meia boa e honesta, que faz pensar, mas só isso: diversão. Davi diria, se esses agentes do destino existissem mesmo eu saberia, certamente eu já teria topado com um ou dois. Ou com vários. Eles são espertos, mas em todo escritório sempre há um punhado de funcionários incompetentes. Eles não existem. Para Davi, assunto encerrado. Pelo menos até o próximo baseado, a próxima dose de uísque e de paranoia branda, inofensiva. Agentes roteirizando nosso destino? Besteira. Isso não existe, ele diria a Graça se ambos vissem o filme em DVD.

Mas a coisa mais difícil neste mundo é provar que algo *não* existe. Os filósofos e os cientistas mais aparelhados sabem disso. Para provar que algo realmente existe basta aplicar o método científico proposto por Galileu e reforçado por Descartes: observação, pergunta, hipótese, experiência e teoria. O sujeito observa um fenômeno qualquer: por exemplo, um médico sai de viagem e quando volta descobre que uma de suas culturas de estafilococos foi contaminada por um fungo que matou parte das bactérias assassinas. Então ele faz a pergunta básica: como isso é possível? Em seguida ele formula uma hipótese: o fungo é um antibiótico natural. O médico, que não é bobo nem nada, põe o fungo no microscópio, identifica o danado como sendo o *Penicillium notatum*, faz experiências com cobaias infectadas por bactérias e tcharaaam: descobre que se trata sim de um antibiótico natural. Isso aumenta a certeza da hipótese transformando-a numa teoria. Aí está a confirmação de que as infecções bacterianas podem ser tratadas por certas substâncias bactericidas ou bacteriostáticas.

Mas provar que algo não existe… A visão científica tradicional — apesar de desconfiar muito da ciência e dos cientistas, no fundo Davi é um homem conservador que gosta da visão científica tradicional — afirma que a alma não existe. Que a reencarnação não existe. Que Deus não existe. O problema todo é confirmar isso. Segundo o senso comum a alma, a reencarnação e Deus são imateriais, não têm massa, volume, densidade, cheiro, sabor, cor. Não dá pra levar para o laboratório e fazer experiências. Você pode até reclamar: cacete, mas não há provas concretas da existência de Deus, do paraíso, dos discos voadores, dos grandes transparentes! Nenhuma evidência! Tudo bem, mas como os próprios cientistas costumam dizer: a inexistência de prova não é uma prova de inexistência. Mesmo que fosse criada uma cabine capaz de medir o formato, a altura e o peso do Criador, ele pode optar por não entrar nela, ou só de farra simplesmente fingir que não existe. Então se quiser irritar os criacionistas você terá que usar a mesma arma deles e criar seu próprio deus impalpável, invisível, inodoro e insípido. Por exemplo, o famoso Monstro de Espaguete Voador! Dizem que ele também é impalpável, invisível, inodoro e insípido. Dizem mais: que ele é o verdadeiro criador de todas as coisas.

Quem garante que os agentes do destino não estão por aí coordenando a vida de cada sobrevivente neste mundo quase sem ninguém? Quem garante que não foram eles que provocaram o sumiço das pessoas? E se os tais *incompetentes* do escritório estiverem apenas no filme? Uma liberdade poética, pura ficção... Se os verdadeiros agentes forem bem mais competentes do que Davi imagina — quem consegue provar que não são? Cadê a evidência irrefutável? — não seria muito fácil pra eles passar despercebido?

Graça não sente qualquer dificuldade em viver num universo determinista. A ignorância é mesmo uma bênção. Ela jamais conheceu outro tipo de universo, então por que estranharia este? Seus movimentos sempre foram comandados por alguém, ela nunca teve liberdade pra fazer o que quisesse, nunquinha, e se tivesse experimentado um pouquinho desse artigo tão misterioso, a liberdade, a boneca realmente não saberia o que fazer com ele. Até conhecer Davi — daqui a alguns dias — seu mundo é e será apenas esta loja de artigos eróticos, mas a cidade é pequena e se poucos clientes entravam aqui quando havia gente no planeta hoje a coisa é muito pior. Antes a rotina era chata mas suportável, agora é o inferno. Antes pelo menos a tevê ficava ligada o dia todo, agora está queimada. O tédio é a colônia de estafilococos e não há penicilina. Nem cientistas. Nem criacionistas. O dono do sex shop costumava usar Graça nos fins de semana. Isso nunca a agradou mas também nunca a aborreceu. Ser usada sempre foi a razão de sua existência. A única vez em que ficou realmente aborrecida com a falta de poder sobre os eventos e as pessoas foi quando Kiwi desapareceu. Os dois não eram grandes amigos mas não se desgostavam. Kiwi e a boneca se entendiam muito bem mesmo sem conversar. Não, nada de papo-furado. Pra quê? A sintonia era só no olhar. Retina na retina. Se entendiam muito bem. Então Kiwi parou de visitar o sex shop e Graça começou a sentir pela primeira vez esse buraco no estômago que as pessoas chamam de angústia. Ou saudade. Esse buraco-boca sem fundo em que tudo pode desaparecer, do qual nem mesmo a luz escapa. Não adianta tentar tapar. Seus dentes mastigam e engolem qualquer coisa. Dele sai um hálito ácido capaz de corroer o aço e o concreto. O buraco-saudade um dia devorará todo o universo, partícula por partícula.

Kiwi era inteiro marrom e espetado, tinha patas grossas e cauda fina. Miava alto, mas só em ocasiões muito especiais. Adorava os passarinhos das redondezas, que jamais corresponderam a esse interesse tão ardoroso. Graça o amava sem sequer saber o que é o amor. Vários dias depois que a boneca começou a sentir sua falta uma mulher muito magra, de cabelo preso e voz desagradável, veio conversar com o dono do sex shop. Foi uma conversa difícil, cheia de farpas. Graça logo entendeu que a mulher estava procurando seu gato desaparecido. O dono da loja explicou, sem erguer o tom da voz, que Kiwi e os outros gatos andavam matando os passarinhos do bairro. A mulher respondeu a ele que os gatos sempre caçaram passarinhos, é assim que os bichanos são, faz parte de sua natureza. O dono da loja explicou que no bairro havia muitas espécies de passarinho em extinção, porém estavam sendo dizimadas. Esses passarinhos vinham das matas próximas, devastadas pelas usinas de cana-de-açúcar, e não era justo que os gatos do bairro continuassem contribuindo com sua mortandade. A mulher disse que tentava manter Kiwi dentro de casa ou no quintal, mas ele sempre escapava, afinal era de sua natureza andar livre por aí. O dono da loja não disse nada, pois não havia mais nada a dizer, e nessa hora Graça entendeu que nunca mais voltaria a ver Kiwi. E sentiu raiva. Muita raiva. E frustração. A dócil imobilidade talvez não fosse sua verdadeira essência. Talvez fosse mesmo terrível. Os fios invisíveis. Essa incapacidade de agir por vontade própria, de influenciar os outros, de salvar o amigo desaparecido. Essa impossibilidade de lutar também pelos passarinhos, por que não?

Sexagésimo sexto dia

Monstros

Ele é apenas um homem sem qualidades visíveis. Nem jovem nem velho, nem inteligente nem obtuso, nem rico nem pobre. Ele é apenas um homem comum e desencantado, que já acreditou em muita bobagem ideológica — na civilização, na economia de mercado, na integridade moral — e agora só acredita no fogo.

Apenas no fogo e na menina morena de nariz pequeno, queixo curto e braços magros, o cabelo crespo descendo em grande quantidade até a cintura. Sua missão é proteger a menina-santa. Seu destino. Amparar, defender, proteger essa frágil criatura de conto de fada, essa ninfa de coxas tenras e mimosas, esse pequeno milagre de mãos delicadas mas ágeis, ela, a menina que reuniu dezenas de livros grandes e ilustrados e formou com eles um círculo colorido ao seu redor. Enquanto ela brinca com os livros — a menina gosta de olhar as fotos e as ilustrações, ela não tem muita paciência pra ler, ou desaprendeu — Davi pega o primeiro galão e passeia entre as estantes despejando a gasolina com cuidado — cuidado, cara! — pra não respingar nos pés e nas pernas. Joga fora o galão vazio, pega outro ao lado do balcão de encomendas, esvazia, joga fora, pega outro — o último —, esvazia, joga fora, volta para perto da menina e fica admirando a trilha inflamável percorrendo todos os corredores do primeiro piso da livraria.

Enquanto Davi passeava entre as estantes, andando de costas, curvado e bambo feito um bêbado, esticando seu fio úmido e fedorento, a menina admirava os monstros peludos de expressão doce e desprotegida, congelados no livro francês de ilustrações digitais. Presos no livro trilíngue: francês, inglês e português. Ela folheava o cartapácio como se fosse o álbum de fotos de sua família perdida. Parecia uma esquisita mas íntima reunião de natal. Uma jubilosa roda pagã. O ogro de mãos desproporcionais é seu tio de Belo Horizonte, a bruxa de rosto enrugado e ancas largas é sua avó senil. Há doces, cerveja, cigarro e piadas sujas. Todos riem alto. O pai e a mãe, os irmãos e os padrinhos também estão aí em algum lugar, entre os sacis, os centauros, as medusas, os curupiras e os gigantes. Enquanto Davi esvaziava os galões a menina ficou procurando a porta que ao menor toque permitiria sua entrada nesse mundo muito mais amigável. Folha após folha. As digitais sentindo a lisura do papel, os cantos duros. Procurando. Onde está? O caminho de volta pra casa.

Davi olha a menina entretida com os livros, entre os monstros — não, o livro mudou, ela não está mais entre os parentes bizarros, está agora em outra viagem, entre estilistas e modelos e maquiadores e cabeleireiros, no mundo da alta costura —, desconectada de tudo o que está acontecendo à sua volta, e se pergunta se ela não sofreria de uma forma branda de autismo. Talvez da síndrome de Asperger. Ensaios fotográficos cintilantes, topetes vermelhos, fogo. Davi passa atrás de sua princesa-origami. A pequena preciosidade parece não ver nada que não queira ver, não ouvir nada que já não esteja dentro de sua cabeça. Ele procura o isqueiro no bolso da bermuda. Como é possível isso: mergulhar tão profundamente nas fotografias e nas ilustrações quando sua vida está correndo risco?

Tudo muito sério, muito circunspecto: os livros abertos formando um mosaico circular, a menina no centro da estreita clareira. Parte de sua santidade talvez esteja nessa capacidade de ultrapassar o instante presente. Nesse poder de saltar para fora da realidade besta. De se isolar nos próprios pensamentos. Tudo muito taciturno, tudo muito sóbrio. De repente no meio dos livros o riso aparece. A gargalhada surpresa. Que delícia, a súbita alegria infantil! Davi nem se lembrava mais do riso natural de uma criança. Um riso com o raro cheiro de ozônio, ele pensa. A menina vira uma página e continua rindo. Então a substância sonora da felicidade volta a irrigar um naco do mundo. É certo que a menina estaria mais segura do lado de fora da livraria, bem longe da trilha de gasolina. Mas ainda há uns poucos longos minutos de quietude e sossego. É melhor não interromper o contente devaneio.

Davi tapa o nariz com alguns lenços de papel e chega perto do magrelo encharcado de morfina e analgésico, sentado no chão, as costas mal apoiadas na lateral de uma estante. Talvez ele estivesse cochilando até há pouco, não sei ao certo. A perna necrosada fede demais e a falta de banho só piora a situação. Perto de sua mão solta no carpete há três baganas amassadas e uma xícara manchada de café, sem o pires. O fedor quase insuportável cobre tudo, feito a bênção do anticristo. Davi não diz nada, fica só olhando, as narinas protegidas pelo papel perfumado, o isqueiro visível na outra mão. O magrelo faz movimentos vagarosos, prejudicados pela tontura e pela fraqueza muscular. Sua respiração muda um pouco. Uma mudança sutil. Ao ver o isqueiro na mão do adversário ele pressente seu futuro e até tenta sorrir, ser sarcástico como os vilões dos filmes, mas acaba engasgando com a própria saliva. Desta vez nada de tiradas engraçadinhas. A perna morta dói muito. Mais do que a base do crânio atingida por um objeto longo e cilíndrico, talvez uma barra de ferro, talvez um cassetete. Mais do que o ombro ferido na queda. Mais do que a garganta infeccionada. Nada provoca tanta dor e sofrimento quanto uma perna em avançado estado de putrefação, um membro inferior apodrecido e fedorento. Passado o acesso de tosse, o magrelo rouqueja qualquer coisa — uma ameaça? um último pedido? — do fundo de sua nuvem de delírio laranja com uma granulação verde-abacate.

Não precisava terminar assim, Davi pensa. Os agentes do destino, se existirem mesmo, podiam ter conduzido as coisas em outra direção. Podiam ter evitado o confronto. Mas agora é tarde. A morte já está mais uma vez perto, farejando o Conjunto Nacional, a livraria. Faz pelo menos duas horas que ela e suas invisíveis serpentes estão nas proximidades, sondando o terreno à espera do momento certo pra dar o bote. Duas horas, mais ou menos. Desde que Davi, num lance francamente antiesportivo — trapaça! —, golpeou a cabeça do adversário. Fim de jogo. Encostado na lateral da estante o magrelo sente evaporar o efeito dos comprimidos. A dor aumenta. Ele já tateou o carpete procurando o frasco de Vicodin (paracetamol, acetaminofeno e hidrocodona) ou o de Dimorf (sulfato de morfina). É claro que sumiram. Agora ele queria mudar um pouco de posição pra diminuir a agonia mas o corpo não responde. Raiva. Sua respiração fica rápida e difícil, depois se acalma um pouco. O magrelo tenta engolir mas não há saliva, a boca está seca, então ele geme, água...

Você já bebeu muita água.

Já? Esta sede... (Seus olhos estão muito vermelhos, abertos e assustados.) Estou queimando. Já bebi?

Já.

Estou fervendo, Davi. Aqui dentro (toca o peito, a barriga).

(Davi lembrará pra sempre essa breve conversa. Nos fichários de sua memória as últimas palavras do magrelo terão um espaço especial. As piores experiências costumam ser mais marcantes do que as melhores. O cérebro hesita em apagar certos traumas, só assim seu usuário tomará mais cuidado da próxima vez. Recordar as velhas armadilhas pra tentar evitar as novas. Davi lembrará pra sempre. É verdade: como não dá pra chamar de *conversa* o primeiro encontro dos dois, tempos atrás na frente do hotelzinho distante, esta última conversa é também a primeira. Davi lembrará pra sempre porém não detalhadamente, lembrará mais o conteúdo do que a ordem das falas. Em sua reconstrução mental o diálogo aparecerá um pouco mais organizado do que realmente foi. A memória gosta de rearranjar seus escaninhos, editar seus copiões. Ah, como é precária a estabilidade na qual acreditamos existir. O diálogo revivido voltará mais ou menos assim:)

Não sei teu nome.

Não sabe. Nem vai saber.

Não quer falar? O jogo acabou. Pode falar agora.

Ah, Davi. As regras. Não aprendeu... Você ainda não aprendeu a jogar.

Parece que não.

Espírito esportivo... Você não tem.

Parece que não.

Acaba logo com isto.

Tá bom. Só mais uma pergunta.

Uma pergunta? Uma pergunta...

Você nunca quis saber o que aconteceu?

O sumiço das pessoas?

É.

Nunca.

Eu não acredito.

É verdade. No começo eu até fiquei confuso. É verdade... Mas só no começo. Confuso. Sem rumo. Depois eu me acostumei. Tomei muita cerveja de graça. Morei em coberturas de luxo...

Eu não consegui. Não consigo me acostumar.

Somos diferentes.

Somos.

Você não curtiu o sossego, o fim do trabalho escravo? Nada de patrão, nada de cartão de crédito. Concordo: o sexo não é tão bom. As mulheres que sobraram são malucas histéricas. Doidas de pedra. Mas pensando bem... Perda de tempo, de um jeito ou de outro as coisas sempre acabam mal. Com muita gente, com pouca gente, que diferença faz? A vida é uma merda. Dois tipos diferentes de merda, entende? Eu morro hoje, você amanhã, a menina depois de amanhã. No final todos morrem. Mas não reclamo, Davi. As últimas semanas foram ótimas. Gostei de botar fogo no teu prédio. E aquela boneca inflável?! Foi a coisa mais hilária... Pena que você não soube jogar. Teria sido mais divertido.

Somos diferentes.

Somos.

(A menina-santa vem ver o que está acontecendo. Vem sem ansiedade nem preocupação, até parece que não acredita nesses males do espírito, tampouco no inferno ou na Terra do Nunca. O cheiro de gasolina continua forte. Os líquidos inflamáveis raramente têm dificuldades morais ou sentimentais. A menina e o magrelo se olham por pouquíssimo tempo antes que Davi segure seu braço e recomende, é melhor você esperar lá fora. Ela obedece sem demonstrar alegria ou tristeza. O magrelo é sacudido pela tosse e fica quase sem fôlego, quando a convulsão finalmente sossega ele pede mais um cigarro. Davi diz que acabou, que minutos atrás o magrelo fumou o último cigarro do maço. O magrelo sente uma náusea cinza e tenta conter o último riso amargo:)

Acabou? Acabou o cigarro?! Você não sabe quantos maços cheios sobraram nesta cidade esperando pra serem fumados?

Davi lembra do campeonato brasileiro de futebol, da copa do mundo, das olimpíadas, de todas as competições esportivas que trouxeram certa civilidade ao mundo moderno. Eram atividades bastante simples. Muito mais simples do que as guerras, por exemplo. Os jogos tinham regras bonitinhas, certinhas. Árbitros. Ingressos. Contagem de pontos. As partidas tinham início e fim. Ganhadores e perdedores, torcidas. Depois todo mundo voltava pra casa e a vida continuava. O jogo do magrelo é algo muito complicado. Como a política ou a psicanálise. Complicado e perigoso, sem juiz nem câmeras. Se existem mesmo regras só o magrelo as conhece e vão desaparecer junto com seu nome. Podia ter sido diferente? Podia. Mas quem quer que maneje os fios, se houver mesmo fios — se existir realmente um plano maior —, essa entidade manipuladora prefere que seja de outro modo. É com tristeza e resignação que Davi se despede de seu oponente. Chega de perseguição, está na hora de deixar o fogo purificar a tarde.

O aprendiz de feiticeiro acende o isqueiro vermelho e fica observando a chama azul. É uma fada delicada. Linda. Ele recolhe o polegar, o pino que libera o gás volta à posição de descanso, a chama morre. Em sua mão o isqueiro foi promovido à varinha mágica. Atrás da porta de vidro a menina assiste a tudo e se despede de sua família imaginária. Foi bom morar uns dias na livraria, tirar os livros e os DVDs das estantes e erguer construções malucas com eles, mas a menina já estava ficando cansada de dormir num colchonete e não poder ir brincar lá fora. Hasta la vista, monstros de papel. Descansem em paz. Davi acende novamente o isqueiro e encosta a chama no início da trilha de gasolina desenhada no carpete verde. Essa é a terceira cor importante hoje: o verde. A chama segue em frente acompanhando o desenho da trilha. Acompanhando obedientemente o caminho pré-definido: determinismo? Em breve a fada irá se desdobrar, crescer, ganhar cauda e focinho e escamas e garras e dentes. Logo o dragão irá devorar amorosamente a livraria e tudo o que há nela. Mas antes que isso aconteça Davi testemunha o absurdo. O eclipse absoluto do corpo. Quando nada mais parecia possível ele presencia o completo desaparecimento do magrelo. O sumiço bem diante de seus olhos. Como? Calma, volta o filme. O magrelo meio abobado, a garganta seca, cercado pelo fogo-ainda-criança, depois zás. Rápido. Fulminante. Um clarão e ponto final. Adeus. No lugar onde antes havia também um corpo agonizante sobram apenas as roupas, os anéis e os sapatos. Em seguida o fogo cobre tudo, as estantes começam a crepitar e a fumaça forma uma cortina escura que sufoca o grito dos livros.

Sexagésimo sétimo dia

Ninguém

A boca arroxeada, a pele cor de cera, a dor, sempre a dor dentro do peito, sempre o incômodo agudo de um novo órgão sendo implantado por mãos estúpidas — finas e longas mas estúpidas —, pressionando o espaço entre os pulmões, comprimindo os canais da respiração, interferindo no ritmo vital. Um órgão capaz de perceber mais dimensões do que as quatro conhecidas. Mas implantado por quem? Assombrações?! Davi acorda quase sem ar, os braços formigando. Não se passaram nem vinte e quatro horas desde o incêndio e ele já não tem certeza se viu o que pensa ter visto. Não tem certeza se o magrelo desapareceu mesmo ou se tudo não passou de ilusão. O fogo, o ar quente, a fumaça. Essas coisas não costumam provocar distorções visuais? Miragens? Talvez amanhã à tarde Davi volte ao Conjunto Nacional pra mexer nos escombros, pra procurar os ossos. Talvez depois de amanhã. Não está com muita pressa. É preciso esperar o entulho esfriar. E mesmo que não encontre nem uma tíbia calcinada, nem uma arcada dentária fumegante, isso não tornará a vida mais fácil. A ausência de prova não é uma prova de ausência, é? Os pesadelos continuarão de qualquer jeito. Se a avenida Paulista ainda estiver lá ou se a avenida Paulista não estiver mais lá o sonho aflitivo não vai terminar tão cedo. A vida é um paraíso líquido se desmanchando. As bússolas e os mapas são de vapor colorido e talvez a santidade verdadeira esteja na aceitação desse fato.

Sem levantar do sofá Davi tira da bolsa e folheia o único livro que decidiu salvar do incêndio. Um romance curto, de capa expressionista, intitulado *Ninguém na praia brava*. Dos quarenta mil volumes espalhados pelos vários andares da livraria apenas esse escapou. O exemplar estava lá todo pimpão entre os lançamentos, na gôndola principal posicionada bem em frente à entrada da loja. Davi só o pegou porque o nome do autor — Ademir Assunção — gritou bem alto pra ele: ei, estou aqui. Seria o mesmo Assunção da agência de propaganda? O redator? Davi não lembrava o primeiro nome. Mas reconheceu a foto na orelha direita. Era o mesmo Assunção. O redator. Os mesmos olhos musicais, o mesmo cabelo ondulado e temperamental, o mesmo queixo de samurai. Neguinho atrevido, esse. Davi e Assunção brigavam muito e as campanhas só não desandavam por milagre. Há bem pouco tempo o redator disse que estava escrevendo um romance. Que a publicidade era apenas um ganha-pão nojento e temporário. Que estava negociando com um grande produtor de Hollywood a adaptação do livro para as telas e ia encher o cu de dinheiro. Disse isso antes de pedir demissão e mandar Davi e a agência à merda.

Ninguém na praia brava. Faz sentido. Assunção era desses malucos desesperados e delirantes que procuravam o contato humano a qualquer preço. Mas no final sempre percebiam que a conexão possível entre as pessoas — o encontro existencial profundo — provocava mais desgosto do que satisfação. Por isso ele desistiu. Para o inferno, os outros! Chutou longe o balde e foi se dedicar à literatura. Agora as coisas se encaixam, Assunção começou a se afastar da humanidade na hora em que decidiu escrever um romance. Os escritores são mesmo criaturas difíceis e solitárias. Gente complicada e desértica. Um romance, uma história sobre a abençoada solidão criativa. Sozinho, sem ninguém, lá longe. Assunção se isolou na praia brava pra escrever a história de um jornalista que se isolou na praia brava pra escrever uma coletânea de poemas. Um redator desempregado escrevendo sobre um jornalista desempregado. Davi começou a ler há pouco tempo e já está na metade. O nome do protagonista é Ninguém. O sujeito está sozinho há poucos dias e já começou a receber as visitas mais insólitas: Billy Pilgrim, Dante, extraterrestres, Nada e Nunca (nome de duas personagens femininas). E outras irrealidades implausíveis mas verossímeis: Alguém, Silêncio, Tempo, Lugar Algum.

Schopenhauer tinha uma boa metáfora para a sociedade humana: somos porcos-espinhos numa noite glacial. Pra não morrer congelado procuramos companhia. Queremos ficar bem juntinhos, quase colados. Mas sempre que nos aproximamos uns dos outros os espinhos espetam, ai, ui, e somos obrigados a nos afastar um pouco. É isso: insatisfação social perpétua. A gente sofre um dilema constante, tendo que escolher entre a dor com calor e o frio sem dor. Uns, mais racionais, logo encontram o ponto de equilíbrio e permanecem a vida toda aí, nem muito perto nem muito longe, não sentindo muita dor nem muito calor. Outros, mais passionais, passam a vida toda no vaivém, se aproximando e afastando, beijando e brigando, fugindo ora do frio ora da dor. Assunção era desse tipo. Metade do ano ele passava na capital, trabalhando, interagindo. A outra metade ele passava na casa mais isolada da praia mais erma, longe principalmente da promiscuidade profissional.

Davi lê uma página do romance, estica o pescoço, mira através da janela a menina brincando no jardim, baixa os olhos, lê mais uma página, volta a esticar o pescoço, mira novamente a menina arrancando umas ervas daninhas, pensa mais um pouco nessa história dos porcos-espinhos e se pergunta, entre mim e ela, qual a melhor distância? Olhando com mais atenção Davi vê um copinho de sorvete na mão da menina. Baixa os olhos, lê mais uma página, volta a se envolver com as estripulias sexuais de Ninguém. A menina deixa de lado o sorvete e os talos amassados de joio e capim-colchão, chega perto e estica o braço através da janela. Seu sorriso branco branco é muito matreiro. Davi apoia o livro aberto no barrigão e ajeita os óculos. Vamos ver, vamos ver... O que é isso? O que a menina tem no dorso da mão aberta, suja de sorvete e terra? No dorso melado e marrom da pequena mão? Davi levanta devagar do sofá. Visão esplêndida. É uma improvável borboleta. Presença radiante: as asas batendo sem urgência, sem medo — as asinhas posteriores azuis com manchas laranja, as anteriores laranja com manchas azuis —, o tórax e o abdome negros, as patas quietas, as antenas sondando as muitas dimensões do universo. Davi chega pertinho, com cuidado. Não quer assustar o lepidóptero.

Em algum lugar um telefone começa a tocar.

A borboleta voa pra longe.

Já é a terceira vez hoje que o telefone toca na distância clara e quente. Davi podia sair correndo rua abaixo ou acima, podia tentar localizar o aparelho. O toque continua, ô insistência besta. Davi podia atravessar a nuvem de suor e enxofre que cobre a cidade, invadir casas, gritar em todos os bocais que encontrasse pela frente, alô, alô, alô. Mas as panturrilhas estão doendo, os ombros estão pesados e até mesmo o intervalo da porta ao portão parece absurdamente longo para um homem emocionalmente abalado com a inesperada visão recente de uma borboleta. Correr pra quê? Não adianta. Tanto esforço, tanto cansaço. Pra quê? O magrelo estava certo. No final só há a morte. Para os vilões e os heróis.

Sexagésimo sexto dia

Realidade

O fogo-feiticeiro escorre melando o carpete, escala as paredes e cobre o prédio todo, nem as antenas e o heliporto escapam. Nos próximos dias a menina não conseguirá esquecer o que está vendo: as figuras gasosas dançando nas chamas, saracoteando. Quem são elas? Sereias? Dor. Parece que agonizam. Mas no minuto seguinte parecem muito contentes, em êxtase. A menina pensa ter visto Graça ainda viva, ainda inteira, saracoteando entre as dançarinas vermelhas de peitos pequenos. Graça rodopiando na luz e no calor. As sereias são terríveis, elas fazem de tudo pra atrair suas vítimas. Na água ou em combustão elas cantam e dançam, dentro do fogo a vida parece muito mais real. Fora é tudo falso, é tudo imitação. A menina ouve o canto hipnotizante e vai em direção ao portal para o inferno, também quer dançar e brilhar. Graça estava certa: as chamas estão sempre escondendo alguma coisa, igual às pessoas. Então, se você quiser mesmo descobrir seu segredo, é preciso se aproximar, olhar dentro delas. Se deixar queimar. É isso: pra descobrir a verdade do fogo é preciso queimar juntinho com ele. É preciso acender e vibrar na mesma frequência. Por isso a menina dá dois passos na direção da vida real. Quer existir de verdade. A qualquer custo, no esconderijo das sereias. Se Davi não segura seu braço ela entraria mesmo nas chamas.

Sexagésimo nono dia

Esconde-esconde

Um, dois, três, quatro, cinco. Ele é velho e gosta bastante de filmes. Ela é nova e não gosta tanto assim. Nunca foi muito fã de cinema e televisão. Ele também gosta de livros. Ela detesta os livros. Ler cansa demais, dá sono. Os únicos livros que ela suporta são os grandes, de capa dura, com ilustrações ou fotografias. Ele gosta bastante de música. Ela também. Mas não gostam do mesmo tipo. Então quando ele liga o CD player — agora que não estão viajando ele faz isso o tempo todo — ela logo põe os fones de ouvido pra não ter que escutar os violinos e os violoncelos e os contrabaixos e as violas e as flautas e os oboés e os clarinetes e os fagotes e as trompas e os trompetes e os trombones e as tubas e a harpa e os tímpanos e a percussão e o piano. Seis, sete, oito, nove, dez. Quando não está escutando música ele gosta de conversar. Ela não abre a boca, não diz absolutamente nada. Ele é velho e fala, fala, fala. Ela é nova e quase não presta atenção. Não está interessada. Prefere muito mais brincar no jardim, explorar a rua, procurar comida. Às vezes os olhos dele ficam úmidos e vermelhos. Então ela já sabe: ele está pensando nos filhos e na mulher. Ou na boneca de plástico. Nessa hora ela tem vontade de ir embora. Sumir pra sempre. Mas não vai. A vontade passa rápido e ela fica quieta ouvindo as lamentações dele. Dobrando de olhos fechados, com bastante calma, um dinossauro ou um leão.

Dezoito, dezenove, vinte, vinte e um, vinte e dois. Ele é velho e gosta bastante de filmes. Ela é nova e não gosta tanto assim. As recordações não são nada boas. Sobre todos os filmes acumula-se um amontoado de péssimas lembranças. Medo medonho. Muito tempo atrás a irmã da menina trouxe um filme em que umas sombras sinistras capturavam a alma recém-desencarnada dos pecadores e as arrastava pra baixo, na certa para o inferno. A canção-tema era linda: *Oh my love, my darling / I've hungered for your touch / A long lonely time...* Mas o filme era antigo, a trama sobre um jovem casal separado pela morte misturava romance e comédia, as sombras eram muito mal desenhadas e não davam medo em ninguém. A menina não gostou muito. Vinte e seis, vinte e sete, vinte e oito, vinte e nove, trinta. Tempos depois a irmã trouxe um filme em que todas as pessoas do mundo desapareceram na mesma noite, dizimadas pela escuridão. Todas não, quase todas. Os poucos sobreviventes precisavam fugir para onde ainda havia luz. Os dias estavam ficando cada vez mais curtos, a noite cobria o planeta e umas sombras sinistras perseguiam os pobres coitados. A menina também não gostou muito. As sombras eram mais bem feitinhas do que as do outro filme mas a história era chatíssima. No final sobravam só duas crianças — um menino negro e uma menina loira — e a irmã tentou valorizar o trabalho do roteirista ressaltando essa citação bíblica: Adão e Eva jovens, o recomeço. Havia também a menção a um antigo povoado norte-americano e o sumiço misterioso de seus moradores. A menina continuou achando tudo isso um porre.

Trinta e nove, quarenta, quarenta e um, quarenta e dois, quarenta e três. Dias depois a irmã desapareceu. Os pais e os tios desapareceram. Todo mundo sumiu. A menina estava brincando de esconde-esconde, a testa encostada no muro, os ouvidos atentos às risadas, aos grunhidos e aos escorregões perdidos no espaço vazio entre os números. Os primos e os amigos foram se esconder na construção abandonada enquanto ela contava até cinquenta. Aí vou eu! Nunca mais viu ninguém. Era domingo bem cedo e ela gritou tanto que ficou sem voz. Chorou muito, urinou na bermuda. Experimentou o terror puro, o medo da própria sombra. Vomitou duas vezes. Telefonou para a avó em Curitiba. O estômago não conseguiu segurar nada o dia todo, nem água. À noite ela ficou esperando. Primeiro na praça depois em casa, esperando, observando os cantos, as frestas, tudo o que era ausência de luz. Porém sua sombra não a atacou. Foi a noite mais difícil de sua vida. Fome na cama, lâmpada ora acesa ora apagada. A menina chorava e cochilava, chorava e cochilava, mas as sombras sinistras não vieram. Filminho vagabundo, na certa brasileiro. Não vieram! Não arrastaram sua alma para o inferno.

Ele é velho e gosta bastante de filmes. Ela é nova e não gosta tanto assim. Ele é velho e fala, fala, fala. Ela é nova, tem os olhos brilhantes mas sem profundidade, como os de uma boneca de porcelana pintada a mão, e já aprendeu a não levar muito a sério o que ele afirma ou nega. Por exemplo, ele disse que não voltariam mais ao local do incêndio e agora estão aí inspecionando o entulho, tropeçando nas vigas e nos vergalhões. A construção inteira desmoronou formando uma pirâmide verde-púrpura. O piso térreo da livraria, onde o fogo começou, desapareceu sob toneladas de concreto e aço, e Davi está muito irritado porque não consegue chegar lá. Ele é velho e xinga, xinga, xinga, merda, merda, merda. Suas mãos agarram com firmeza as protuberâncias da encosta e seus pés procuram as melhores frestas. Ele é velho e está decidido a chegar ao topo, sem saber muito bem por quê. Durante vinte minutos ele vai ralando os joelhos e se retorcendo para subir os degraus irregulares. Cada avanço produz uma chuva de farelo. Davi salta pequenos precipícios e às vezes para pra descansar. Parece até que está brincando de esconde-esconde, parece até que contou até cinquenta e agora está atrás de alguém. Suas mãos sentem dois calores: na palma o calor que vem de baixo, do fundo da pirâmide, no dorso o calor que vem de cima, do sol. Quando finalmente atinge o cume, o velho está exausto, com sede e um pouco machucado. Decepção. Não há ninguém, não há nada pra ver do alto exceto os carros empilhados e os prédios mortos, nadinha de espantoso. O velho também já foi criança, ele já teve onze ou doze anos, igual à menina. Menos até. Ele também já teve seis anos e sonhou grande. Nessa época ele dizia pra todo mundo que um dia seria astronauta. Ou mágico. Ou amestrador de dinossauro. Ou faraó. Ou tudo ao mesmo tempo, mas principalmente faraó. Então do que é que o infeliz está reclamando? Hoje ele finalmente está no topo de sua própria pirâmide e o império do céu e da terra é praticamente só seu.

Apesar do sol ainda quente a lua está bastante visível na direção do oceano. Hora de procurar um bom café e qualquer coisa pra comer. Ao voltar para a calçada e reencontrar a menina-santa — ela ficou no mesmo lugar o tempo todo — Davi percebe surpreso que seu rosto fino tem o queixo desgracioso, projetado um pouco pra frente. Como não notou isso antes? Davi inclina o corpo um bocadinho, segura o queixo de sua protegida, vira o rosto para um lado, solta, olha, vira para o outro, solta, olha, sim, um queixo pequeno e desgracioso. Como o de um símio. Como não reparou nisso antes?

Política homicida

Por muito pouco sua vida não chega ao fim de modo abrupto e ridículo: não pela ação das chamas ou de um raio, porém atacado em plena rua pelo espírito vingativo de um político morto. Mais tarde, quando pensar sobre o assunto, ele ficará realmente furibundo, a ponto de chorar sem a menor inibição, vítima de um entorpecimento lacrimoso que não experimentava há tempos. A menina tentará resgatar a calma dos sentimentos e a paz doméstica dobrando para o homem toda sorte de animaizinhos divertidos, mas em vão.

Acontece assim: um vento esquisito, meio torto, arranca metade de um outdoor apodrecido, que faz uma curva e voa pra cima de Davi, passando a um centímetro de sua careca. Por pouco... Se ele não tivesse desviado o tronco a tempo, no puro susto, sua cabeça teria sido decepada. A placa de madeira e papel repica na rua e para numa sarjeta, mostrando a metade de cima de uma carantonha obscena. Apesar de a fotografia estar cheia de escoriações produzidas pelo tempo Davi consegue reconhecer no fragmento deslocado o jargão da propaganda eleitoral: parte de um número de candidatura, parte da logomarca de um partido, as íris indecentes de um par de olhos corrompidos. Ô raça pervertida. Mesmo morto o desgraçado do candidato a deputado estadual ou federal ainda tentou atingir alguém na rua. Um ódio antediluviano enche o estômago de Davi. Um nojo pré-histórico que ameaça subir até a boca. Com esse sentimento de repulsa vem um tipo perverso de satisfação: a alegria doentia de ter sobrevivido à extinção da política e dos políticos.

Antigamente, quando os dias eram dias, no plural, não esta sucessão singular do mesmo débil dia, tudo sempre igual, sempre o mesmo até nas mais significativas diferenças, *política* era sinônimo de *corrupção*, *governabilidade* era o mesmo que *maracutaia*. Outrora, quando as noites eram noites, no plural, não esta sequência singular da mesma alienada escuridão, tudo sempre o mesmo, sempre o idêntico até nas mais valiosas assimetrias, Davi era regularmente bombardeado com as manchetes mais obscenas: deputados vendendo apoio nas votações da câmara e, é claro, sonegando o imposto de renda; funcionários de autarquias hospitalares recebendo propina e, é claro, sonegando o imposto de renda; prefeitos e governadores desviando dinheiro de programas sociais para os cofres de seu partido e, é claro, sonegando o imposto de renda; empreiteiros e diretores de estatais fraudando licitações de obras públicas e, é claro, sonegando o imposto de renda; presidente do senado beneficiando empresa do filho e do neto e, é claro, sonegando o imposto de renda; desembargadores recebendo propina pra atrasar processos e, é claro, sonegando o imposto de renda; prefeitos e governadores transferindo dinheiro público para contas pessoais no exterior e, é claro, sonegando o imposto de renda. A imprensa enchia tua cabeça e teu saco, Davi, com denúncias de mensalão, mordomias, dinheiro escondido na cueca, nepotismo, extorsão, superfaturamento, tráfico de influência, funcionários-fantasma, laranjas, crimes eleitorais, fraudes financeiras e, é claro, sonegação do imposto de renda. Todo mundo se dando bem. Todo mundo enchendo o rabo de dinheiro. Enchendo a piscina de dinheiro. Dando largas braçadas em dinheiro. Multiplicando seu patrimônio cinco, dez, vinte vezes. Comprando joias, carro de luxo, iate e jatinho. Cheirando muito pó de luxo. Comendo muita puta de luxo. Todo mundo cantando e dançando na chuva de dinheiro. Bucaneiros gordos e felizes. Predadores gulosos e saciados. A vida era bela.

Eu sei, Davi, que você não vai chorar a extinção dos dinossauros da política. Eu sei que você vai lamentar tudo, menos o aniquilamento global do câncer na administração pública. Acabaram as gorjetas, as gratificações, os emolumentos, os jabaculês, as vantagens, os lucros, as molhaduras. Acabaram o caixa dois e a sonegação. Hurra, acabaram o horário eleitoral gratuito na tevê, os roteiros calhordas, os jingles debiloides! Acabaram os sorrisinhos e a risadinhas e a lengalenga demagógica na telinha. Debates públicos, promessas retóricas e programas de governo nunca mais. Alianças e coligações nunca mais. Fim das petições, dos projetos de lei, das emendas parlamentares e da loucura racionalizada. Fim dos três sanatórios: do executivo, do legislativo e do judiciário. Nada à esquerda, nada à direita. Fim do tiranossauro rex e do homo politicus.

Todo mundo enchendo o rabo de dinheiro e você do lado de fora do circo, chupando o dedo. Até o dia em que um de seus melhores contatos chegou na agência com uma proposta indecorosa. O cara era boa-pinta, culto e elegante. Falava cinco idiomas. Entendia tudo de cinema. A proposta era fraudar a licitação das campanhas publicitárias da nova gestão da prefeitura de São Paulo. Grana grossa, cartas marcadíssimas, bastava indicar as outras concorrentes, as perdedoras. Davi vacilou durante dois dias. Mas topou. Morrendo de medo mas topou. Quem providenciou as agências perdedoras foi o filho da puta do contato. Não deu outra: as reuniões na secretaria da comunicação estavam sendo filmadas. As gravações foram parar na imprensa. Cena bonita: Davi e o contato estiloso — os dois bastante animados — na sala do secretário-adjunto, acertando com ele a porcentagem — vinte por cento do orçamento superinchado — que a agência pagaria quando vencesse a concorrência. Gestos expansivos, risadinhas, faltou apenas o champanhe.

Outra cena bonita: Davi, o contato estiloso e os diretores de outras agências — as perdedoras — na sala do secretário-adjunto, abrindo os envelopes com as propostas, redigindo a ata da licitação etc. Tudo muito amigável, uma mão lavando a outra. No futuro Davi pagaria o favor perdendo em outras licitações. Tudo isso foi parar na tevê. Constrangimento. Davi parecia um menino de seis anos flagrado enfiando o dedo no pudim da tia Maricota. Os vídeos bateram recorde de audiência no YouTube. A polícia federal logo abriu um inquérito pra apurar a denúncia de fraude. Davi, o contato estiloso e outras quatro pessoas foram convocados a depor. O ministério público estadual também resolveu investigar o caso. Então tudo isso desapareceu. A gloriosa justiça dos homens silenciou. Sobraram as roupas e os papéis, mas os protagonistas sumiram. Salvo pelo gongo, camarada. Sorte sua que isso não aconteceu com você atrás das grades, isolado pra sempre do mundo exterior.

Septuagésimo dia

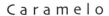

Caramelo

Bolinha para o alto, bolinha pra baixo, saque, bolinha por cima da rede, quicando no cimento invadido pelas ervas daninhas, repicando pra fora da área retangular demarcada. Outra bolinha para o alto. Davi está tentando ensinar a menina a jogar tênis. As raquetes, as bolinhas e a quadra eles encontraram no clube Paulistano. Só tiveram o trabalho de recolher as roupas e os pertences espalhados pelo local. Se a piscina não estivesse imunda, coberta com uma grossa camada de algas salpicada de maiôs e biquínis, Davi teria preferido dar um mergulho. Na falta de coisa melhor pra fazer numa tarde quente mas nublada, uma partida de tênis serve. Davi lança a bolinha para o alto, a gravidade a puxa pra baixo, Davi saca, a bolinha passa por cima da rede e quica no cimento pra fora da quadra. A menina não se mexe, nem ao menos ergue a raquete. Parece que ela não entendeu as regras básicas. Ou está se fazendo de tonta. Cacete! Davi não está ensinando nada de complicado, nenhuma sutileza difícil de assimilar. Ainda não chegou ao capítulo do voleio, do break point ou do match point. Nem sequer tentou explicar a subdivisão do jogo em games e sets. Tudo o que ele está mostrando é como bater na bola de modo que ela passe por cima da rede e caia na quadra adversária. Mas a menina não se mexe. Nem ao menos ergue a bendita raquete. Davi já lançou três bolinhas para o fundo da quadra. Será que a menina está tentando rebater apenas com a força do pensamento?

Isso seria mesmo incrível, não? Já pensou? A bolinha parando no ar, na altura dos olhos de boneca, em seguida voltando em alta velocidade por cima da rede. Telecinesia. Isso seria incrível mas não impossível. Afinal a menina-santa deve ter certas habilidades paranormais latentes.

Davi saca novamente, sem muita força. Mesmo assim a bolinha vai parar longe, ao lado das outras. A menina fica só olhando as gaivotas cor-de-rosa invisíveis, ou as lantejoulas que enfeitam o nada, olhando aqui, olhando ali, as retinas de porcelana filmando agora o cabo de sua raquete importada, o cabelo encrespando a tarde azulada. Telecinesia uma ova, Davi pensa. Com habilidades paranormais ou não alguém precisa ir buscar as bolinhas. A menina não sai do lugar, agora está mais interessada no peso e no comprimento da raquete, suas digitais passeiam pela trama de tripa sintética. Davi resmunga e vai até o fundo da quadra. Na volta ele não encontra mais a jovem companheira. Cadê a santinha? Giro rápido de trezentos e sessenta graus. A textura das paredes se mistura com a das alamedas e ambas se dissolvem na luz aquosa que banha o clube. Davi veste a alça da bolsa de couro e segue em direção ao campo de futebol. Cadê a santinha? Linhas verticais vermelhas, transversais verdes e onduladas marrons atravessam sua frente, enroscam em suas pernas, confundem sua bússola interna. Deixando pra trás apenas estrias, as leis da perspectiva sofrem um revés e se acumulam no fundo de um ponto de fuga, resolvendo-se numa confusão de aflição e esperança. Cadê a santinha? As garras de uma besta invisível apertam seu pomo-de-adão com tanta força que Davi passa imediatamente do medo ao pânico. Cadê?! Ah, Zeus seja louvado, ela está lá no jardim, agachada, examinando uma planta.

Uma orquídea com flores grandes e lilases. Uma espécie muito perfumada, Davi sente o aroma a metros de distância. Ao chegar perto ele nota que a menina está tentando arrancar uma flor. Porém por mais que ela puxe a flor não solta do caule. Sua mãozinha suada limpa a lágrima que escorreu até o lábio superior. Uma lágrima de esforço físico, não de emoção. O jardim selvagem do clube está cheio de orquídeas, azaleias, violetas, cravos e outras espécies das quais Davi não lembra ou não sabe o nome. Então a menina tenta extrair outra das muitas flores cheirosas, espalhafatosas e resistentes. Sem sucesso. As mãos escorregam e a menina cai pra trás. O fracasso dispara um raio branco e frio de eletricidade nervosa dentro de sua boca, através do esôfago, passando pelo estômago, pelos intestinos e saindo pelo ânus. Davi ajoelha ao seu lado e tenta extrair a flor. A planta parece feita de borracha industrial super-resistente. Não solta de jeito algum. Davi pega o canivete na bolsa e começa a cortar o caule poucos centímetros abaixo da flor. Demora um pouco mas a haste finalmente cede e a santinha ganha seu mimo lilás.

Então ocorre uma inversão de papéis: agora a menina se afasta do jardim, os dedos e os olhos grudados em sua querida flor, enquanto o velho entra nele para investigar as outras plantas. Logo encontra uma colônia de cogumelos amarelos dividindo um bom pedaço de chão com vários tipos de broto: uns baixos meio azulados, outros altos meio cinza. Uns encaracolados e muito finos, outros segmentados e peludos. Davi evita tocar os cogumelos com medo de que sejam venenosos. Segura firme um broto baixo meio azulado, posiciona bem os pés e puxa com força. A planta ameaça sair, o caule está bastante distendido e um pedaço da raiz já começa a despontar. Davi bufa, segura com as duas mãos e joga todo o peso do corpo pra trás. Mais um pedaço da raiz fica visível. Porém o broto não desgruda totalmente do solo. Davi desiste, limpa as mãos na camiseta, ajeita os óculos e fica admirando o jardim. Testa uma folha aqui, uma flor ali, um ramo acolá. Parecem mesmo feitos de material sintético à prova de safanão. Davi só consegue colher umas amostras com a ajuda do canivete, mesmo assim com esforço, como se estivesse serrando um arame. Dos cortes escapa uma seiva pegajosa de cheiro forte.

Doce. Enjoativo. Davi joga tudo fora. O mais estranho é que não há insetos nas imediações.

Durante semanas ele olhou ao redor e para o céu, para cima e ao redor, em busca de uma resposta que talvez esteja embaixo, no subsolo infinito. Por que as pessoas desapareceram? Por que o outono não chega nunca? Davi observava a noite estrelada e ficava pensando toda espécie de besteira: deuses, alienígenas, fenômenos cósmicos. Olhava em volta, para as ruas e os prédios, e se perguntava: demônios, assombrações, forças sobrenaturais? Mas estava esquecendo de examinar o solo. Por cegueira ou inconsciência Davi deixou de lado as sementes e as plantas, que sempre interessaram mais a Vivian do que a ele. Quase todos os bairros já estão sem energia elétrica. Em poucos meses a vegetação rasteira tomará conta da cidade. Ampliando as fendas. Provocando novas rachaduras, abrindo buracos. As raízes forçarão o asfalto e o concreto, as ervas daninhas e as trepadeiras cobrirão os amontoados de veículos, um tapetão de musgo ameaçará o interior das casas, o verde violentará os muros, as pontes e os edifícios. A chuva e as microrraízes da relva penetrarão a matéria sólida dissolvendo tudo. Em poucas décadas não haverá mais São Paulo.

Davi senta na grama e começa a cutucar a terra entre dois coqueirinhos. Não percebe nada de extraordinário na cor ou na consistência. Parece terra normal. A menina chega perto e também senta na grama. Sua flor lilás já desapareceu. Deve estar caída lá atrás perto da arquibancada. A menina é assim com quase tudo. Nada consegue prender sua atenção por muito tempo. Davi estranha quando ela, deixando de lado sua imagem séria para assumir uma identidade mágica, pega um torrão e oferece a ele como se oferecesse um bombom. Ele recebe o torrão, ergue um pouco os óculos e fica analisando bem de perto. Terra, só isso. A menina pega outro torrão, um pouco menor do que o primeiro, e põe na boca. Davi franze a testa. A menina sorri e diz, de boca cheia, é doce. Essa é sua primeira fala desde que se conheceram.

Duas palavras poéticas. Um verbo e um adjetivo: é doce. A expressão luminosa e predadora de seu rosto de querubim também é novidade. A menina-luz insiste, é doce. Davi dá uma lambidinha no seu torrão, sente um formigamento engraçado, uma coceira nas papilas gustativas, dá mais uma lambidinha, enfia na boca e concorda, é mesmo, é doce, parece caramelo. A felicidade é enorme, sem fraturas. Tudo o que é injusto, inútil e penoso torna-se agradável, harmonioso e bom. Qualquer impulso perverso que tentar se manifestar — neste mundo ainda existem muitas armadilhas abomináveis para um homem maduro e uma ninfeta — já estará morto antes de nascer. No jardim selvagem não se vê nada muito sólido, só luz. Não há sombras no clube em ruínas ou na alma. Davi chupa a mancha marrom do dedão. A menina o imita. Os dois fazem graça com a situação rara: degustar terra. Davi desconfia que acabou de abrir por mero acaso uma ótima porta para a paisagem íntima da menina-santa. Ele ainda não tem total certeza mas suspeita que um elo muito forte — o sabor da nova terra — acaba de unir os dois.

No caminho de volta pra casa Davi está um pouco mais eufórico do que gostaria neste entardecer abafado e suarento. Parte de sua consciência — a pequena parte que ainda se mantém séria e circunspecta no fundo de sua mente — observa com desdém os movimentos efusivos da outra parte, a risada alta, as gracinhas. Essa fração mais cautelosa de tua psique, Davi, ela desconfia que o entusiasmo desmedido que tomou conta de teu desprotegido ser é somente um efeito da matéria alucinógena que você ingeriu: o torrão do jardim selvagem. Alucinógena sim senhor, meu querido. Igualzinho à mescalina. Por isso esse desdobramento fractal de caleidoscópio, esses sons de sintetizador. Por isso essa repentina exaltação. Você brinca de tiro ao alvo, atingindo o vidro das casas comerciais com os cascalhos que pegou no jardim do clube. Você inventa dancinhas curtas e ridículas. Você começa a contar piadas sem pé nem cabeça. Piadas cujo final esqueceu. Porém, como o povão já sabia, não há tristeza que dure pra sempre, nem alegria que nunca se acabe. Poucos metros antes do portão de casa Davi se afastava de sua jovem amiga de queixo proeminente e cabelo crespo, apoia o antebraço num muro de cimento chapiscado e vomita toda a euforia. O barro retorna em gotas pegajosas. A menina não fica nem um pouco espantada com essa reação. O organismo de seu cavaleiro andante ainda não está preparado pra receber as dádivas da terra. É com grande alívio que você, Davi, vai embora deixando manchas marrons na superfície áspera. Vomitar foi a única maneira de botar pra fora a loucura que estava borbulhando em seu sistema vital: o fogo, as cores distorcidas, os volumes deformados do bairro grã-fino. Loucura muito mais perturbadora do que qualquer outra que vossa mercê, vosmecê, você já experimentou até mesmo na época da agência de propaganda. Mais tarde, quando todo o mal-estar tiver desaparecido, Davi ficará matutando por que a menina também não ficou enjoada. Por que ela também não manchou o muro.

Quinto dia

Exercícios

Quando Vivian engravidou — três vezes, sendo que a primeira terminou num aborto espontâneo — Davi deu a atenção de praxe, nem menos nem mais do que a maioria dos maridos costumava dar às esposas prenhes, abarrotadas de vida. Nos dois últimos meses de gravidez era muito bom ver a mulher conduzindo seu radiante barrigão com a elegância de uma marreca, demorando o triplo de tempo pra pegar um copo de água ou uma fatia de pão. Agora, pra atormentar o cerebelo, essas cenas voltam espontaneamente. Retornam sem serem convidadas, provocando um grande desconforto emocional. Acalma tuas vísceras, Davi. Apazigua o monstro interior, segura o choro. Não se sinta culpado por não ter participado mais intensamente do dia a dia de Vivian e das crianças. Você conseguiu ficar no conforto da média. Não enjoou junto, não vomitou durante a gestação, não filmou o parto nem trocou muitas fraldas, mas também não foi um marido e um pai ausentes. Olha só essas fotos, você estava lá com Vivian e os bebês boa parte do tempo, ora. Deixa de drama.

As fotos. Depois os vídeos. Depois de novo as fotos. Depois de novo os vídeos. Davi sente que o amor paterno não é um impulso ou um instinto, é um hormônio produzido por uma glândula ainda não descoberta. Quando começa não para mais. Mas a contínua produção de amor paterno, sem função ou necessidade, pode provocar sérios problemas de saúde. Sem um alvo objetivo a flecha acaba voltando-se contra o atirador. Cansado de rever os álbuns já conhecidos Davi sem querer encontra uma foto avulsa numa gavetinha ainda não vasculhada: Vivian grávida de seis ou sete meses, de calcinha e sutiã, se exercitando na sala de estar. Uma foto sem data.

Estudos comprovam que a gestante que pratica ginástica ganha menos peso, aumenta sua tolerância à dor e diminui a duração do parto normal. Vivian deitava no colchonete, erguia os braços e as pernas e movimentava bastante as extremidades. Era um exercício excelente para a circulação sanguínea, ótimo pra evitar inchaço, varizes e hemorroidas. Davi ficava só assistindo, escarrapachado na chess lounge verde-abacate.

A mecânica do parto normal consiste no relaxamento de alguns músculos e na contração de outros, especialmente dos abdominais. Para o bebê nascer sem problemas, é preciso haver uma perfeita coordenação desses movimentos. Vivian apoiava as costas no chão e dobrava os joelhos. Em seguida, apoiada apenas nos ombros e nos pés, erguia a cintura, quase fazendo a *ponte* (você sabe: a ponte completa é a famosa posição que o pessoal da ginástica e da ioga assume ao vergar o corpo pra trás, com o peito pra cima, formando um arco apoiado nos pés e nas mãos). Esse era um exercício bom pra evitar a dor nas costas e no nervo ciático, que costuma incomodar bastante as gestantes. Ele também ajuda a evitar o parto prematuro. Davi acompanhava com a visão periférica os movimentos vagarosos da mulher, enquanto assistia ao telejornal.

Qualquer exercício que aumente a força dos músculos abdominais ou diminua a resistência dos músculos da pélvis — região inferior da barriga, por onde passa o bebê — contribui para reduzir o tempo e a dor do parto. Muitas vezes o parto normal não acontece por falta da boa coordenação desses músculos. Um bebê só nasce em parto normal quando a força fisiológica que o empurra pra baixo é mais poderosa que a resistência que o sustenta.

Vivian ficava de cócoras e contraía e relaxava a pélvis, como se estivesse segurando o xixi. Depois, com as mãos e os joelhos no chão, ela fazia o mesmo tipo de esforço do exercício de cócoras. Essa atividade ajudava a posicionar o bebê corretamente para a hora do parto. Davi lançava rápidas olhadelas entre uma bicada e outra no copo de uísque enquanto trabalhava no laptop. No CD player: Chet Baker, pra não estressar o bebê e a futura mamãe.

Publicidade não é arte

Foi o que ele disse, a voz cada vez mais alta e irritada. Publicidade não é como a literatura ou a música ou a pintura. Você acredita que é, mas não é. Publicidade não é sequer como o cinema, apesar de todo o aparato cinematográfico que um bom comercial de tevê sempre exige. Você pensa que um comercial tosco do sabão Pimpão, com uma dona de casa estereotipada lavando a camisa do marido, é muito diferente de um comercial magnificamente bem produzido da Coca-Cola, da Apple ou da Hyundai. Você pensa que o humor, o roteiro inteligente, a direção de arte impecável, a iluminação e os efeitos visuais de ponta são capazes de transformar mijo em vinho, mas não são. A publicidade, mesmo a campanha mais sofisticada, é só mais uma forma safada de vender alguma coisa. De azeitar as engrenagens do comércio. Os publicitários talentosos sodomizam a arte, obrigam a estética a desfilar algemada. Você é só mais um cafetão que acha que é o Bergman ou o Kurosawa da telinha. Na arte não há demagogia, o artista tem total liberdade pra denunciar os vícios do sistema, até mesmo do sistema artístico. Na publicidade não. A publicidade e a política andam juntas porque são igualmente podres e sacanas.

Foi isso o que Assunção disse a Davi depois de pedir demissão.

Septuagésimo dia

Eles

Dois meses atrás se perguntassem a Davi o que é a vida ele não vacilaria em responder: a vida é ódio, tudo é ódio, o ser humano é um grande balão flutuante de ódio, todas as criaturas são apenas ódio na forma orgânica. Antes, quando havia bilhões de pessoas por aí, elas eram como bolos de carne que assassinavam e comiam a si mesmas. Eram bolos de carne canibais e a boa receita de seu melhor preparo era o mais puro ódio. Se havia amor no mundo ele era filho do egoísmo e do inferno, sempre em busca da própria satisfação.

Hoje, olhando da porta do quarto a menina-santa escarrapachada na cama, dormindo profundamente, uma perna magra pra fora do lençol e o rosto enfiado inteiro no travesseiro, se perguntarem a Davi o que é a vida ele não hesitará em dizer: a vida é ignorância, tudo é ignorância, o ser humano é um grande balão flutuante de ignorância, todas as criaturas são apenas ignorância na forma orgânica. Se o amor existe ele está do lado de fora de todo e qualquer conhecimento. O amor é inocência. É essa criança sagrada em sono profundo e o cheiro de chuva chegando dos lados da marginal Pinheiros.

Davi está com uma irritação na pele do pescoço. De tanto coçar parece até que ele tentou se enforcar com uma corda de náilon. Mas agora, parado na porta do quarto limpo, até essa coceira está dando descanso. Davi não lembra mais a irritação na pele, a dor nas panturrilhas, o cansaço. Sua mente está vazia. Tudo o que importa é o repouso da menina e a janela aberta por onde entram a luz dos postes e o aroma da chuva que se aproxima. Na adolescência, durante uma excursão do colégio, os estudantes fizeram uma caminhada noturna na mata Atlântica. O guia foi um índio guarani terrivelmente inteligente e carismático. Colheram sementes caídas no chão e evitaram danificar as teias de aranha. Na metade do passeio, num ponto em que a trilha virava uma pequena clareira, o guia pediu a todos que apagassem as lanternas e fizessem silêncio. O cheiro da terra e das folhas molhadas, o luar sobrenatural e a conversa miúda dos insetos invadiram os sentidos. Ausência de ciência. A mente de Davi esvaziou de repente. Toda vaidade e presunção desapareceram. Algo parecido está ocorrendo agora. O amor é uma região não-humana que às vezes pode crescer dentro de um homem, é uma mata povoada de insetos e aracnídeos que às vezes pode ser visitada por um alienígena racionalista. O amor brilha com a luz da lua, mas pra isso é preciso calar o medo do escuro e apagar a lanterna.

Antes de pegar no sono, bem antes de tomar banho e jantar a menina olhou lá pra fora, para o quintal, e disse, a gente podia plantar qualquer coisa, ter uma horta. Davi estava olhando exatamente na mesma direção, mas distraidamente, quando foi pego pela segunda fala de sua pupila num mesmo dia. Alheio a tudo, perdido nas sombras do quintal ele não teve tempo de escutar direito a proposta, somente a palavra *horta* ficou presa na rede de sua atenção. Na hora, pra não quebrar o encanto, ele respondeu sem vacilar, boa ideia, uma horta? Ótima ideia. O quintal é grande, nele cabem vários canteiros. O terreno é plano e recebe sol o dia todo. Uma horta. Agora, pensando melhor nessa ideia, uma excitação nova percorre seus músculos. A ideia da horta não é apenas boa, ela é imprescindível. Faz tempo que os dois não comem nada que não tenha sido coletado num refrigerador, nada que não tenha sido industrializado no mundo antigo, antes do apocalipse. Já está na hora de voltarem a comer verduras, frutas e legumes frescos:

a comida do mundo novo. É preciso acordar as sementes, a era da agricultura tem que renascer. As sementes, Davi! Consegue sentir seu chamado? Elas estão esperando. Lá fora. Quietinhas. Aguardando a água e a terra novas. Em compartimentos hermeticamente fechados. Embaladas a vácuo. Futuros tomates e alfaces e maçãs e vagens e cenouras e laranjas, as sementes estão lá fora em algum lugar, chamando, esperando.

Ouviu isso, as folhas farfalhando lá fora? Uma rajada de vento úmido invade o quarto prometendo para breve pelo menos dois ou três graus a menos na temperatura. Transtorno no mundo mínimo: as miniaturas e os origamis nas prateleiras são arrastados pelo minifuracão. Davi deixa a porta aberta pra manter a corrente de ar circulando — o ar-condicionado quebrou faz dois dias mas a menina não quis mudar de quarto — e desce descalço, só de cueca, até o quintal escuro. Acende um cigarro, sente-se tranquilo e estranhamente confiante. Uma horta... A sola dos pés bolina a maciez do terreno, os dedos cavam um pouquinho apenas pra curtir o atrito com o solo. Uma horta é uma ótima sugestão. As nuvens pesadas já cobriram parte do céu. A água, como será a nova água? Da nova terra Davi já provou um pouco. Não foi difícil perceber que algo mudou em sua composição química. Mas as sementes e o solo não são nada sem o sol e a água. O sol aparentemente continua o mesmo, a água da torneira também parece não ter mudado. Mas a chuva que se aproxima... Será que é diferente? Será que é amarga e embriagante feito um bom vinho? Ou doce e estimulante igual ao suco de melancia?

Fim do cigarro. Davi ouve um espirro no andar de cima seguido do som ritmado de passos na escada. Joga fora a bagana, coça discretamente a nádega e olha pra trás. A menina acordou, desceu, pegou um refrigerante na geladeira e agora está ao seu lado. O vento brinca com seu cabelo e sua camisetona. Ela olha as nuvens que se aproximam cobrindo a cidade como uma tampa maciça e pergunta o óbvio, vai mesmo chover?

Parece que sim, o pançudo-branquelo-enrugado Davi responde, sentindo pela primeira vez esta noite um viscoso constrangimento por estar só de cueca.

A horta vai gostar da chuva, a menina prediz.

Eu sei.

Também vou gostar da chuva.

Eu também.

Só não quero que chova muito. Não quero essas nuvens cobrindo a gente.

Por que não? Qual é o problema com as nuvens? Elas são ótimas, ajudam a diminuir o calor.

Não dá pra ver o céu, a menina diz muito séria, dando uma boa bicada na latinha. Não dá pra ver as estrelas. Se as nuvens não forem embora não vai dar pra ver direito o céu, entende? Quando eles estiverem chegando.

Quem?

Eles.

Eles quem?

Não sei direito. É complicado... Eles, só isso: eles. Não sei quem são.

Você anda comendo terra demais. Tá delirando. Ninguém vai chegar do céu.

Quando eles chegarem você vai ver.

Besteira.

Você vai ver.

(A menina olha o quintal mal iluminado já enxergando nele os canteiros cheios de alimento vivo, verde, vermelho, de todas as cores. Um pressentimento auspicioso anima o espírito sinistro de Davi: ótima ideia, a da horta. Porém logo o fluxo de seus pensamentos muda espontaneamente de direção. A menina bebe o restinho do refrigerante e arrota baixinho. Vigiando agora o céu coberto pelas nuvens-rochedos, os olhos fixos como se estivesse dormindo com as pálpebras erguidas, ela parece uma sentinela antiga, firme na postura de quem espera. Vigiando o alto. Esperando, esperando... A chuva, talvez. Ou os tais visitantes: *eles*. De repente Davi lembra que ainda não sabe o nome de sua protegida.)

Você ainda não me falou teu nome.

(Ela, os olhos miúdos sempre fixos, frágeis, presos nas nuvens escarpadas, procurando o que se esconde atrás da tampa que cobre a cidade.)

Teu nome?

(A pequena sentinela finalmente revela seu nome e é um nome luminoso e sonoro: Estela.)

Sexagésimo dia

A menina-anjo e os livros: uma fábula

Ela realmente não gosta de falar. Ou desaprendeu. Ou não pode: é muda. Será que ela é muda? Um animalzinho fisicamente incapaz de articular vogais e consoantes? Ela realmente não gosta de ler. Ou também desaprendeu. Ou nunca aprendeu: é analfabeta. Uma criaturinha psicologicamente incapaz de memorizar letras, palavras e frases escritas.

A biblioteca da casa está toda desarrumada. Vandalismo? A menina atacou as estantes e espalhou no chão tudo o que encontrou.

Espalhar é o que a menina mais gosta de fazer numa biblioteca. Ela ajeita os fones de ouvido, seleciona um ponto qualquer na playlist, acondiciona o iPod no bolso da bermuda e manda bala. Não fica pedra sobre pedra.

Seus livros prediletos são os grandes e ilustrados. Ela é capaz de passar um tempão admirando uma imagem do corpo humano meticulosamente desenhada. Os atlas também costumam prender sua atenção. O que será que ela tanto procura seguindo com o indicador fino a linha dos rios e das cordilheiras? Um esconderijo?

Desconfio que essa menina procura um país muito distante, um país secreto em que a palavra escrita não diz quase nada. Sua terra natal. É isso o que ela busca sempre que entra numa biblioteca. É nisso que ela acredita: num país-esconderijo cuja localização está — sempre esteve — oculta num atlas qualquer.

Talvez seus conterrâneos, lá nesse insondável país distante e analfabeto, até gostem de falar, discutir, contar histórias, fazer longos discursos, refletir e debater em voz alta. Porém a menina realmente não gosta. Ou desaprendeu. Ou não pode: é muda. Ou está guardando sua preciosa fala — fico imaginando quantas digressões mágicas ela não fará no momento certo — para quando voltar pra casa. Como as donzelas que guardavam sua virgindade para o encontro perfeito.

(Analfabeta? Será mesmo? Ou será só encenação?) A menina ama os origamis e as miniaturas: coisas, pessoas e bichos de plástico. Ela também ama os livros. (Será mesmo?)

É verdade que sua relação com os filmes e os desenhos animados é fria e distante. Ela não tem muita paciência para as imagens em movimento. Logo cai no sono. Também não gosta dos games. Não tem com quem jogar. Acha chato. Em pouco tempo o joystick está abandonado numa poltrona.

Essa menina ainda não sabe, mas ela não é deste planeta.

Alienígena.

Igual a todas as crianças que havia por aí: estrangeiras. Verdade ou delírio? Crianças não são deste planeta?

São de outro lugar muito distante, talvez de outra galáxia. Sua cultura é muito diferente. O idioma também é outro.

Elas são trazidas pra cá por mero acaso. Rebanhos gigantescos de anjinhos ficam gravitando por aí, no universo. De repente, um desses pequenos portais galácticos soltos no espaço acaba sugando um punhadinho de futuros meninos e meninas e soltando aqui. O portal de saída é a vagina da mãe. Com o tempo os anjinhos vão mudando. Crescem. O veneno da atmosfera terrestre adultera sua mente, a sociedade dos adultos mancha sua pele. Eles esquecem. Também viram abomináveis adultos.

Das estrelas! É por isso que a menina que não fala nem lê também gosta de mapas astronômicos e cartas celestes. Ela adora acompanhar com o dedo o desenho das constelações. Ela não sabe, mas é só mais um anjo que caiu na Terra. Um serzinho celeste que se adaptou mal à nova vida: não respirou em excesso o nosso ar nem tomou muita água. Da comida daqui comeu pouco, por isso ficou assim: malformada, metade menina metade anjo.

Ela gosta demais dos grandes livros cheios de fotos e diagramas do céu. Ela também gosta demais do céu.

Está sempre admirando as estrelas. Às vezes até parece que a menina-anjo está esperando visita. Ela olha tanto o céu que isso chega a ser preocupante. Parece que alguém muito esperado está pra chegar.

O céu e os mapas: no mínimo assunto de viajantes, não?

Quando não está esperando visita a menina-anjo gosta de brincar no jardim de plantas resistentes, mordiscar um espinho de cacto (adstringente) ou um talo de grama (azedo), lamber uma pétala de rosa (amargo), chupar uma pedrinha (agridoce) ou um torrão (doce). Todos os sabores do jardim enfeitiçam de um jeito muito especial.

Mas gostoso mesmo é ver essa criatura celeste convivendo com os livros. Ela faz pilhas com eles: brochuras de um lado, capas duras do outro. Torres muito altas brotam do chão da biblioteca. Depois surge um grande templo pagão em forma de púbis cercado por quatro templos menores para os sacrifícios humanos.

Pirâmides astecas. Palácios chineses. Animaizinhos de origami e homenzinhos de plástico passeiam por eles. Protegendo essas construções magníficas, uma poderosa muralha medieval desenhando uma silhueta humana.

Surge então em miniatura a capital formidável daquele país secreto em que a palavra escrita não diz quase nada. Por isso essa tristeza com cheiro de tinta e mofo formigando em toda a biblioteca. É saudade.

Banzo.

A menina-anjo brinca de voltar pra casa.

Primeiro ela voa até o portão da muralha de livros, vigiado

dia e noite por guardas-minotauros de armadura. A lança sempre em punho, eles a saúdam respeitosamente. A menina-anjo atravessa o portão. Ela é a rainha-santa da cidade antiga em que a palavra escrita não diz quase nada.

Seus súditos a rodeiam. A alegria retorna à capital desse insondável país distante e analfabeto. Nossa rainha-santa voltou, gritam os sacerdotes. Os senadores, os cavaleiros e o povo respondem com um urro longo.

O fedor de tinta e mofo é expulso da atmosfera pelo cheiro de pólvora queimada dos fogos de artifício. A menina sagrada é magnânima e misericordiosa: alegria e festa, as dívidas são perdoadas e os condenados à prisão perpétua são poupados da sessão diária de chibatadas. As viúvas e os órfãos ganham presentes, no calabouço nenhum olho é extraído.

Mas há algo muito estranho nesta cidade, neste país que ela mesma construiu. Algo muito errado. Seus habitantes são imaginários.

A parede interna das torres, dos templos, das pirâmides e dos palácios é de papel impresso. As cortinas e as tapeçarias são fotos e ilustrações de enciclopédias. Longos textos em português, inglês, espanhol e francês decoram o piso suntuoso dos salões. As avenidas e as ruas são forradas de verbetes de dicionário.

Tudo artifício. Tudo representação inútil. Agora a menina-anjo percebe que este não é seu verdadeiro lar. Agora ela sabe: as estrelas, foi de lá que ela veio.

A grande vagina a aguarda no templo central em forma de púbis. Mecanismo delicadíssimo movido a vapor, o sumo sacerdote abre os registros e inspeciona as válvulas. Está tudo preparado para a viagem de volta. Mas a menina-anjo cresceu muito e não cabe mais no canal vaginal. Desespero. Não dá mais pra atravessar o portal de carne.

Presa na Terra. Pra sempre.

Raiva.

Extrema decepção. A vergonha pelo fracasso faz os sacerdotes cometerem suicídio. Alguém sugere incendiar toda a cidade como penitência. Então a menina-santa ouve a voz distante. Um zumbido. Um breve comunicado saindo da vagina sagrada. Estamos a caminho, diz a voz longínqua, tenha paciência, já estamos a caminho.

Se a menina-anjo não pode ir até eles — reencontrar seu povo analfabeto —, eles virão até ela. Das estrelas. Eles virão resgatá-la.

Agora ela sabe a verdade.

E quer voltar.

Para as estrelas, de onde ela veio. Para o rebanho perdido de anjnhos gravitando nos confins do universo.

Os mapas da Terra já não interessam mais. Agora a menina-anjo só tem olhos para as cartas celestes. Descobrir a verdade costuma provocar milagres. Não será nada espantoso se de repente essa criatura tão calada começar a tagarelar.

Octogésimo dia

Sacrifício

Ela vai até o armário onde está o material de limpeza — vai na ponta dos pés, pra não chamar a atenção —, volta rapidinho, pula a muralha da cidade sagrada e derrama um pouco de álcool no grande templo pagão em forma de púbis. Dá dois passos pra trás e acende um fósforo. A construção arde, entorta e agoniza, produzindo mais barulho do que fumaça. Todos os seus ocupantes de plástico derretem. Logo as chamas saltam para os outros edifícios. A menina se afasta, arrependida de seu crime. Tola descuidada: a garrafa de álcool — pela metade — escapou de seu abraço frouxo. Acorda, garota! Para de soluçar. Olha só o que você fez. Horror nas ruas, no palácio, nas pirâmides. Não há escapatória. Em pouco tempo o incêndio atravessa a muralha e começa a escalar as estantes vazias. O barulho é infernal, a fumaça vai se acumulando embaixo, formando uma nuvem rente ao chão. A menina se assusta com a velocidade do fogo, encosta na parede e tenta fugir deslizando devagar até a porta aberta. Foi loucura, foi loucura, não devia ter feito isso. Passos vigorosos na escada de carvalho: Davi vem correndo ver o que está acontecendo. A biblioteca já era. Com muito esforço e um extintor de carro ele consegue abafar as chamas, impedindo que ameacem o resto da casa de dois andares na rua Padre João Manuel perto da alameda Jaú.

Sinal

Depois de controlar o incêndio Davi toma uma boa chuveirada. Uma onda de tristeza inunda seu corpo maltratado, o chão do boxe fica preto de cinza úmida. Davi termina de se enxugar, veste uma cueca e uma bermuda limpas e sai à procura de Estela. A menina está em seu quarto, ajoelhada junto da cama com o rosto enfiado na colcha embolada. Gemidos abafados vêm de seu rosto escondido. Suas costas estremecem espasmodicamente. Davi represa e amansa a onda de tristeza. Ele quer apenas entender o que está acontecendo. Quer saber por que ela botou fogo nos livros.

O que há, Estela?

(A menina ergue um pouco o rosto e limpa o nariz no braço.) Nada.

Por que você tá assim? O que aconteceu?

Não aconteceu na... Então o choro volta e ela começa a falar descontroladamente, eles não vão me encontrar, eles não sabem onde eu estou, vão me procurar e não vão me encontrar, a gente precisa fazer um sinal, a gente precisa fazer uma grande fogueira, queimar a cidade, senão eles não vão me encontrar, o mundo é muito grande e eles não sabem onde eu estou (a partir daqui as frases começam a se repetir e embaralhar, até desaparecerem num uivo cada vez mais baixo).

Davi toca afetuosamente o cabelo da menina, afasta a mão, medita um pouco, volta a tocar a cabecinha frágil, faz um carinho mais intenso e jura que na hora certa fará o que for preciso, até mesmo queimar a cidade se for mesmo necessário. Estela volta a chorar convulsivamente.

O que foi agora? Nós vamos fazer um sinal. Um grande sinal! Eles vão encontrar a gente.

(Davi demora um pouco pra entender que agora a menina está desesperada por causa da horta. Não quer perder a incipiente vida verde que suas próprias mãozinhas ajudaram a desabrochar.

Os tomates e as cenouras cresceram muito rápido e as alfaces estão super-resistentes. A couve-flor e o brócolis estão quase no ponto: enormes. Davi tenta explicar com bastante cuidado que é impossível queimar uma cidade sem destruir tudo o que... Não! Estela não quer sacrificar a bela horta na qual trabalharam tanto. A menina estabeleceu um forte vínculo afetivo com cada semente plantada — nos primeiros dias ela conversava com as sementes, a terra e a chuva fina — e essa conexão profunda não deve ser rompida.)

Tudo bem, tudo bem, não fica assim, a gente vai dar um jeito de salvar nossa horta.

(Davi se arrepende de ter dito isso. Ele queria acalmar a menina a qualquer custo, mas não sabia bem o que dizer, então mentiu. É melhor mudar de tática. Ele dá a volta na cama, ajeita os travesseiros, senta, puxa Estela para mais perto e a pega no colo. É preciso falar a verdade. Agora é preciso explicar que não dá pra fazer uma deliciosa omelete sem quebrar os belos e perfeitos ovos. No momento certo, no momento em que uma luz maior do que a luz de qualquer estrela brilhar no céu e os visitantes — *eles* — estiverem bem perto, a horta precisará ser sacrificada. Davi fala todas essas bobagens sobre *eles*, sobre tacar fogo na cidade inteira, e pensa, estou ficando doido, o descontrole emocional dessa menina está afetando minha sanidade. Ao mesmo tempo sente um prazeroso frisson ao imaginar São Paulo inteira em chamas. Uma fogueira descomunal que será vista a milhares de quilômetros de distância.)

Décimo primeiro dia

Uma lembrança

As linhas azuis no chão da piscina ondulam e tremem incessantemente. O treinador repete as regras do polo aquático e manda todos caírem na água. Serão nove contra um. Ele recebe a bola e a gritaria começa. Soa o apito. Ele não sabe por que tem que jogar sozinho contra nove brutamontes. O tempo, a vagarosa passagem do tempo é tudo o que sua mente compreende. O time adversário inteiro nada em sua direção espirrando muita água pra fora da piscina. Nove contra um. Em pânico, ele não consegue soltar a bola e é sugado pra baixo num rebuliço de pernas e braços. A vagarosa passagem do tempo. A boca tapada por uma massa de carne, o corpo em convulsão, ele tenta mas não consegue fazer o ar chegar aos pulmões. Tenta, tenta mas não consegue. Daqui a pouco seu cérebro vai entrar em colapso por falta de oxigenação. As pupilas enormes e a pele do rosto meio azulada, meio cinza, e os espasmos horríveis, curtos: ele sabe que está morrendo asfixiado.

Seu maior medo é que seja uma crise de asma.

Às vezes todo o ar desaparece, geralmente à noite. Então ele fica de quatro na cama, como um cachorro, fazendo com a boca e as narinas um som de orquestra de flautas. Sair do sono e tornar a entrar é algo que nem percebe mais. Às vezes ele acorda num susto com um chamado débil: Vivian! Mas a mulher não vem. O maço está vazio. É preciso procurar mais cigarros. Ou morrer de vez. Saltar da janela do vigésimo andar já começa a ser uma boa solução. De manhã ele espera muito tempo por um impulso pra sair da cama. Jaz como um velho cadáver de lesma, a vontade mole e decomposta por pensamentos ressentidos. Finalmente se arrasta até o banheiro, urina, bebe da torneira da pia, limpa o suor da testa e volta pra cama. O lençol e os travesseiros estão no chão. Ele volta a dormir. À tarde acorda num quadrado ensolarado e vê através da janela o céu azul e as grandes nuvens brancas e indiferentes vivendo sua vida nefelibata. Ele dá as costas para a luz e se encolhe inteiro no pedaço do colchão que está na sombra. Uma lembrança amarga chega de mansinho.

Davi recorda um conto lido na adolescência. Um conto de Ray Bradbury, da coletânea *As crônicas marcianas*. Nessa narrativa leve e bem-humorada, todas as pessoas que viviam em Marte voltaram para a Terra, onde estava ocorrendo uma guerra devastadora. Voltaram para se reunir aos entes queridos. Todas as pessoas menos uma. Um minerador solteiro e sem amigos, que vivia nas montanhas, não ficou sabendo da debandada e foi deixado pra trás. Fudeu! Não... Não fudeu. Agora ele perambulava pelas cidades fantasmas, divertindo-se nas lojas, nos cinemas e nos restaurantes abandonados, dormindo cada dia numa casa diferente, vivendo despreocupadamente.

Você leu esse conto há muito, muito tempo, Davi. Mas a premissa logo pegou você de jeito. Liberdade, liberdade. Que delícia, ter o mundo todo à sua disposição, não precisar estudar nem trabalhar, não precisar ser gentil e educado com as pessoas gentis e educadas, nem hostil e agressivo com as pessoas hostis e agressivas. Que maravilha, entrar numa loja — em qualquer loja — e levar o que quiser, poder vestir qualquer roupa sem se preocupar com a opinião alheia. Não ter que votar, acordar cedo, pagar impostos ou fugir de psicopatas. O conto tinha certa inocência juvenil, por isso era tão bom. O protagonista não estava preocupado com a falta de um médico em caso de um acidente ou de uma doença grave. Ou com a falta de energia elétrica quando todas as usinas deixassem de funcionar.

Você não parava de pensar como seria a vida sem os outros. Mais sossegada? Mais feliz? Sartre certa vez afirmou que "o inferno são os outros", frase divertida, pois verdadeira, que vinha sendo repetida à exaustão nas situações mais diferentes e infernais. Os desejos e os planos de cada um sempre esbarravam nos desejos e nos planos das outras pessoas. O mundo não era inteiramente seu, Davi, porque você tinha que dividi-lo com os outros e essa divisão era sempre injusta: uns tinham demais, a maioria não tinha quase nada. Por mais que você se esforçasse, não conseguia transformar o mundo totalmente a seu favor, afinal todas as pessoas estavam se esforçando pra transformar o mundo a favor delas, e os bilhões de projetos de transformação do mundo acabavam esbarrando uns nos outros. Um inferno.

Apesar disso, Davi, posso dizer que tua infância foi afortunada. Olhando pra trás, vejo que do teu nascimento até os onze, doze anos, tudo correu pacificamente. Sortudo. Nada de acidentes ou doenças graves, nada de trabalho escravo, nada de bullying na escola, nenhuma investida dos pedófilos. Apenas tevê, quadrinhos e álbuns de figurinhas. Tudo tranquilo e agradável. Os problemas começaram pra valer na puberdade, com o primeiro contato real com a sociedade dos adultos. Davi, eu sei, essa foi uma das experiências mais desagradáveis da tua vida.

Foi no início da adolescência que você começou a perceber que a vida social adulta exigia variadas doses de simulação e dissimulação. Eram as tais máscaras sociais, os tais freios culturais que permitiam que a civilização continuasse existindo. Confessa, Davi: essa constatação foi um grande choque. Até então você acreditava que as pessoas tinham uma essência, um eu verdadeiro que precisava ser descoberto e cultivado. Porém você logo viu que não existe essência alguma. Cada ser humano era um conjunto de máscaras formatadas por leis e regras, configuradas pelos seus direitos e deveres. A sociedade era um imenso palco onde todas as pessoas desempenhavam diversos papéis ao longo da vida. O papel mudava conforme mudavam o número de interlocutores e a natureza da interlocução: homens e mulheres se comportavam de maneira diferente em casa, no clube, no escritório ou num tribunal.

Visto que a maioria dos papéis e das máscaras era francamente antipática, quando não egoísta e grosseira, durante toda a sua juventude você teve um devaneio recorrente. Queria muito ficar sozinho e descansar do teatro social. De tempos em tempos, nas horas de maior aborrecimento, você ficava imaginando como o mundo seria ótimo se todos desaparecessem. Um mundo subitamente sem mais ninguém, só seu. Libertad. Freedom. Isso não seria mesmo maravilhoso?

Solidão

É quase meia-noite. Esticado no sofá, faz quinze minutos que Davi está tentando ler um livro. Nada muito volumoso. Uma breve coletânea de poemas. Porém está sendo quase impossível impedir que a atenção flutue pra longe. Para os últimos acontecimentos domésticos ou para o silêncio das ruas. A culpa não é dos poemas, que são leves e bem-humorados. Se fossem delírios subjetivos, herméticos... Não é o caso. Davi detesta a subjetividade e o hermetismo. São poemas narrativos, sem metro fixo nem rima. Mas ao virar a página e passar de um poema a outro ele não lembra exatamente o que acabou de ler. Isso é irritante. Também é irritante pensar na falta de sentido da própria poesia nas atuais circunstâncias. O autor do livro ainda estava vivo há pouquíssimo tempo, mas hoje ele parece mais um contemporâneo de Dante. Ou Homero. E todos os grande poetas do passado não conseguem mais justificar o mundo presente.

Um vento espesso vindo do norte traz um cheiro encorpado de fumaça. Um incêndio fora da cidade, na pouca mata seca que sobrou? O vento sopra tão fortemente que de vez em quando faz tremer o vidro das janelas. Davi não quer prestar atenção no cheiro ou no vigor do vento, ele quer prestar atenção no livro que está tentando assimilar. Seus olhos ardem, o texto está difícil de ler. Davi ajusta pela enésima vez os óculos, coça o nariz, tenta se concentrar na página, as palavras estão meio desfocadas, querendo embaralhar, os olhos lacrimejam. É esta fumaça, ele pensa. Mas prestando atenção percebe que não foi somente o livro que escureceu um pouco. A sala toda se tornou mais sombria. Davi ergue a cabeça e observa a lâmpada da luminária em pé ao lado do sofá.

Não é possível. Com o coração batendo mais forte Davi salta do sofá, vai para a sacada e fica olhando a cidade lá embaixo. As luzes ainda estão acesas. Um colar de contas amarelas ainda pode ser visto acompanhando as principais avenidas do bairro. Mas há algo que... Não é a fumaça, pois não há tanta fumaça assim, apenas o cheiro transparente de madeira queimada. Davi puxa novamente os óculos pra cima — as plaquetas ficam deslizando na pele oleosa —, se debruça no parapeito e olha com mais atenção. As luzes parecem mais fracas do que há duas horas. Mas pode ser só sua imaginação. Talvez a fumaça... Não é a fumaça, eu já disse! Tudo bem. Davi volta pra dentro com passos irregulares, sem rima, cai no sofá e tenta ler. É preciso dar as costas para o mundo lá fora. Ignorar o entorno. É preciso mergulhar no esquecimento, na inútil poesia, na muito inútil poesia. Alguém precisa salvar a poesia da extinção. A poesia: a ironia, o enjambement, o encanto fugaz da inútil linguagem.

Mas as palavras continuam fora de foco, embaralhadas. A energia elétrica está acabando e o filamento da lâmpada da luminária apresenta agora um tom amarelo-avermelhado. Sombras profundas parecem sair de trás dos móveis. Davi, sentindo-se desamparado como uma criança no escuro, levanta e acende todas as luzes da sala e dos corredores. Iluminação, iluminismo: um dia tudo isso tinha mesmo que acabar, Davi pensa quase em pânico. Era bom demais pra durar pra sempre. Sem a necessária manutenção, todo o sistema de geração, transmissão e distribuição de energia elétrica logo irá para o lixo. A idade das trevas em breve estará de volta. Davi volta para a sacada e observa a cidade um pouco menos nítida, mais escura. O sentimento de desamparo aumenta.

Subitamente todas as lâmpadas do apartamento e da cidade voltam a brilhar com a mesma intensidade de antes. Foi só um susto. Só o mau funcionamento passageiro de uma turbina ou de um transformador. Um gerador cansado, talvez, ou uma torre de transmissão caída. Mas o sentimento de desamparo não desaparece. A idade das trevas. Se não aconteceu hoje, vai acontecer amanhã. Em alguns meses. Em alguns anos. É inevitável, cedo ou tarde a água vencerá todas as barreiras e as usinas hidrelétricas morrerão. Não haverá mais correntes contínuas ou alternadas correndo nos fios. As geladeiras e os freezers serão inúteis, toda a comida congelada estragará. À noite Davi terá que se virar com lanternas e velas. O sentimento de desamparo aumenta mais ainda.

As pessoas nunca pararam pra pensar na solidão. Na verdadeira solidão. Nunca pararam pra pensar o que é estar realmente sozinho. Se tivessem feito isso — pensar —, teriam ficado mais malucas do que já eram. Loucura global. O que é estar realmente sozinho? É você andar cem metros e não encontrar ninguém, andar mil metros e não encontrar ninguém. Dez mil metros, cem mil... É você pichar a fachada de um banco e não ser punido, incendiar o patrimônio público e não ser algemado. Nenhum telefonema, nenhum e-mail. Vácuo. Escuro desfiladeiro.

Até pouco tempo atrás os habitantes das grandes cidades só conheciam a solidão metafórica: sentir-se sozinho na multidão. Sozinho na casa ou no apartamento, ao lado de milhões de casas e apartamentos habitados por outros solitários. Uma imensa colmeia de espíritos ermos. Que jamais chegaram a conhecer a solidão concreta, essa que Davi está experimentando agora. Seus efeitos são acachapantes. A imaginação prega peças detestáveis. Ela solta no ar chamados e sussurros na voz de uns poucos entes queridos como se ainda estivessem vivos. Como se ainda pudessem falar. Ela transforma a sombra escorregadia de qualquer coisa — uma folha de jornal, um saco plástico — no espectro de alguém que foge e dobra uma esquina. Onde? Ali, Davi! Bem ali, corre. Ele corre mas não há ninguém. Só a decepção.

Antigamente os presos mais insubordinados passavam semanas, às vezes meses na solitária. Porém não enlouqueciam. A certeza de que não estavam sozinhos no mundo ajudava a suportar a barra. Um misantropo que fugisse para uma caverna no meio da floresta e passasse vinte anos longe da civilização, até mesmo esse irritado eremita sabia que não estava totalmente sozinho. Ele sabia que a qualquer momento, se mudasse de ideia, poderia correr para um shopping ou um estádio de futebol. Essa garantia era apaziguadora. Mas a verdadeira solidão não age assim, ela jamais deixa viva e saudável qualquer garantia. São vazios diferentes, solitárias diferentes, a daquele preso e a deste Davi. São distâncias diferentes. Um homem separado dos outros por uma parede é bem menos do que um homem separado dos outros pela aniquilação da espécie.

Abdução?

Queimar uma cidade inteira — acender uma vasta e acidentada coleção de edifícios como São Paulo — não é apenas espalhar um pouco de gasolina, riscar um fósforo e bum: missão cumprida. Incendiar uma cidade inteira requer tempo, planejamento e método. Requer a loucura organizada dos gatos. Quando as cinco luzes começaram a se destacar no céu estrelado Davi desejou que o tempo parasse, que o futuro não viesse nunca. Vai ser trabalhoso demais, ele pensou, expelindo a fumaça do charuto em volutas voluptuosas. Mas o planejamento do incêndio começou a ser feito nessa hora, em surdina, no sótão fumacento de seu cérebro, sem que a consciência ficasse sabendo. Quem viu primeiro? Ela. Foi a menina quem apontou para o céu na altura da constelação do Centauro e disse, eles estão chegando. Falou isso com tanta emoção e convicção que Davi apagou o charuto, levantou do sofá e enxergou as cinco luzes no susto, imediatamente.

Dez segundos depois, menos sonolento, ele começou a desconfiar que tinha sido induzido ao erro pelo carisma fanático da menina. Então as cinco luzes voltaram a ser somente estrelas. Velhas estrelas, nada mais. A menina não desistiu. Gritou com ele. Chorou. Estava eufórica. Histérica. Ela se debatia e repetia que um polvo de macarrão — a ansiedade refinada — estava tateando seus ossos. A menina ria e dançava, conduzida pelos tentáculos amorosos. Davi demorou muito pra conseguir acalmar seus braços acrobatas, sua fala misturada.

Na manhã seguinte ele procurou um bom telescópio nas redondezas, vasculhou as lojas da avenida, invadiu um shopping, encontrou o que queria e à noite ele apontou o superolho para a constelação do Centauro e mesmo assim não viu nada de anormal. Quanto menos Davi enxergava mais a menina adoecia. Começou com uma dor no corpo magro, uma febre branda, os olhos vermelhos de tanto chorar. Isso durou dois dias. É surpreendente como o tédio cotidiano e a angústia de uma criança enferma são capazes de criar miragens muito concretas na mente de um adulto cansado da vida. Davi primeiro não acreditou nas luzes, depois forçou mais ainda os sentidos — todos — e começou a enxergar com surpreendente nitidez. Notou no centro de cada luz uns arabescos delicados e percebeu nas bordas uma sutil variação de tonalidade. O desatino dos gatos. Ele, felino, via detalhes que nem a menina conseguia ver. Quantas religiões não nasceram assim, da simples vontade desesperada e visionária de perceber o que não existe, jamais existiu?

Era preciso avisar os visitantes. Num mundo quase sem ninguém, praticamente desabitado de vida inteligente, era preciso fazer um sinal pra eles. Uma grande fogueira, a menina disse. Senão eles não vão saber que estamos aqui. Era preciso indicar onde o homem e a menina estavam. Davi concordou com o plano: incendiar São Paulo. Imediatamente os tentáculos amorosos relaxaram e o polvo se afastou da menina, que voltou a respirar melhor.

A primeira tentativa de criar uma grande fogueira foi ridícula. Davi escolheu um casarão de três andares, arrebentou com um martelo a fechadura do portão, arrombou a porta da frente, foi à cozinha, ligou o forno, deixou uma vela acesa em cima da mesa e fugiu apavorado. Cabum! Toda a poeira do casarão foi lançada para o alto e o fogo logo se espalhou. Mas esse não foi o espetáculo mais atraente da tarde. O céu brilhava com o verde e o dourado do lento pôr do sol do eterno verão e isso sim — a mudança na luminosidade — era um espetáculo digno de nota. Um fenômeno aquático, mineral. Desprovido de sentido humano. A menina acompanhava tudo de longe. Parecia contente. Mas ela não é idiota. Quando Davi se aproximou ela o encarou com tanta energia que ele conseguiu ler seu pensamento. Mais rápido, seus olhinhos encaracolados cobravam. Mais rápido, pedia o desfiladeiro dentado da avenida. Cacete... É verdade, Davi reconheceu muito irritado. Se fosse queimar a cidade inteira detonando casa por casa, prédio por prédio, isso levaria anos. Ele ainda fez outra tentativa, agora com uma construção mais explosiva: uma loja de fogos de artifício. Foi vibrante. O céu ficou todo grafitado. Porém o fogo não se espalhou para os outros quarteirões.

Tudo isso foi antes. Bem antes. Depois vieram os mapas da cidade, os passeios de vespa, o assalto aos quartéis da polícia militar e do exército, as visitas aos postos de gasolina. Durante dois dias Davi planejou — me, to, di, ca, men, te — e durante seis dias ele inflamou tudo o que era inflamável e explodiu tudo o que era explosível. Agora parte da cidade está em chamas e não há qualquer sinal de chuva no horizonte. A praça da Sé, o vale do Anhangabaú... Algo infinito está se perdendo. A avenida Paulista convertida numa muralha de fogo apavora o incendiário. Fumaceira incrível e absurda. Davi sente a cabeça rodar. O medo volta a envenenar sua vontade, mas essa sensação mofada e nauseante está dividindo Davi com pelo menos outras dez, entre elas a sensação de missão cumprida. Os visitantes já têm seu maldito farol, ele pensa. Um grito quase anônimo. A grande fogueira avisa furiosamente: estamos aqui.

Algo assombroso está se perdendo: a inocência. Mas o fogo não é uma entidade na qual se pode confiar. Mesmo quando simula obedecer as ordens de alguém, uma vez despertado ele só reconhece um único senhor: o próprio fogo. Davi visitou os quartéis procurando e juntando sementes. Procurando e juntando. Sementes de vida breve: casulos de fogo capazes de crescer violentamente. Com as granadas de mão pegas no paiol do exército ele começou explodindo os reservatórios de combustível dos postos do centro velho. Subiu a Consolação e terminou na Paulista. Muitos pontos escuros da noite logo clarearam e esticaram formando linhas. A menina aplaudia e dava gritinhos de júbilo. Ajudadas pelo vento não demorou para as linhas virarem planos. As grandes áreas cinzentas e entorpecidas perto das vias públicas foram rapidamente preenchidas pela dança das chamas. O tanque de gasolina, álcool ou diesel dos veículos capotados explodiu, outros postos explodiram — as granadas não eram mais necessárias —, o papel queimou sem protestar, a madeira queimou cantando, o plástico queimou com raiva, aos gritos.

É bom lembrar que uma confusão de emoções e ideias precedeu tudo isso. Davi começou o incêndio com timidez. Demorou pra ele conseguir explodir o primeiro reservatório subterrâneo. O medo e a dúvida promoveram vários adiamentos até que a menina exigiu que ele fizesse logo o que havia prometido. Os tentáculos da angústia ameaçavam voltar, sua sombra já apalpava a inércia circundante. No rosto da menina já era outono, quase inverno. Então Davi repassou os três procedimentos — como abrir a tampa da tubulação do reservatório, como detonar a granada de mão, como escapar inteiro — e executou o plano. Segundos antes de puxar o pino de segurança da granada ele ainda vacilou, temeroso de perder o braço na explosão. Ou os óculos. Vacilou mas puxou, lançou e fugiu, sabendo que tinha de quatro a seis segundos pra se proteger. Quando acordou do pânico dezenas de metros mais tarde manchas coloridas e intensas pintavam e devastavam o posto de gasolina. Davi ficou perplexo. Trinta mil litros de combustível foram despertados e transformados. A beleza dessa imagem vibrante, o eco da explosão e o leve tremor de terra ligaram algo em sua mente. Algo sublime e compulsivo. Um sopro atravessou a cena. O hálito de Deus? Davi: felino visionário. Um momento de excitação demoníaca tomou conta de sua vontade, todo o seu sangue foi trocado por cocaína líquida, o gozo fluiu sem impedimento e a tirania do ego cessou. Prazer absoluto. O incendiário subiu na vespa e voou até o próximo posto. Dessa vez não houve a menor hesitação. Os jatos de vermelho, amarelo, azul e branco arremedaram um mural de Pollock e o movimento das ondas e dos rabiscos era a evidência cinética de um acordo íntimo. Um contrato de trabalho. Davi encontrara sua verdadeira vocação.

As chamas são formigas atarefadas que vasculham os menores espaços e não se contentam apenas com a superfície. Formiguinhas curiosas e aplicadas. Em pontos diferentes do bairro elas localizam quase ao mesmo tempo os encanamentos subterrâneos de gás. Nas ruas os postes são arremessados para o alto feito lanças e as tampas de bueiro são cometas ascendentes. Agora o fogo corre também embaixo da terra, devastando galerias e esconderijos. Davi não precisa mais explodir reservatórios de combustível. O fogo aprendeu como chegar a eles.

Tudo isso foi antes. Bem antes. Tudo mais ou menos cronometrado. Davi acordou o monstro e os visitantes já têm seu sinal. Agora é preciso fugir da criatura fumegante. Rápido, rápido. É preciso chegar à marginal Pinheiros e sair da cidade. Davi planejou tudo, incluindo a fuga. Anotou no mapa o trajeto mais fácil, com poucos obstáculos difíceis de transpor. Porém a menina não está mais aqui. Aonde ela foi, cacete?! Ele deixa a bolsa de couro perto da vespa e procura em volta. Nem sinal do vestidinho azul, do rosto fino, do queixo desgracioso projetado um pouco pra frente, da cabeleira crespa. Davi sobe na carcaça enferrujada de um ônibus e grita para o alto. Eco. Algo assombroso está se perdendo: a inocência. Eco do eco. O metal ameaça ceder sob os pés. Ninguém responde. As cinco luzes no céu, na altura da constelação do Centauro... Parecem maiores? Mais próximas? De onde vem essa melodia? Quantas religiões não nasceram assim, do medo e da miragem, do medo de miragens, do medo produzindo miragens? O incendiário planejou tudo menos isso. Cadê a maluquinha, porra?! A paisagem próxima, centrifugada por um gracejo bíblico, é um redemoinho de fuligem. Corre gordo, corre velho, corre Davi. Senão o dragão sagrado lambe você.

A menina atravessa as ferragens tediosas. Blocos de fumaça desabam sobre o entulho que enche as ruas. Ela está surda faz umas duas horas, mesmo assim consegue sentir o chamado do fogo primordial. Não é quente nem frio. Ela está surda mas sente o chamado como se ele, o convite das chamas, também odiasse todo tipo de barulho e viesse na forma do vento inocente e silencioso, dele, do vento que arrepia os pelinhos dos braços e da nuca. O que o vento diz sem dizer? Primeiro ele sussurra um nome: Estela. O nome da menina. Mas não é bem um sussurro pois não há som algum. Serena criatura: o vento não fala, pulsa. Depois de pulsar três vezes o mesmo nome — assim: pampampam — ele sopra segredos que são prontamente absorvidos pela pele da menina. Segredos do centro fumegante do sol.

O fogo ainda não chegou a esta rua, mas está perto. Davi pilota a vespa entre as ferragens monótonas, confusas, infantis e efêmeras. Sempre as ferragens imóveis e recorrentes. Sempre. Indecifráveis. Como a excitação incendiária no espírito do velho gordo, careca e míope. Talvez o último homem na face da Terra. A excitação mecânica. Indo e voltando, mantra, indo e voltando, pêndulo sensorial. Através de uma passagem estreita num amontoado de metal podre Davi enxerga Estela. Ele buzina, ele grita seu nome. Cansaço e desespero. Ela não escuta, ela está mesmo surda. Mas o fogo ouve o chamado e ruge atrás dos prédios. Hoje é noite de lua cheia. A passagem é apertada demais, não dá pra passar nem um braço. Davi grita mais uma vez e a menina recobra subitamente a audição. O fogo é leve e esperto, uma onda vermelha salta os edifícios e mergulha sobre Estela, abraçando seu corpinho abençoado. No olho do furacão há paz.

Um facho de luz atravessa a cortina de fuligem. Iluminação terrestre ou extraterrestre? Sagrada ou profana? Davi dirige pra longe do incêndio, desviando de armadilhas espontâneas, rumo à marginal Pinheiros. O furacão vem logo atrás, mas em baixa velocidade, fazendo preguiçosamente a faxina nos quarteirões, dissolvendo o entulho. Agora que o fogo já tem a menina-santa ele não precisa de mais ninguém, de mais nada. O redemoinho-linfócito muda de direção. Só o eco da voz de Estela continua perseguindo a vespa bem de perto. Um segundo antes de ser engolfada pelas chamas a menina olhou através da fresta. Ela olhou pra Davi. O mais importante é não esquecer esse último olhar. Guardar pra sempre o derradeiro diálogo, tudo o que foi falado sem palavras, o grito mudo, foge, Davi.

Estela, vem aqui. Rápido. O que você tá fazendo?

Vá embora.

Vem logo!

Eu vou ficar bem, Davi. Eles chegaram. Eles vão cuidar de mim.

O que você tá dizendo? Você vai morrer. Vem logo!

O fogo não vai me fazer mal, eu vou ficar bem. Você precisa seguir em frente, Davi. Eles vão cuidar de mim. Olha só, o fogo não me queima.

Quem são eles, Estela?

Eu não sei. Mas eles viram o sinal.

Isso é loucura. Eles não existem! Você me fez acreditar, o maluco aqui sou eu. Eu! Você vai morrer por minha causa. Por favor... Por favor, menina... Loucura, loucura, você vai morrer por minha causa.

A fogueira. Eles viram o sinal. E agora estão aqui, vieram me buscar. Você precisa seguir em frente e viver sua vida, Davi. Não chora. Vá embora, rápido.

(Isso foi tudo, a súplica, o silêncio, todo o rápido diálogo com os olhos. Davi também lembra que ela enfiou o antebraço no fogo quando disse, olha só, o fogo não me queima. Impressionante. Então a onda vermelha mergulhou sobre Estela e ele precisou retroceder rápido).

Não olhou pra trás. O bafo do dragão teria queimado suas córneas. Davi segue em frente, desviando das carcaças e da sujeira que atravancam a Rebouças. Um braço de fogo cerca a vespa na altura da Faria Lima fechando todas as saídas. O incêndio é esperto e brincalhão. Davi leva meia hora pra conseguir se safar. Mais adiante a mata avança sobre a cidade. Natureza voraz. Das fraturas no asfalto brotam enxurradas de musgo e perigosos apêndices verdes com espinhos na ponta. O incendiário continua dirigindo até que o nascente à sua frente começa a superar o outro às suas costas, artificial. Já na rodovia ele para no primeiro posto que encontra e bebe uma garrafa inteira de água. Um litro, de um gole só. Grandes espirais ascendentes coroam a parte visível da cidade, emoldurada pela janela da lanchonete. O lugar fede demais, fede tanto que Davi não tem dúvida: é o odor pútrido da morte. O bafo da carne queimada. Da morte de Estela. Loucura, loucura, sua boca repete sem o comando do córtex cerebral, que está em marcha lenta. Maluco irresponsável, Davi bate na testa. Que fábula estúpida foi essa?! Estúpida, estapafúrdia. Começa a morder compulsivamente o nó dos dedos. Maníaco. Maníaco.

A cidade arde na janela. Tudo um sonho? Hoje ele ainda tem certeza que tudo não passou de mais um delírio seu: uma alucinação infantil contraída como uma gripe de uma menina doida. Maluco irresponsável... Mas amanhã isso mudará. Amanhã ele começará a juntar os cacos reais e irreais de outra história. Um homem precisa salvar a própria sanidade, a própria alma. Pra seguir em frente e viver sua vida, como Estela pediu, amanhã Davi vai acreditar na verdade da fantasia. Vai crer que Estela está bem. Que ela não morreu horrivelmente por sua causa, que *eles* vieram mesmo e a levaram em segurança, sua menina-santa. Sua ligação com o sagrado.

Isso amanhã. Na próxima semana essa certeza de santidade e alumbramento será revertida. Nada de luzes na altura da constelação do Centauro, nada de redemoinhos vivos. Davi voltará a acreditar no desastre puro e simples, na morte abominável de Estela, no incêndio criminoso. A memória é uma substância volúvel e voluptuosa. Em um mês Davi talvez nem acredite mais em Estela. Quem? A menina-santa... Onde, quando? Bobagem. Nunca existiu. Nenhuma foto, nenhum registro. Tudo invenção de uma mente solitária. De uma sensibilidade ficcional que passa os dias criando histórias. Contra o tédio. Contra a amargura e o vazio. Pra repovoar o mundo, mesmo que apenas de amigos imaginários. Até que só haja fantasmas. Revertério após revertério. O que mais sobrará: o polvo de macarrão, o demônio do fogo? Sombras? Menos que isso. O processo de apagamento costuma ser calmo. Em dois meses Davi desconfiará até mesmo da própria existência.

Centésimo primeiro dia

Sozinho

Cenas se repetem na cabeça como um tique nervoso feito só de imagens. Ele não conheceu muita gente desde que a população mundial desapareceu. Porém as poucas pessoas que ele encontrou neste mundo praticamente desabitado morreram de modo trágico. Morreram por sua causa. Baleadas ou queimadas. Confusão terrível, Davi. Até parece que sua nobre e sublime missão — sua lenda pessoal — não é proteger e defender os poucos sobreviventes decentes. É eliminar um por um. Terminar a faxina. Abre os olhos, bravo cavaleiro andante! Você não percebeu que o bem e o mal têm praticamente a mesma feição, a mesma cor?

As linhas azuis no chão da piscina ondulam e tremem incessantemente. Soa o apito. Um zumbido magnético enche seus ouvidos. Em pânico Davi abre os olhos e vislumbra um brilho verde através da água. Braços e pernas alienígenas aprisionam seu corpo que afunda. Davi não sabe por que tem que jogar sozinho contra nove brutamontes. Acorda arfando, esparramado no piso frio da lanchonete do posto de gasolina. Nos breves sonhos lúcidos que teve o brilho verde apareceu recorrentemente, muito mais do que Estela e o fogo, que apareceram muito pouco, sempre em silêncio. Muito mais do que Graça, o magrelo, Vivian e as crianças. Levanta, homem! O planeta não parou de girar só porque você está na pior. Sai dessa piscina de lágrimas, incendiário afogado! Limpa a baba do canto da boca. O sol imenso farfalha lá fora, mexa-se.

O sol perpétuo... As operações mentais do núcleo queimam a bilhões de graus celsius. Já é meio-dia, avisa o relógio empoeirado perto do caixa. O lugar ainda fede como um necrotério sem refrigeração. Na distância São Paulo também queima e continuará queimando durante dias, talvez semanas.

A ausência de peso pode ser uma bênção ou uma maldição. Quando é uma bênção o sujeito se enche de alegria e vontade de viver, salta dezenas de metros, ri. Quando é uma maldição seus pés deixam a Terra e ele escapa para o espaço sem ar, frio frio, pior do que a piscina. Voa, Davi, voa para a morte. A autopiedade é a fala asfixiada dos moribundos, ela apaga todas as paisagens emocionais animadas pela euforia. Davi abastece a vespa e deixa o posto pra trás, preferindo enfrentar a rodovia no calor do eterno verão a esperar a chegada do incêndio. Viaja durante duas horas, a maior parte do tempo nos acostamentos, mas não percorre mais de quinze quilômetros. Quando pressente que vai perder o controle e cair, ele desacelera e estaciona próximo a um conjunto de casas em frangalhos a poucos metros do asfalto. A bolsa de couro ficou pra trás, não há água, comida ou um analgésico para a dor de cabeça, não há nada com que limpar o suor e as lágrimas exceto a ponta da camiseta imunda.

Numa das casas — a mais limpa e habitável, sem mofo ou cheiro de comida estragada — Davi encontra água fresca, energia elétrica, meio bolo de carne congelado, sombra e descanso. Chuta para um canto as roupas e os sapatos que estão na cozinha, esquenta o bolo no microondas, come devagar sem muito prazer, deita numa cama de solteiro, folheia uma revista de quatro meses atrás, cochila. Decide tomar um banho. Durante o banho ouve um telefone tocar. O som vem de perto, talvez da casa ao lado. Não importa. Davi não vai atender. Nunca mais.

No final da tarde Davi ouve outro chamado. Um chamado não-humano tão improvável que chega a assustar. O latido distante de um cão. Davi atravessa a porta da sala, para na varanda e procura. Escuta outra vez o latido, agora um pouco mais fraco, se afastando. Ansiedade e alegria. É o primeiro latido que ele ouve em mais de três meses, desde que as pessoas sumiram. Davi massageia as bochechas e continua procurando. Até que o animal finalmente aparece do outro lado da rodovia. Um vira-lata inquieto, os traços predominantes de dálmata. Seu aspecto é saudável. Não parece com fome, doente ou ferido, sua cauda vibra animadamente, as orelhas caídas de lado dão a impressão de divertida tristeza. Os latidos voltam, fortes e brincalhões. O cachorro também viu o homem.

Não há urgência, não é preciso perseguir a vida animal ou a amizade, a afeição simbiótica exige tempo e paciência: cedo ou tarde ela irá se aproximar. Você não conheceu muita gente neste mundo praticamente desabitado. Porém as poucas pessoas que você encontrou morreram de modo trágico. Morreram por sua causa. Baleadas ou queimadas. Confusão terrível, Davi. Você não percebeu que o bem e o mal têm quase a mesma feição, quase a mesma cor? Fica mais atento às diferenças sutis, poupa energia, relaxa. O futuro parece auspicioso. Enquanto houver latidos no mundo a face luminosa da Via Láctea, matriz de nossa lucidez, continuará vibrando, não irá desaparecer. Au, au. Belo cachorro. Daqui pra frente é melhor evitar o contato humano, Davi pensa. Espero que esse vira-lata tenha melhor sorte. Au, au. O telefone toca novamente na casa ao lado. Reclama feito um bebê com fome, abandonado. Não importa. Davi não vai atender. Não antes do final do verão. A juventude trazida pelos latidos e a velhice acumulada nos últimos meses se misturam em proporções iguais em seu rosto enrugado e luminoso. Do outro lado da rodovia o vira-lata brinca de perseguir um coelho imaginário. Então vai embora, explorar outras paragens. O incendiário senta na escada do alpendre, apoia os cotovelos nas coxas, escora o queixo nos dedos entrelaçados e fica olhando as nuvens amarelas. Não há mais uma gota de autopiedade em seus órgãos internos, nem uma gotinha sequer. Davi é só um super-herói sem poderes nem habilidades especiais, sozinho, míope e cansado mas contente com o jogo de luz e sombras do entardecer.

Au, au.

O cachorro volta a latir. Ou não volta a latir. Pode ser apenas o vento forte derrubando e arrastando uma placa de metal em qualquer lugar. Davi levanta da escada. Um tipo oscilante de ansiedade com contentamento e contentamento com ansiedade o conduz até um quadrado de terra revolvida, ao lado de um muro baixo. Um canteiro sem plantas nem sementes que espera contemplativo a chegada da noite. Davi senta ao lado do canteiro, as pernas bem abertas, o tronco jogado pra frente, pega um torrão vermelho e hesita, puramente pelo gozo da hesitação. Então enfia na boca. A ansiedade desaparece, ficando somente o contentamento e as primeiras camadas da escuridão íntima e vazia. O bolo de carne estava ótimo, estava mesmo, mas parece que não dá mais pra passar muito tempo sem um pouco de terra pesando no estômago, nos intestinos. O incendiário sente-se tão satisfeito, tão à vontade, que a comichão de fazer uma grande fogueira, quem sabe uma fogueira do tamanho da casa, não encontra a menor dificuldade pra abafar todas as outras comichões. Uma casa em chamas é sempre mais bonita no crepúsculo.

Primeiro dia

Fome

Tudo parece estar caindo pra trás, através da eternidade. Então do fundo da madrugada escura surge uma arma pontiaguda, talvez um florete. Ele sente um cutucão na nuca. Talvez o ferrão de um inseto insistente. Ajeita o travesseiro. Ao perceber que está quase saindo do sono ele ergue a mão pra espantar o torturador. A mão sobrevoa a cama e acerta algo à esquerda. Algo macio e desmaiado. A aurora ainda está longe e Vivian dorme profundamente. Afastado o ferrão — ou o florete imaginário — ele volta a dormir um sono branco, pálido. O travesseiro vai parar em cima da cabeça.

Depois de ficar apagado por meia hora ele acorda novamente, volta a apagar e a acordar, incomodado pelo silêncio seco. O fundo da madrugada continua no escuro. Ele não sabe exatamente onde está, uma névoa desorganiza seus sentidos. Ele vira o corpo e mesmo sem os óculos, mesmo sem a mínima iluminação, enxerga as curvas da mulher deitada ao seu lado: um contorno negro contra um fundo negro. As curvas familiares, o recortado que em ocasiões diferentes lembrava um rochedo. Ele pisca pra lubrificar os olhos e uma grande ternura inunda seu peito. A mulher é a *sua* mulher, a mãe de *seus* filhos. Ele fica feliz com esse transbordamento imprevisto — fazia muito tempo que não experimentava algo tão intenso — e volta a dormir, mas superficialmente.

Um cão uiva na distância, rompendo o silêncio incômodo. Ele sonha com o pai, com o supermercado do pai, com a padaria do supermercado do pai, com o forno da padaria, com as achas ardendo estrepitosamente, com a alquimia da massa sendo misturada, amassada e assada, com o cheiro bom de pão novo. De manhã Vivian sai do quarto e ele nem percebe, porque voltou a ser criança. Voltou à madrugada antiga em que visitou o supermercado do pai e o padeiro gordo e risonho mostrou como o pão era feito, mostrou a mágica da água, da farinha de trigo, do sal, do fermento e do fogo. A faca dividindo o pãozinho ao meio, a manteiga derretida penetrando no miolo, hum... Sonho maravilhoso, manchado apenas por curtas imagens de fraqueza e covardia, por uma solidão que devagar vai tomando conta do sonhador. A solidão e o silêncio. O maldito silêncio caindo como flocos de neve ou pétalas de rosa, cobrindo a cidade, o mundo. Um sólido dilúvio de quietude.

Este livro foi impresso pela Orgrafic Gráfica
e Editora para a Editora Prumo
no inverno de 2012.